男校痞子少女

萌 小七 著

河南人民出版社

图书在版编目（CIP）数据

男校狼少女 / 萌小七著． — 郑州：河南人民出版社，2017.6
ISBN 978-7-215-10970-4

Ⅰ．①男… Ⅱ．①萌… Ⅲ．①长篇小说－中国－当代 Ⅳ．①I247.5

中国版本图书馆CIP数据核字(2017)第076901号

河南人民出版社出版发行
（地址：郑州市经五路66号　邮政编码：450002　电话：0371-65788067）
新华书店经销　　河南省瑞光印务股份有限公司印刷
开本　710毫米×1000毫米　　1/16　　印张 15.5
字数 150千字
2017年6月第1版　　　　　　2017年6月第1次印刷

定价：26.80元

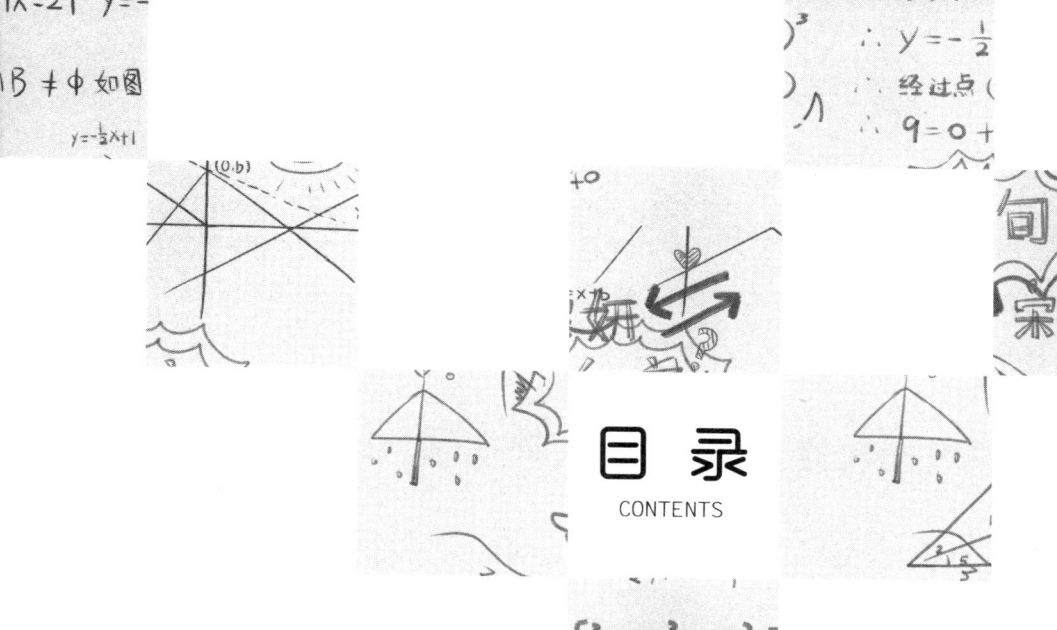

目　录
CONTENTS

第一章 /	垃圾学园里的猫眼少年 /	001
第二章 /	末日游戏 /	019
第三章 /	游乐园奇遇记 /	039
第四章 /	正义联盟 /	059
第五章 /	纸牌屋 /	075
第六章 /	血的期中考试 /	093
第七章 /	风一样的女子 /	111

目录
CONTENTS

第八章　／ 燃烧吧，少年！／ 129

第九章　／ 多米诺 ／ 145

第十章　／ 她和她的猫 ／ 161

第十一章／ 超人与疯狗 ／ 177

第十二章／ 幻想中的朋友 ／ 191

第十三章／ 圣诞劫 ／ 203

第十四章／ 超人与蝙蝠侠的正义之战 ／ 221

尾　声 ／ 236

第一章
垃圾学园里的猫眼少年

九月的秋,如同少女,沉静时,满眼的端庄恬淡,似花坛中静谧绽放的桂花。风一起,它便立即欢脱,被卷落的花瓣像一条鹅黄色的溪水,翻腾、雀跃,流淌在操场边。

"昨天和我表姐一起看电影,超人冲到半空中接住女友,教科书般的公主抱,好浪漫哦~"小个子女生激动得原地跺脚,双颊绯红。

"这种浪漫是要付出分尸的代价的。"秋风将这句话吹到所有人的耳畔,语气严肃,语调却甜腻得像桂花蜜,"超人女友以每秒32米的初速度做自由落体加速运动,此时超人俯冲过去伸出钢筋般的手臂,超人女友的时速为120公里,当她碰到超人的手臂时,会立即被截成三段。"

一只细瘦的手慢慢举起,竹刀般在空气中利落地砍了三下,唰、唰、唰:"如果我是超人,我会让女友直接掉在马路上,那样至少是全尸。"

话音刚落,秋风便紧,清甜的花蜜突然被吹到了众人的嗓子眼里。只见众人有咳嗽的、干呕的、无语的、惊呆的……就是没有点头赞同的。

"啊!昨晚补番来着,巴卫大人好帅哟!我看得太入迷看到了凌晨,WiFi都忘记关了,整整开了12个小时啊,那辐射,啧啧,看!我额头上都长痘痘了。"圆脸女生急忙撩起空气刘海,过分热情地展示着新鲜出炉的痘痘。

终于,终于有人开口说了一个不那么冷的话题。

女生们立即围成一圈,争相奉送大流量的同情和关心,热切地包裹着救场的痘痘，以甩掉还粘在嗓子眼里的尴尬。

"这种辐射是……"花蜜般甜美的声音再次降临，女生们集体怔了一下，半秒钟后将痘痘围得更紧了，似要保护它，又更像是在保护自己。

宋妍微微一笑，推了推眼镜，点点暖色在眼底涟漪，她弯起嘴角换了更软的语气："这种辐射是不会死人的。"

啊……大家都长叹了一口气：学霸宋妍终于开窍，不再当"话题终结者"了。

"WiFi信号是电磁波，频率只有2.4GHz，与其担心它，还不如担心近在眼前的可见光，危害更大，致死率更高。"

女生们刚刚放下一半的心"咻"地又提到了舌尖，"什，什么可见光？"圆脸女生急吼吼、结结巴巴地追问。

"这种可见光的频率在 3.9×10^{14} ~ $8.6\times10^{14}Hz$ 之间，比 WiFi 信号的频率高了将近10万倍，会不断轰炸人体内部分子，断裂化学键，加速细胞反应。大量医学证据表明，长时间接触这种光会诱发癌症"宋妍月牙般的笑眼又向下弯了一度。

没有人说话，连风声都止住了，所有人都见鬼似的盯着宋妍，又惊又怕。宋妍却微笑着抬头看向天空，顺手一指："喏，就是太阳光。"

嘶……大家都倒吸了一口气，恨不得立即挖坑埋了自己，永世与阳光隔离。

只是一个周末不见，学霸的杀伤力竟然愈发彪悍了。如果谁敢说"知识就是力量"，北中的女生们绝对会集体抡起巴掌，呼他一脸——知识就是凶器啊！

看看北中学生会会长、至尊学霸宋妍就知道了。虽然生得娇小，体轻音甜，柔顺的双马尾和复古圆框眼镜又把她衬得无辜又无害，但只要她开口，画风就会骤变，气氛不是冷到冻死人，就是可怕到吓死人。

"会长、会长，垃圾，那些垃圾……"

"垃圾：肮脏、破烂、无用的废弃物，会污染环境，传播疾病。"

"不是那种垃圾啦，是这种，这种！"一排手颤巍巍地齐齐指向北中的南墙。

甜软如花蜜的解说声即刻被斩断，宋妍像嗅到血腥味的猎豹，"嗖"地蹿到了南墙下,她左手握住手机,右手摘下眼镜。阳光般暖融融的目光消失了,霎时,两道腾腾的杀气剖开面前凝滞的秋风,直指墙头。

又是这帮垃圾!

墙头上这一行人,是隔壁男校南中的学生,也是宋妍所在女校北中的天敌。像往常一样,宋妍的目光如 X 射线般一一扫过墙头的六人帮,怒火中烧的她直接忽视了第七个人——猫在角落里埋头看漫画的墙头帮新成员。

管他六个还是七个,新的还是老的,统统都是病毒,是违反校规、欺负女生的渣滓!

宋妍嫌恶地抿起嘴,目不转睛地盯着粘在白墙上的六块,不,七块污渍!

污水般漆黑的校服,烂泥似歪斜的坐姿,完美地避开了少年应有的青春和活力,就像一堆臭不可闻的垃圾,和他们的学校一样。

即使用上学霸的所有技能,宋妍也想不出为什么教育局会把理川市最赞的金牌女校北中,和最烂的咸鱼男校南中安排在同一街区,互为邻居,竟然还仅仅一墙之隔。

难道是因为两所学校一样有名?

也对。只不过北中是美名远扬,南中是臭名昭著。

自从上学期竞选上北中的学生会会长,宋妍每天的任务就是上课、吃饭、收垃圾。

南中的男生们精力旺盛得出奇,午休时不是聚集在墙头看漫画刷手机,就是叼着棒棒糖吹口哨,吓得路过的女生全都惊叫着跑开,胆小的还要落下一两滴眼泪,他们却笑得更开心了,仿佛在看免费的马戏表演。

"快看!鸡妈妈又领着小鸡崽们复仇来啦,这只小短腿是侦查鸡,那只大饼脸是轰炸鸡,哈哈,复仇鸡联盟,哈哈哈……"看见穿着鹅黄色校服的宋妍,坐在墙头最中间的肌肉男吹了声口哨,边拍手边叫。

"笑够了没有?"宋妍向前跨了一步,背脊挺得笔直,马尾被秋风高高吹起,像两条凌厉的皮鞭,"你们再不从墙上下去,我就去找你们校长,请他接你们下去！"

被宋妍的斗志感染，女生们也鼓起了勇气，聚在她身边，一起声讨："谁是小鸡崽？你们这帮臭垃圾！"

有了支援，宋妍代表的正义之声高了一倍。然而，墙头传来的哄笑声也高了一倍，然后两倍，随即冲垮了支援，淹没了正义。

吓唬不住他们了，看来，真得找校长了。

宋妍暗暗地叹了口气，第八十九次翻出号码，准备把这帮她不知道姓名也不屑知道的垃圾们狠狠告上一状。缩在墙头最角落处一直保持沉默的第七个男生，忽然从漫画书后抬起了头，他眼睑轻启，睫毛微翕，看向宋妍的刹那，瞳仁中闪过一道冷光，他的眼睛像极了猫眼。

宋妍被刺痛般向后缩了一步。

"没劲。"猫眼少年眼珠微微转动，合上了手中才翻到一半的漫画书，"真！没！劲！"

他加重语气，一字一顿，余光掷向自己右边的右边，笑得正嗨的肌肉男。

像被击中了哑穴，最刺耳的笑声戛然而止。

"笑够了没有！"刚憋住笑意的肌肉男立即吼住身边还在哄笑的同伴。

"从墙上下去！"宋妍抓住男生们闭嘴噤声的空当，再度望向墙头，呵斥道。

第八十九次处理掉垃圾后，宋妍左手提着刚买的奶茶，右手推开教学楼的大门，匆匆向教室赶去。

离上课还有一刻钟，这段时间可以边听英文歌练听力，边做阅读理解。没错，她是北中公认的学霸、天才。可是在宋妍看来，所谓才能，只是继续努力的资格。所以，越是天才，越要付出超出常人数十倍的努力。

没劲！

刚插上耳机，这句话就伴随着那道冷冽的目光一起闯进宋妍的脑海。"没劲……"宋妍反复咀嚼着这两个字，突然"啊"地叫出了声。

他当时说的不是那本漫画书，而是肌肉男！他在说肌肉男带头嘲笑女生这件事没劲，他在支援我们，这个第一次出现在墙头的南中垃……

不是垃圾，他不是垃圾。

宋妍下意识地摇头，刚要继续想下去，耳机里《Let it go》的歌声便已经响起，宋妍满足地喟叹了一声，全身心地享受着这清泉般的涤荡。

窗外阳光正好，花枝摇曳，她不禁深吸了一口气，是桂花的清甜，还有……宋妍的鼻尖耸动了几下，突然嗅到一丝暗藏在花香中的怪味。

这是酒的味道，午休的北中怎么会有酒的味道？

宋妍拧着眉头循着酒味快走了几步，发现一团黑影笼罩在走廊尽头的保健室门口，鬼鬼祟祟，满身酒臭味。

天啊！这不是传说中的偷窥犯吗？校保卫处已经找他半年了。只是这人反追踪本领太强大，总是趁保安午休出去吃饭的空当偷偷潜入学校。上次他把美术室的女生吓得连做了三天噩梦，这次又准备从保健室下手了。

这种以欺负弱小女性为乐趣的渣滓，应该从世界上消失，立即！

宋妍放轻脚步的同时加快步伐，敏捷得如同捕食的蝮蛇，只不过她的武器不是剧毒的尖牙，而是手中的……

啪！

只喝了一口还烫手的奶茶如手雷般在半空中划出了一条弧线，迅猛地砸向了黑影。

"哎哟！"

一声凄厉的惨叫传来。

宋妍满意地拍了拍手，原地站好，面带微笑，准备欣赏被奶茶洗礼的渣滓的下场。

滴答，滴答。

偷窥犯慢慢地转过身，像锈住的秒针，巧克力色的黏稠液体顺着他的头发，淌过鼻尖，滑下笔直的裤线，滴在锃亮的皮鞋上。

两阵惊呼同时响起，宋妍不知道哪一声更让人惊惧——偷窥犯，还是她自己。

四个钟头后，她也被打湿了，不是被滚烫的奶茶，而是被冰冷的秋雨。

条条雨丝夹杂着旁人的目光一起抽在她的脸上、身上、心上。宋妍却不觉得疼，只是，冷，彻骨的冷。

她像一只受伤的小猫，蜷缩在雨中茫然地挪动着身体，一步，两步；五分钟，十五分钟。

可是无论走多远、多久，她都还是能听见校长办公室里爆发的争吵。

"金会长，宋妍同学不是故意的，她把你错当成之前常来骚扰女生们的偷窥犯，我可以赌上校长的名誉保证，她真的不是故意的。"

"那你可得加点注，因为，你的名誉根本一钱不值！"

"金会长，您大人有大量，别跟小姑娘一般计较，宋妍同学可是我们北中的骄傲，她……"

"她不再是了！"

"可是……"

"别跟我'可是'！陆校长，尤其是今天！我能让你立即滚出这所学校，滚出浬川市，你明白吗？"

像被脑海中的这段回忆扇了一巴掌，宋妍突然踉跄了一下，手中的那份"退学申请书"连同她的自尊和骄傲一起飘落到地上。

明天起，校园内就会流传一个笑话——北中学生会会长见义勇为，错把应酬后来学校视察的校董会会长当成偷窥犯，给他洗了个奶茶浴，内疚之下提交了退学申请，嘘……其实她是被开除的，毕竟，她惹了最爱面子、最重视外表、北中最大的赞助人金会长。

咕噜，咕噜。

宋妍的肚子发出了几声委屈的声响，简直比身为"冷场王"的主人还要不解风情。

人还真是可悲啊！无论再怎么难受、痛苦，肚子还是会饿……不管了，天大地大，吃饭最大！

宋妍抹去脸上的雨水，拢好湿透的长发，埋头向夜市深处冲去。

啊，找到了！

梧桐树下熟悉的红白条遮阳伞稳稳地立着，仿佛在等待着谁。伞下的照明灯晕着温暖的明黄色光圈，食物的香气袅袅地从灯下腾起，一团，又一团，就像暖乎乎的云朵。老板躲在雾气后慢悠悠地搅动着油锅，原本线条硬朗的脸，此刻也柔和了许多。宋妍的眉头终于舒展开，眼角也再度有了弧度。

于家臭豆腐！啊，得救了！

"于叔，五串，不，十串！"

像迷路了许久终于找到家的孩子，宋妍一路小跑，送出嘴的话被急切的脚步颠得零落了一地。

眼看就要到达摊子前，一抹清瘦的身影忽地飘了进来，犹如一片被秋雨打落的树叶，让人猝不及防。

宋妍刚想赶上前提醒对方是自己先点单的，却见那身影微躬着腰，双手扣在背后，不时地咳嗽两声，用虚握的拳头轻敲着嶙峋的背脊。

凄风、冷雨、孤老……

宋妍顿时起了尊老的心，一个"空巢老人痛失伴侣以夜市小吃果腹度日"的悲惨故事在她的脑海内迅速展开。

"于叔，这位大爷点的东西算在我账上。"

宋妍一个箭步冲向前，不容分说地把钱塞进了摊子上的木箱里。

"大爷？！"老板和"空巢老人"先对看了一眼，然后同时看向仗义疏财的宋妍。

宋妍忽然觉得脊背一凉，不由得侧头看去：黑，高，瘦。身旁站着的，根本不像人，像用阴影剪的人形。

啧，大爷，你营养不良啊！

"又没戴眼镜。"于叔自语般叹了口气，扶额提醒，"认错人啦。"

宋妍赶紧掏出被遗忘许久的眼镜，习惯性地擦了擦，架到鼻梁上。

镜片外的人一身黑：身体罩在黑色的校服里，头藏在黑色的兜帽下，眼睛则被黑色的刘海遮得严严实实。黑色明明代表着阴暗和抑郁，可是却被他诠释出了神秘和爽利。

呀！不是营养不良的大爷，而是高瘦酷帅的小哥。

似乎感受到了宋妍灼灼的目光，小哥歪起头，觑着宋妍，浓密的睫毛悄然翕动一下，猫一样的眼神便送了过来。

南中墙头帮的新成员，角落里沉默的第七人，制止肌肉男的嘲笑支援我们的猫眼……

"谢谢。"猫眼少年举着刚炸好还滴着红油、冒着热气的臭豆腐，轻擦过宋妍的肩，头也不回地走开了。

宋妍贪婪地吸着逐渐远去的香味，猛地想起自己此行的目的，她慌忙吞着口水："于叔，我的臭豆腐炸好没？"

"没了。"

"没了？"

"今天剩下的臭豆腐全被刚才那小哥买了，整整20串，你要是早到一步，这么一小步……"于叔的拇指和食指几乎粘在了一起，以证明这一步有多小。

我以为他是老大爷，想着让他先点……唉，算了。宋妍苦笑着摆了摆手，饿得没力气再解释了，反正今天已经足够倒霉，不在乎再多收一个霉运。

还是回家吃饭吧，说好晚上和老爸一起包饺子的。

宋妍向于叔道别，转身要走。

"等等,你还没付钱呢。"

"我刚才把钱塞进钱箱里了啊。"

"你不是说要替小哥付账嘛,他可是要了 20 串,你还差 10 串的钱。"

"我……"

我是要替空巢大爷买单,不是猫眼少年啊!

如果不是沮丧得想大哭一通,宋妍真的会大笑出声。

怪谁呢?第一次忘记戴眼镜将校董会金会长错认成偷窥犯,没学上了;第二次没有戴眼镜把南中男生误看成孤寡老人,没臭豆腐吃了。

掏出钱包里的最后一枚硬币时,宋妍终于理解了那句"谢谢"的含义。

晚饭后,捧着一肚子的饺子和霉运,宋妍硬着头皮整理了中午那场尴尬的"见义勇为"。在逐帧放大和检查了发生在校长室的争吵的每一处细节后,她很确定凭借自己的力量,是无法撤销"退学申请书"再回到北中上学了。

她做了对的事,却惹了错的人,而这个人又恰好手眼通天,掌握着自己、陆校长乃至整个北中的命运。当宋妍在校长办公室门外听到陆校长尾音发颤的请求时,就隐约猜到了自己的结局——她从没有见过甚至是想过,会有一个成年人恐惧另一个成年人到这种地步。

理顺思路、平复情绪后,宋妍先花了半个小时向宋爸爸讲事实,摆道理。

"上啥?"宋爸爸听了宋妍的话惊得双下巴抖了两抖,"都被北中开除了,还上啥学。媳妇儿,你快回来看看,这是不是传说中的青春期综合征啊?咱闺女疯了。"

"我只是想去上学,又不是上天,再说,理川市又不只北中一所中学。"宋妍小声争辩。

相同的话通过微信视频和闺蜜小艾讲了后,宋妍才得到了渴盼已久的安慰。

"妍儿,没事儿,你转到我这儿来,姐罩你。"视频的那一头,小艾跷着二郎腿,拍胸脯保证。

第二天一大早,宋妍就开始实施自己的转学计划。她先领着宋爸爸赶到了心中的首选,小艾就读的学校——理川市第三中学,男女共学的综合性学校,市实验,省重点。

其实,以宋妍当年的升学成绩,进入三中绰绰有余。当时为了争取到这个小升初考试全市排名第一的学霸,三中还向宋妍提出了学费全免、入学即得奖学金的好条件。但是宋妍最终却选择了北中,没有丝毫犹豫。因为,那是妈妈的母校。从幼年起,她就盼望着快点长大,去北中上学,看看妈妈曾经学习的地方,寻找妈妈留下的痕迹。

也许老天就是这么喜欢开玩笑吧!兜兜转转了两年,命运居然又把宋妍送回了最初的起点,给了她第二次选择的机会。

而形势所迫,这一次宋妍要拿下三中,继续书写学霸传奇。

可是,老天再次发难,这一次选择的主动权,并不在她的手里。

"对不起,我们学校生源已满,目前没有招收转校生的计划。"三中校长做出了他的选择。

没关系,运气不好而已。

宋妍安慰着自己,拿出马克笔重重地划掉了"理川市第三中学"这个选项,幸好她还准备了其他学校的资料。刚出三中大门,宋妍就拉着宋爸爸钻进出租车奔向候选名单上的第二所学校。

"抱歉啊,我们学校这学年不招女生。"

"不好意思,我们学校的女生已经招满了。"

……………

第二所学校,划掉。

第三所学校,划掉。

第四所……

第一章 垃圾学园里的猫眼少年

当宋妍第12次拿起马克笔时，她右手的指尖开始发抖，怎么也对不准名单上第12所学校的名字。

"你叫宋妍？宋朝的宋？妍丽的妍？用奶茶泼了金会长的北中的那个宋妍？"第13所学校，骏腾私立中学的校长一遍遍地追问着，确认着。

"其实，那是一场误会，我女儿是见义勇为，她在保护……"

宋爸爸还没解释完，宋妍就扔下一句"再见"，将他一把拉出了校长室。

不用解释了，她明白了，完全明白了。根本就没有什么"生源已满""不招女生""招满女生"……这些统统都是借口，只有那所私立中学的校长戳破了真相——自己得罪了金会长。看来，他在北中校长室里吼出的那句"我能让你立即滚出这所学校，滚出理川市"并不是威胁，而他是教育局金局长亲弟弟的传闻，也是事实。

讽刺的是，可以覆手翻云的金会长并没有把陆校长赶出北中，赶出理川市。他只是动了动嘴，让自己上了理川市所有中学的黑名单。

宋妍弯出了一抹苦笑，收起马克笔，将手中几乎已经全部划掉的候选学校名单揉成一团，扔进了身后的垃圾桶里。

没必要去其他的学校了，她今天收到的失望已经足够多了。

秋风簌簌地旋起，拨乱了宋妍精心梳理的长发。为了给校长留下好印象，她今天特意扎了利落的大光明高马尾，可惜……

发丝随风舞动，遮住了眼，埋起了嘴，宋妍并没有伸手去理顺。没什么可看的，周遭的一切都褪色了，学校、街道、公园、城市，全世界都变丑了；也没什么可说的，好听的、拜托的、恳求的话都说尽了，结局还是如此惨淡。

宋爸爸看着面无表情的女儿，又心疼又内疚。

唉，我这乌鸦嘴，昨晚胡说，闺女现在真上不了学了，这可咋整？不管了，先认错吧，媳妇儿说过只要是女人都吃这一招，不管老少。

"丫头，我错了，都是爸不好。"

宋妍推了推眼镜，歪着头看着愧疚得都能拧出水的宋爸爸，柔声说："爸，你好着呢，比别的爸爸都好，你还帅，他们好多都秃顶了，你这点特别好。"

明知道女儿是在逗自己开心，宋爸爸还是绷不住，他得意地搔了搔茂密浓黑的自然卷，眼睛猛地一亮："嘿！秃顶，我有办法了。"

"别拖我下水，我才不去你那间只有两个员工，分别是董事长兼总经理兼财务兼销售的你，以及前台兼门卫兼保洁的阿蒙的'公司'上班……"太了解老爸的套路了，宋妍坚决地摇头。

"阿蒙可是公司里最忠实的员工。"宋爸爸梗着脖子争辩。

宋妍拍了拍宋爸爸满是猫毛的外套，叹了口气："阿蒙是美短，美国短毛猫。"

"不要在意这些细节，重点是……""重点是猫不能算员工，你那个也不能称为公司，它只是一间日均客流量为个位数，随时可能倒闭或是被吞并的个体书店。"

话刚说出口，宋妍就后悔了。那间名叫"一三一四"的书店和阿蒙一样，是老爸的寄托和骄傲，她明明知道的。

唉，嘴炮一时爽，放完火葬场。"冷场王""话题终结者""气氛杀手"的外号还不嫌多吗？上学时荼害同学，现在没学上了，居然开始坑亲爹了！

狠狠地鄙视过自己后，宋妍一把勾住宋爸爸的手臂，虽然动作有些僵硬，但她甜得能拉出丝的尾音却足以弥补："大人不记小人过。爸，我饿晕了，才会胡说八道的，我们回家吧。"

"好咧，回家做红烧肉去。"纯爷们儿宋爸爸被宋妍发射的糖衣炮弹正面击中，立即沦为了女儿奴。

5

回家必经的露天广场上有一对父子在放风筝，风刮着风筝的尾巴，好像人垂死时发出的喉音。宋妍抬头望着被秋风鞭笞的风筝，嘴角维持着笑容，心中却涌现出一连串成语——走投无路、四面楚歌、山穷水尽、羝羊触藩、跋前踬后……

这或者就是身为学霸最大的福利吧，描述困境时，可以用一百种词语，并且绝不重样。

　　可是就算背下整个《辞海》的成语，也换不来一个上学的机会。这还真是讽刺，最热爱学校和学习的人，居然要无学可上了。宋妍自嘲地耸了耸肩膀，努力地想着红烧肉转移注意力，以至于手机铃声连响了五遍，她都没听见。

　　"快接电话，你大伯找你。"瞧见到有卖棉花糖的，宋爸爸立即丢下宋妍飞奔过去。

　　大伯工作那么忙，怎么会有空找我？宋妍撇了下嘴。

　　和宋妍一样，大伯也是学霸出身，在国外拿到博士学位后，回国投身于教育事业，发表的论文和收获的奖状不胜枚举。每次大伯出现在电视上，宋爸爸都会挺着将军肚，一脸骄傲："看，这就是我哥，牛吧！不过他秃顶，没有我帅。"

　　啊，老爸告诉了大伯我无学可上的事！他那句"嘿！秃顶，我想到办法了！"指的就是找大伯帮忙，拉我去书店打工什么的根本就是怕我难过，在逗我开心。

　　宋妍一边嫌弃自己的迟钝，一边小心翼翼地按下了通话键："大，大伯。"

　　"妍妍啊，我听说了。"话筒那边忽然安静了下来。

　　宋妍屏住呼吸，握紧手机。她怕大伯再继续说下去，那表示他很生气；更怕大伯就这样沉默着一个字也不说，那表示他……

　　宋妍狠狠地咬住下唇，心猛地向下一坠。

　　那表示他很失望。

　　而这是宋妍宁愿被金会长当面吼一百次也不愿意看到的情形，她忽然期望手机信号出问题，这通电话就此中断。

　　然而她还是听到了大伯的声音，字字清晰。

　　"我找了一些老朋友帮忙，妍妍，你可以重新上学了。"

　　电话那边大伯的语气极其平淡，就像在读缴费通知单。但是电话这边的宋妍却惊呆了，她第一个反应是"太好了，我又能回到北中上学了"，接下来的想法却瞬间淹没了之前的惊喜——能让金会长回心转意，放自己一马，事情绝对没有大伯说得那么轻松,虽然他在理川市的教育系统颇有名望,但要说服金会长,不知道费了多少的力气:人力物力、精力财力……想到这儿,宋妍在高兴和感激之余,心里却闷闷的,像是被塞入了一块巨石。

"大伯,我……"

"我知道,那,明天早上七点半校门口见。"

没等宋妍将"谢"字说出口,大伯就挂掉了电话。

明天早上七点半校门口见。

这简直是全世界最动听、最动人的话了。

宋爸爸举着花朵型的棉花糖,踱着方步晃了过来,故作毫不知情。宋妍一把抢过他手中的棉花糖,狠狠地咬了一口,粉红色的糖丝塞满整张嘴,满口甜蜜,从舌尖一直甜到了心底。

次日清晨七点三刻,宋妍独自一人站在走廊里,周围来往的学生不停地从她身边路过:去小卖部买早餐的,去操场打卫生的,去教室补觉的……干什么的都有,就是没有一个人停下来和宋妍说句话,问问她为什么傻站在这里不进教室。

十分钟后,这种情况依然没有丝毫改变,宋妍差点以为自己隐形了,可是她又能明显地感受到肩膀、手臂、脚尖传来的疼痛——不停有人在经过时撞她的肩膀、胳膊,踩她的脚,尽管她紧贴着走廊的墙壁站着,根本没有影响到任何人通行。

又过了五分钟,上课的预备铃响了,宋妍吓了一跳,仿佛刚从噩梦中惊醒。这时,她才注意到走廊里从四面八方飞来的疑问和冷眼,好像她是一只描着红心的靶子。

她几乎听到了冷眼后的潜台词:为什么这个女生会在这儿?为什么她像个傻瓜一样在走廊里站了半个小时?为什么上课铃声响了她还不走?

问得好,每一个都比前一个更好。宋妍自己也很好奇。

第一章 垃圾学园里的猫眼少年

半个小时前,她如约在北中门口等到了大伯,实际上,她已经等了半个小时了。

由于混合着高兴、激动、紧张、焦虑的心情太过复杂,天刚亮宋妍就醒了。她把北中那套鹅黄色根本没有一丝褶皱的校服熨了又熨,做了两人份的早餐,给阿蒙清扫厕所,换水备猫粮,忙完一切,时针才指向六点一刻。

在家里实在找不到事情做了,宋妍就跑步来到了北中门口,揣着好得不能再好的心情。然后,却等来了一个烂得不能再烂的消息。不!是噩耗——七点半,大伯准时到达,把她带进了北中——隔壁南中的校门。

原来,电话里的"你可以重新上学了"的"学校",指的根本不是宋妍原来的学校北中,而是她根本不屑提及、一想到就反胃的南中。

"明天早上七点半校门口见",说的也是南中门口,只不过她误解成了北中。

唉!自己居然还好意思对南中的垃圾们放狠话,说什么"你们再不从墙上下去,我就找你们校长,请他接你们下去"。宋妍越想越郁闷:这下好了,校长来了,把我接进了南中。

全市那么多中学,大伯干吗非要在南中当校长啊?

在北中上学时,这确实有好处,可以随时打电话让大伯来收拾那群垃圾,尽管她一次都没打过。

现在更有好处,她终于转学成功了。说动金会长,让被全市中学联合拒绝的宋妍再度有学可上,这绝不是一项简单的任务。

可是,为什么偏偏是男校啊!而且还是在全市吊车尾、她最最讨厌的垃圾学校——南中!

当正式上课的铃声响起时,宋妍已经拨通了号码,她准备向宋爸爸妥协,去他的那间"公司",和一只猫做同事。

总之,只要不是南中,哪里都好。

"我的天空里没有太阳,总是黑夜,但并不暗,因为有东西代替了太阳。虽然没有太阳那么明亮,但对我来说已经足够,凭借着这份光,我便能把黑夜当成白天。"

听到这句话时,宋妍吓了一跳。她做梦也没想到自己在有生之年能遇到另一个喜欢《白夜行》,也能将这句台词一字不落地复述出来的人。

这种感觉就像……就像突然被闪电击中,身体和灵魂统统被电流穿透,血液迸着火花,燃遍四肢百骸。

当她意识到这句台词是从自己面前的教室——那扇又破又旧的门后传出来时,宋妍很想立即晕厥。

她的理智和情感都无法相信和接受,那群臭垃圾中居然有人了解、并且熟读《白夜行》。

就在宋妍与自己的内心奋力角逐时,门开了,一只手将她拉进了教室,拉上了讲台。

"这就是我们班级今天来的第二位转校生,宋妍。"

宋妍听到有人这样说,但她却怔在原地,给不出任何回应。

宋妍……

站在讲台另一边,刚以《白夜行》的台词做自我介绍的第一位转校生慢慢转过脸,隔着阳光、空气和时间,他清楚地看到了她眼底闪烁的光芒,那束光还是那样澄澈、坚定,一点儿也没有变。她眨了下眼睛,他一阵眩晕,看着那晶莹剔透的瞳仁里映着傻笑的自己。

"我叫白夜。"终于,在自我介绍的结尾,他说出了自己的名字,面向教室里所有的男生,却只说给宋妍一个人听。

宋妍机械地做完了自我介绍,梦游般地飘向了指定的座位,她因为遭受的打击过大,已经处于石化状态。宋妍怀疑被班主任强拉进教室的那一瞬间,自己就已经死了,现在的她,只是一具行尸走肉,是僵尸。

"还你的。"

后桌在踢她的椅子。

宋妍下意识地转过头,一张花花绿绿的纸片"啪"地贴到了她的额头上,让她一秒变成了被降服的蹩脚僵尸。

这是……

宋妍揭下"道符"定睛一看,是一张十块钱钞票,而钞票的主人正懒懒的倚在桌边,他右手托着下颌,头微微上扬,藏在漫画书后的眼睛半眯,透出猫一样的光。

猫眼少年?!

"龙旬。"男生的声音比眼神还凉,"我叫龙旬。"

第二章

末日游戏

第二章 末日游戏

宋妍打开大门，用一对黑眼圈和一个喷嚏迎来了新的一天和闺蜜小艾。

"说吧，你是自己去上学，还是我绑着你去？"小艾双臂撑着门框，恶狠狠地盯着宋妍。

在敲响宋家大门之前，小艾就已经在电话里向宋爸爸了解了事情的全部始末。

昨天，宋妍放学回家后格外反常，强烈要求去书店打工，无奈薪资问题没有谈拢，她才被迫放弃。而当宋爸爸问起她在新学校的新鲜事时，宋妍立即炸毛，斩钉截铁地对宋爸爸说"我宁可下地狱，千次百次，也不会再去南中，哪怕一次"。

就这样，向来习惯做两手准备的学霸，一时之间什么选择都没有了：不去打工，不去南中，这意味着……小艾一想到省略号的内容就觉得三观崩塌，这意味着从小到大一直是学霸的宋妍，要辍学在家，做正宗的"家里蹲"。

别说是亲生父亲不同意，就算是野生姐妹小艾也无法接受这样的事实。所以，她刚才在电话里向宋爸爸立下了军令状，保证会让宋妍重返课堂。

毕竟，学校才是学霸唯一的归宿和天堂。

"快洗脸刷牙梳头换衣服，我送你去上学。"见宋妍像鹌鹑一样缩在绒毯里，吸着鼻涕，一动也不动。小艾一把薅住宋妍最宝贝的长发，牵马般把她牵进了洗手间。

"哎哎哎，轻点慢点，暴力解决不了问题。"宋妍整张脸浸在脸盆里，被凉水激得弹了起来,"啊啊"直叫。

"我知道。"小艾又加了把手劲,把宋妍的头按了回去,"暴力的确不能解决问题,但是,暴力可以解决制造问题的人。"

半个小时后,小艾利索地解决了宋妍,如约把她押送到南中校门口。过程无须再提,无非是威逼利诱,拖推拉拽,说多了都是眼泪。总之,乔小艾风驰三中、响彻小区的"超杀女"外号绝对名副其实。

"乖乖上课,放学后我来接你。"似乎意识到自己刚才的做法过于简单粗暴,小艾的声音随着表情一起软了下来,哄孩子般揉了揉宋妍的头发,满眼宠溺。直到看见宋妍再次弯起笑眼,她才反扣棒球帽,跨上单车,旋风般冲了出去,一路飞驰卷起满地的落叶。

"会长,那位帅哥是你男友吗?"

"好帅好帅,剑眉星目,高鼻薄唇,世间竟有如此出尘绝艳的男子。"

"会长,你男友还有弟弟吗?亲生的野生的都行,有多少我要多少。"

刚送走一位超杀女,就迎来一群小鸡崽。在小个子女生的带领下,一群穿着鹅黄色校服的北中女生把宋妍团团围在了中间,叽叽喳喳地说个不停。

拼命忍下了"花痴没出路,颜狗毁前途"的嘴炮,宋妍赶紧清了清喉咙解释:"不是男友,是女友!不对,女生朋友,长得比较英俊的闺蜜。"

"啊啊啊!现在最流行萝莉配型女了,会长,你和你闺蜜又有颜又有爱,绝对是全理川的最强CP。"

宋妍忧心忡忡地看着脑洞大开的圆脸女生,那句"既宅又腐,前程未卜"即将冲出口的瞬间,被她硬生生地置换成疑问:"你们怎么会在这儿?"

自从上学期南中的垃圾们开始爬墙头,北中女生就默契地遵守着一条不成文的校规——惹不起,躲得起。她们不但远离北中的南墙,就连上学放学也会绕道,宁可费时费力,也不想和南中的垃圾们在校门前碰到,吸进他们呼出的空气。

可今天是怎么回事,女生们居然聚集在南中门口,和自己闲聊。

"会长,我们听说你'见义勇为'的事了。"小个子女生的声音不小,"你根本没做错事,一切只是误会,我们学生会已经发动全体女生联名上书,请陆校长撤回决定,让你重回北中。"

"对啊对啊!"女生们纷纷附和,把宋妍围得更紧了,"会长,你不是一个人,你身后有我们学生会,有全北中的女生,我们大家都很想你,都等着你回来。"

前一秒还在犯花痴乱点鸳鸯,这一秒就喊口号声援会长,画风转变得太快,向来反应慢半拍的宋妍有点蒙,有点讶异,还有点感动,不,很多点。她吸了下鼻子,小心地藏起这很多点的感动。

"你们……我……"嘴炮小能手此刻竟然语塞了。

"哟!这不是金牌女校的会长大人嘛,啊!不对,前会长。"肌肉男领着南中墙头帮大摇大摆地走了过来。

体育部部长秦少宝、组织部部长于进、宣传部部长刘正、文艺部部长曲歌、风纪部部长王天一……宋妍推了下眼镜,目光从最左边的大块头扫到最右边的细竹竿,强迫自己记下他们胸口名牌上的职称和姓名。既然已经转学到南中,就不能再像从前在北中时把他们当废气,无视鄙视了。从今天、此刻起,她要记住每一张脸,每一个名字——知己知彼,百战不殆。

这六个人一字排开,占据了大半条街道,他们像蝗虫一样大肆前进,逼得女生们不停后退,一米、十米……等肌肉男在宋妍面前站定时,女生们已经退到了百米开外的北中门口。

不用跑那么远吧,有我在,我保护你们。宋妍回头张望,底气开始侧漏。

"会长,保护好自己,我们在北中等你,Fighting!"

参差不齐的加油声被秋风送了过来,等宋妍想表示感谢时,女生们早就没了踪影,校门口又恢复到垃圾滋生的景象。

"宋妍,你被退学了。"

肌肉男昂首挺胸,刻意亮了下镶着"学生会会长杜良"的名牌,抽出一本血红色的学生手册熟稔地翻到第9页,指指第25条,而后将手册递到宋妍的眼镜前:"我们南中不允许学生的头发过耳,你触犯校规了。"

"可是第 25 条校规并没有写明头发过耳就要退学。"看出这个叫杜良的学生会会长是在故意找茬，宋妍拢顺长发，据理力争。

杜良使了个眼色，风纪部长立即小跑到宋妍身后，双臂拉开，说："杜，不，会长，量好了，50 厘米。"

"南中校规第 26 条规定，发长过耳 10 厘米者，记小过一次；20 厘米者，记大过一次；至于你——"杜良冷笑了一声，故意停顿了一下。

风纪部长立即跑回来接话："发长过耳 50 厘米，等于一次小过加两次大过，三过相加，等于直接退学。"

哈？这是哪国算法，你长脑袋只是为了显个儿高吗？你的数学是体育老师教的吧？

宋妍摘下眼镜，准备发动嘴炮。

"打倒学霸，守护南中！"

"头发长，见识短，你妈喊你回家吃饭！"

"退学！退学！退学！"

仿佛看透了宋妍的心思，杜良那伙人抢先开炮，嘲笑、辱骂、讥讽如巨浪般朝宋妍打来，铺天盖地。大家争相比着谁笑得更大声，骂得更恶毒。炮火越来越猛，炮手越来越多，使得这场发生在校门口的小纠纷，呈现出非洲大草原上鬣狗围捕羔羊的可怕和凶残。

不到五分钟，南中门前就已经人山人海，龙旬刚走到路口就无路可走，差点以为自己穿越到了春运时的火车站。

他一步跃上垃圾桶，抬眼就瞧见人群最深处的那抹鹅黄，像飘在黑色海洋里的一叶孤舟，眨眼间就会被掀翻淹没。

"有完没完？"

谁也没注意到龙旬是怎么穿过重重人墙的，大家听到这句话时，他已经站在了宋妍身后，右手举着从包子摊借来的砍刀，刀尖正对宋妍的脖子。

原本炸开锅的人群像被按下了开关，瞬间静音了。

"她只是头发太长违反了校规,让她退学就好了,不用要她的命啊!"刀尖仿佛戳中了杜良,他之前的霸气顷刻漏光,膝盖一软,差点给龙旬跪下。

嚓!

一道冷光划破空气。

咣当!

重物砸地发出闷响。

龙旬提着砍刀,冷冽的眼神扫向围观的男生,目光所到之处,所有人都侧身躲避。只是一个心跳的时间,铁桶般密不透风的人墙就出现了一个硕大的豁口。

"走。"他拖着已经吓呆的宋妍信步穿过人墙。

刚刚从教室赶来的白夜站在人墙最外圈,目不转睛地盯着正中心的灰白色地砖。

地砖上躺着被吓破胆的杜良,面白如纸,他的脚边散着一束50厘米的长发,黑如暗夜。

洛老师踩着早自习的铃声匆匆赶到校门口时,乌泱泱的人群早已经散开,大家都忙着赶在铃声结束前冲进教学楼。几百号人在操场上朝着同一个方向飞奔的场面极其壮观,仿佛肯尼亚荒原上的角马大迁徙。只不过,驱赶角马的是狮子,鞭策男生们的是校规。

南中学生手册第1页第一条:早自习迟到者绕操场跑50圈。

在暖和的教室里睡回笼觉比在飞灰的操场上跑圈舒服,这一点,南中的男生们在入学第一天就达成了共识。

所以当铃声结束时,偌大的操场只剩下三个人——无须遵守校规的洛老师、无视校规的龙旬和根本不知道校规的宋妍。

"宋妍,你的头发……"洛老师看着宋妍参差不齐的头发,最长的及腰,最短的掩耳,不由得怔了一下。

今天早上刚走出家门,洛老师就接到一封匿名短信,打开后,宋妍被围堵在校门口的照片立即铺满手机屏幕。怕宋妍出事,洛老师早饭都没吃就直接打车赶到了学校。现在看来,还是晚了一步,宋妍的头发已经被……

"削了。"龙旬瞥了眼宋妍。

"谁削的?"洛老师瞪着龙旬。

宋妍也转过头看龙旬,发现他的嘴唇正慢慢噘起,便下意识地将他的唇语读出声:"我。"说完才发现自己背黑锅了。

洛老师看了看黑着脸的龙旬,又望向一脸懊丧的宋妍,沉思了片刻,才再度开口:"宋妍,你先回教室上自习。龙旬,跟我去办公室。"

宋妍蹭回教室,挪到自己的座位"扑通"一声栽坐下去时,早自习已经溜走了一大半,周遭鼾声四起。

秋风透过窗缝溜了进来,紧贴着她的脸颊掠过,拂乱耳边的碎发。

宋妍习惯性地抬手去拢脑后的马尾,却扑了个空,只攥住一把冰凉的空气。她像不明白到底发生了什么,茫然地再次摸向脑后,还是空的。不管再拢几次,掌心都是空的。

虚握的手就那样僵在半空,连同她的呼吸,宋妍整个人定格在座位上,一动不动。

这一刻,她才真正意识到长发没了,从小到大陪伴了她十几年的长发,没了。

本应该握住马尾的右手,此时却空荡荡的,宋妍慢慢将手收拢、攥紧——被围堵在校门口的惶恐,被当众羞辱的委屈,被强行削发的愤怒,一股脑地涌上心头,报复性地烧了起来,虽然迟了,但是火力更猛,气焰更盛。而从眼底倒流回的痛惜和不甘,更似一股股汽油般,浇在心尖,瞬间便使怒火燎遍全身。

"龙旬!!!"

宋妍红着眼圈,气得大叫,恨不得生吞活剥这个强夺去自己长发的罪魁祸首,可远在教师办公室的龙旬根本听不到。想到自己不但没有及时报仇居然还在洛老师面前替他背锅，宋妍气得快疯掉了——气自己，心疼长发，讨厌南中。

"宋妍。"第一节课预备铃敲响的同时，白夜走到宋妍面前，摘下棒球帽，轻轻扣在宋妍的头上，遮住了那些难看又难堪的头发。"该去上体育课了。"他轻声提醒着，担心宋妍再次触犯校规。

南中学生手册第1页第二条：上课迟到者打扫车棚一星期。

作为全理川市唯一的男校，南中建校至今20年的时间里，从未招收过女生，更没有女生尺码的超小号校服，宋妍只好穿着北中的校服站在操场上，扎眼的黄色和郁闷的表情愈发让她跟这个班级、这个学校格格不入。

第一节课就是体育课，这哪里是学校？简直是少林寺！

宋妍刚吐完第一个槽，就迎来了第二个。

不是吧，这学校真的让体育老师教数学啊！

迎面走来的洛老师扎着利落的马尾，一身黑色的紧身运动装干练又帅气，和昨天数学课上梳着大波浪、穿着碎花长裙的文艺范儿天差地别，让宋妍不禁怀疑站在她面前的是洛老师的双胞胎妹妹。因为不仅仅是外在形象180度大反转，就连她说话的语气、措辞和动作都大不一样。

仅仅是一声口哨、两次挥手，男生们就自动分成两组开始做热身运动。还没等宋妍弄清状况跟上节奏，两组男生又同时跑向操场的北面，解散、站位。第二声哨声响起后，一个足球被一只大脚踢向半空中，一场足球对抗赛正式开始。

观察了半分钟，发现球场上没有自己的位置，宋妍好半天没回过神，无法理解也不能接受自己居然在上课时间无所事事，课堂上居然没有学霸的一席之地。

"宋妍，你去那边。"担任裁判的洛老师指着球门旁的沙坑，"自由活动。"

宋妍脑海中迅速闪过三岁时和小艾在沙坑里玩过家家的画面。

"洛老师，这不太适合，我……"

"我"字还发出音，一团阴影就迎面扑了过来，宋妍的胳膊猛地被拉住，她身子一歪，足球紧贴着脸颊擦过，"呼"地一下把耳边的短发全部撩了起来。

"你没受伤吧？"白夜松开宋妍的胳膊，紧张地打量着她的右脸。

"白夜,捡一下球。"杜良的喊声穿过半个操场。

"不能捡。"宋妍伸手拦住白夜。

足球卡在了自行车棚的围栏里:左边贴着车轮,右边挨着梧桐树,后面靠着墙,确实不好捡,但绝对称不上不能捡。

宋妍指着梧桐树下堆成小山的落叶眯起眼睛:"梧桐树,落叶乔木,夏季开花,秋季落叶。理川市今年入秋起雨水就格外多,温度也比往年高,所以树木只有零星的落叶,而这么大的落叶量——"

宋妍看着那两棵还很茂盛的梧桐轻笑了一声,"估计是把半个狮虎山的落叶都搜集过来了。"

"上课迟到者打扫车棚一星期。"死板严苛的校规经白夜的口中说出,竟然染上了几分俳句的雅致。他晃了下随身携带的小红本解释道,"车棚这一带是室外分担区,第一节课上课前就应该清扫干净,看来有人不小心忘记了。"

"不是不小心,而是故意。"宋妍弯腰捡了块砖头,"东西放错了位置通常有两种情况:一是无心之失,二是刻意掩饰。这堆不合常理和校规的落叶堆在车棚旁、梧桐树下,你猜是哪种情况?"她把手中的石头扔了过去。

"陷阱。"白夜的话音刚落,一张大网就从落叶下弹起,快得像出膛的炮弹。它迅速合拢、上升,两次眨眼的时间后,停了下来,悬在离地面三层楼高的树干上,里面裹着宋妍掷过去的砖头。

离下课还有五分钟,男生们就已经作鸟兽散。他们兵分两队,一队跑去小卖部吃吃吃,一队跑去洗手间冲冲冲。大家仿佛达成了某种默契,谁也没有去看梧桐树上吊着的网,更没人去理会已经卡了大半节课的足球。

白夜窝在车棚里又是拿脚踢,又是用棍子捅,白皙的额头铺满了细碎的汗珠,濡湿了半包纸巾,才把可怜的足球解救出来。

第二章 末日游戏

"我去器材室还球。"

"我去吧。"宋妍把剩下的半包纸巾塞给白夜,"你再磨蹭一会儿,恐怕洗手间的门都进不去了,就像我早上那样。"

早上,宋妍被围堵在校门口进退不得,白夜发现后第一时间给洛老师发了短信,然后,他给当警察的爸爸打了电话。当他以最理智安全的方式借助外部力量帮助宋妍时,龙旬单枪匹马闯进人群直接救走了宋妍。

这小子亮了刀,削了宋妍的头发,现在还待在办公室写检讨,而且还会被请家长。相比之下,白夜几乎没有付出代价,可是,他却觉得自己失去了很多,回忆再度被掏空,他仿佛回到了十年前,又变成了那个弱小无能的自己。

趁白夜忙着发呆,宋妍抢过足球撒腿就跑。器材室和教学楼分别位于南中的南北两端,不跑着过去肯定赶不上第二节语文课,她可不想扫一个礼拜的车棚。

三分钟后,宋妍傻眼了。挂着"器材室"门牌的二层小楼第一眼看上去像鬼屋,走近一步再看像垃圾站,推门进去之后,她发现这就是一个堆满垃圾鬼都会嫌弃的地方。

宋妍屏住呼吸扔下足球转头跑向门口,一秒钟都不愿多待,"咣当"一声,门被风吹上,锁住了。

倒霉!

她哀叹一声极不情愿地伸手去压脏兮兮的门锁把手,刚一用力,把手就掉了下来。

宋妍吓了一跳,连忙掏出从白夜那借来的小红本飞速翻看,查找弄坏门锁要跑多少圈,扫多少天车棚。

不对,门锁是坏的,门怎么会被锁住推不开,除非有人在外面……

"门被我在外面用钢筋闩住了,你别费劲了。"杜良在器材室门外得意地比了一个"V"的手势,与之前吓趴在校门口的怂包判若两人,"早上龙旬帮你开道,体育课上白夜替你挡球,现在他俩都不在,我看你怎么办。"

"梧桐树下那个陷阱是你设的吧?"发现手机和眼镜一并落在教室里,宋妍开始打量器材室中杂乱摆放的物品。

"小爷我本想一个凌空抽射先用足球砸蒙你,再让你去树下捡球踩陷阱……"

"你怎么能保证球砸中我后会刚好落在树下?"宋妍逻辑强迫症爆发,插了一嘴。

"不能。"杜良点了点头,"那就多砸你几次,砸到球会落在树下为止咯!咳,没想到白夜突然出现拉了你一把,帮你躲了过去,既然他那么爱帮人,那就让他帮你踩陷阱咯。"

杜良刻意上挑、故作姿态的尾音勾得宋妍牙根痒,她拾起脚边的棒球棍猛地挥向门旁边被封死的窗户。

"那是防盗用的钢化玻璃,砸不碎的。"听到闷响声后杜良笑出了声。"洛老师常说知识就是力量,你不是学霸吗?用知识解救自己吧,拿起数学书和英语词典当武器轰开大门,哈哈哈!"

"好啊!"宋妍埋头摆弄着从四面八方搜集的东西,赌气地回应。此时,杜良已经跑得老远,听不见了。

宋妍连做了三个深呼吸,整理思绪:那怂包说话虽然气人,但说得没错,在办公室写检查的龙旬根本不知道我在这儿,白夜知道,但杜良一定会阻止他来救我,想出去,只能靠自己了。

她把麻绳、记号笔、手电筒放在废弃的课桌上一一摆好,开始制造自救武器。

宋妍先把麻绳分股拆散成絮状,用记号笔涂黑,然后拆开手电筒,取出反光罩,再把絮状的麻绳放在反光罩最中心,让涂黑的焦点对准太阳。

只等了半分钟,宋妍手里的"武器"就开始冒烟,越来越浓,她咳嗽着爬上课桌,伸直手臂把"武器"对准天花板,"叮铃铃",器材室里响起了刺耳的警报声。

两分钟后,原本闩死的铁门突然被拉开,白夜闯了进来。

"你听到我发出的求救信号了?"宋妍的脸被烟熏成了小花猫。

求救信号？

白夜看着站在课桌上高举着"武器"仿佛自由女神像般的宋妍，顿时佩服得五体投地——她用手电筒的反光罩聚集阳光形成光斑，照在被涂黑的絮状麻绳上。光斑温度极高，黑色吸热，絮状增加空气接触面积，所以麻绳很快就达到燃点开始冒烟。

这个自制的火炬触碰到天花板上的消防烟感报警器，自然就触发警报了。

"果然是学霸。"白夜举起双手点赞。

"数学书和英语词典确实不能轰开大门，但物理学可以啊！公元前215年，古希腊物理学家阿基米德就利用太阳点燃了入侵者的战船，一把火烧光了罗马海军。"宋妍兴奋得直接从桌子上跳了下来，嘴炮大开，"消防报警器是全校联网的，它一响，就会有人发现器材室起火赶来救火，自然也就会发现被反锁在这里的我。你不就闻声而来啰～"

"臭小子，我就知道你刚才跟语文老师请假根本不是为了上厕所！"肌肉男杜良和大块头体育部部长并排站在门口，两座肉山般的身体堵住了器材室唯一的出路。

什么鬼？阴魂不散啊！

两个小时之内先后三次被同一个人算计，宋妍濒临崩溃。

"你怎么跟小强一样，都打不死的！"杜良看起来比宋妍更崩溃，"小爷没力气和你们玩了，两个人只能出来一个，自己选吧。"

选择权抛过来后，警报声也停止了，没人赶来救火。宋妍叹了口气，看来，杜良跟踪白夜赶过来的同时就安排好人手去解除警报，让大家误以为只是场意外。这怂包不仅四肢发达，头脑也不简单。相比之下，她就逊毙了，居然再次连累了帮助自己的白夜。

宋妍向前迈了一步，准备给出自己的选择。

"我留在这，让她走。"白夜立即张开手臂把宋妍护在身后，来不及也不好意思告诉宋妍自己从小到大都没打过架，肯定不是杜良和体育部部长的对手，不能像偶像剧男主角那样帅气地打倒他们救她出去,只能听杜良的话,做出选择。他选择牺牲自己,保护宋妍。

"出去后直接去找洛老师,别回教室。"趁杜良不注意,白夜轻声嘱咐宋妍。

"真磨叽,到底谁留下?"杜良不耐烦地用钢筋敲了一下铁门。

咣!

宋妍摇晃了两下,一头栽倒在地上。

"宋妍,宋妍,你怎么了?"白夜立即跪倒在宋妍身旁,轻拍她的肩膀,却没得到任何期待中的回应。他的心忽地一沉,手指迅速移到宋妍的鼻下,"没,没有呼吸。"白夜的声音抖得比手还厉害,完全无法控制。

"哈!"杜良笑嘻嘻地抱起双臂倚在门板上,"演,继续演,下一步是不是就该打电话叫救护车送她去医院啊!哟,不行,这节课是语文测验,老师把全班同学的手机都收上去了,真遗憾,你演不了英雄救美的戏码了。"

"杜良!"白夜一拳砸在地上,脸色煞白,双眼血红,他缓缓地站起身走到杜良面前,用轻得吓人的语气说,"宋妍如果出事,你负责。"

白夜的表情仿佛要吃人,宋妍又躺在地上一动不动,杜良有点心虚了,他小声嘟囔:"这学霸也太弱了,吓一下就晕倒了,掐虎口,掐虎口准醒,电视里都是这么演的。"

他用肩膀撞开白夜,跑去抓宋妍的手。

咣!

刚抓住宋妍的手腕,杜良就一屁股坐在地上,怎么也爬不起来。"脉搏,没有脉搏,她,她死了……"

"不是我害死的,老四你看到了,我就敲了下门,她就这样了,和我无关。"杜良看着僵在门口吓呆了的体育部部长,全身都在哆嗦。

"快去办公室找洛老师,叫救护车!"白夜猛地推了体育部部长一把,他这才反应过来,跌跌撞撞地跑向不远处的办公楼。

"宋妍,你别死!我错了我再也不欺负你了我向天发誓!求求你了,别死,千万别死!"杜良眼泪鼻涕糊了一脸,攥着宋妍的手魔怔般地重复这几句话。

"好啊!"宋妍睁开了眼睛,慢悠悠地坐了起来,白夜立即跑过来伸手拉起她,轻轻帮她拍掉背上的灰。

"鬼啊!"杜良吓得抱头大叫,连滚带爬地躲到墙角,面目扭曲得亲妈都认不出来了。

"没有脉搏不代表生命终止,我倒在地上之前就已经把这个夹了起来。"宋妍笑着从腋下拿出了订书器和棒球,"在那种情况下用力加紧腋下,脉搏就会停止跳动,和止血是一个原理。看来你不仅仅数学差、物理烂,生物也没学好。"

当时因为担心杜良恼羞成怒会和体育部部长联手对付白夜,宋妍情急之下只好倒地装死,却因为没时间准备,只顺手捞了只订书器夹在左胳膊下。没想到白夜在发现她装死后,又偷偷捡起一只棒球放在她的右胳膊下——他不确定杜良会摸哪边,干脆做足准备。

宋妍不由得侧头看了白夜一眼,身旁的少年额眉细腻,唇红纯白,一双小鹿般的眸子清澈明亮,风一吹,波光粼粼。

肤白貌美大长腿,温柔体贴演技佳,这小子要是包装一下进军娱乐圈,绝对是国民初恋啊!

"走吧,我们回去上课。"白夜护着宋妍走出器材室,转身关上大门,闩上钢筋。

"不用这样吧。"想着杜良一个人被扔在鬼屋里,宋妍心里有些不忍。

"必须这样。"白夜的声音依旧温暖,却多了几分棱角,"只有这样他才会明白一个道理——己所不欲,勿施于人。"

杜良不在,接下来的两节课,宋妍没有再发现任何精心设计、有害身心健康的陷阱,她长舒了一口气:终于可以开启正常的校园生活了,就像在北中时那样。

怔是，她忽略了最关键的一点，这里是万年吊车尾、口碑差成绩更差的男校南中。

上课时还好些，只是有人打瞌睡、看漫画、偷吃零食。但大家都默契地自带静音功能，丝毫没有打扰到老师讲课的情绪和宋妍听课的专注。

下课时就比较难过了。全南中除了五班的班主任洛老师和昨天刚转来的宋妍，清一色的雄性，就连门卫李大爷养的小狗都是公的。这直接导致了南中在卫生间分配上的不合理。宋妍所在的三年五班位于五楼，女卫生间却在负一层，宋妍跑一趟厕所比在北中运动会上跑 400 米还要累。

这点她可以忍，就当锻炼身体了。可是走廊里开放式的洗手池却让她心惊肉跳，无法直视。

和女生相比，男生的精力更充沛，体力也更旺盛，即使只有短短十分钟的课间，他们也会跑去足球场、篮球场、网球场挥汗如雨。然后宋妍的噩梦就来了——运动过后，男生们居然扒下校服、光着膀子直接在洗手池边冲洗，还一边擦背，一边唱歌，完全不顾忌身后的女生已经花容失色。

好不容易挨到了午休，宋妍已经身心俱疲，只想赶快去吃午饭再睡个午觉，洛老师却堵在班级门口，非要领她和白夜参观学校的社团。还好白夜反应快，谎称杜良已经详细地讲解了社团情况，这才支走了洛老师。在宋妍饿晕之前，他们赶到了食堂。

相比于破旧颓败的教室，南中的食堂简直是天堂。四层欧式建筑宽敞明亮，高大的落地窗纤尘不染，食堂里所有员工都穿着统一的白色制服，戴着配套的发网、口罩和手套，看上去既专业又卫生。提供的食物更是品种齐全，知名菜系和特色小吃应有尽有，宋妍激动得差点泪奔。

选好午餐后，宋妍和白夜端着餐盘找了一个靠窗的位置坐下，温暖的阳光洒在餐桌上，金灿灿毛茸茸；刚出炉的牛肉馅饼冒着热气，香喷喷油汪汪。美景和美食的双重抚慰瞬间驱散了疲惫，宋妍满足地弯起眼睛，笑得合不拢嘴。

"头发那么难看，跟狗啃得似的，还笑得这么开心。"宋妍摘下棒球帽擦汗的空档，龙旬端着餐盘，面无表情地杵在她的面前，臭着脸冷哼，"人矮，心可够大的。"

这盆冷水泼得又准又狠，宋妍的食欲立即被浇灭了一半。

还不是你干的好事！我没找你算账，你倒先来挑衅！胸口的怒火陡然间蹿起，宋妍气得双手握拳，"噌"地站了起来，准备还击。

龙旬抢在宋妍开口前把自己的餐盘塞到了她的手中：里面没有食物，只有一张写了"检讨书"三个字的白纸。

"好好写，放学后给我。"习惯性地下达命令后，龙旬拿起宋妍面前装着馅饼的餐盘，转身离开。

"你少女漫看太多中二病发作了吧！你脑残想当霸道总裁，别拉我当傻白甜陪衬啊！我不是，你也不配！"

这一连串嘴炮机关枪，枪枪命中龙旬，把他轰得定在原地，半天没回过来神。

仿佛觉得不过瘾，宋妍一把将手中龙旬强行塞给她的餐盘掷了过去。"让你抢我的馅饼！"然后伸长胳膊捞起手边白夜的餐盘，"让你装大尾巴狼！"最后干脆跑到收餐口抱来一大捧餐盘："让你削我的头发！"

啪，啪，啪啪啪啪啪。餐盘接二连三地砸中龙旬，又准又狠，像一场凌厉的暴风雨，餐厅里所有人都看蒙了，当事人龙旬更是直接被砸蒙了。

"慢滚不送，能滚多远滚多远，否则以后见你一面削你一顿！"看着满脸菜叶、满身菜汤的龙旬，宋妍霸气地撂下狠话，帅气地转身离开。

傍晚，太阳在天边烘焙着，把白色的云朵片当鸡蛋煎，煎得红彤彤。

"嘎吱"一声，宋家的大门被轻轻拉开。

宋爸爸从厨房中探出头，向门口张望了一眼："小刚来了，你表姐还没放学呢，你先跟阿蒙玩一会儿吧。"

"爸，是我。"宋妍站在玄关一脸无奈：老爸准是把她错看成表弟了，相差三岁的两人，身材本来就相似，这头发一短，简直就像双胞胎。虽然白夜坚持宋妍不用归还棒球帽，可是放学后宋妍还是找了最近的理发店，修短了头发。毕竟，被削断的长发一时间长不回来，她也不能一辈子戴帽子，可是日子还得过，学还得上。

"丫头？"宋爸爸疑惑地走出厨房，手里还举着铲子，"我的妈啊，你的头发呢？""哐啷"一声，铲子被扔在了地上，他一把拉起宋妍，像抽陀螺般把她原地转了好几圈。

"剪了。"宋妍伸手摸了下脑后还扎手的发根，指尖被刺得微痛，心则在哗哗飚血。

女儿强撑的语气，隐忍的神情彻底吓坏了父亲。

宋爸爸的双手像钳子般紧紧地箍着宋妍的肩膀，剧烈地前后摇晃，似乎想把那头消失的及腰长发再晃出来。"丫头，你没事吧？那可是你最宝贝的头发，从小留到大，别说剪，每次去理发店稍稍修下发尾你都心疼得不得了……"

"没事。"宋妍把滑到眼前的短发别到耳后，硬挤出了一抹微笑，"长头发消耗脑部营养，打理更是费时费力，还是短头发好。"每提一次"头发"，宋妍的心就被戳一下，眼看鼻子发酸，谎话就要被戳穿，宋妍俯身抱起了正蹭她脚踝撒娇的阿蒙，快步溜进卧室。

反锁上卧室门后，宋妍瘫坐在地板上长出了一口气，这多灾多难的一天终于结束了，自己居然还活着，没有被退学，真是奇迹！这多亏了白夜暗中帮忙，还有……

宋妍抿起了嘴不愿承认，但她心里清楚，还有一个人功不可没，如果不是他当机立断削断自己的长发震住了杜良，她恐怕连校门都进不去。

虽然他的做法太过野蛮不寻常，但自己也粗暴没商量，在全校男生的面前撕掉了他的面子，扒光了他的里子，360度吊打！出了一口恶气！

本来报完削发之仇后，宋妍已经做好了和龙旬老死不相往来的准备，谁知道他居然既往不咎（或许是抖 m 控），亲自当介绍人，举荐无社团可入的自己加入末日游戏社团，再次帮她化解了退学危机。

南中学生手册第 1 页第三条：学期末社团分数不够者，退学。

喵呜，喵呜。

阿蒙伸出爪子去够宋妍的眼镜，粉嫩嫩的小肉垫一下下拍打着镜片，求关注，求爱抚。宋妍故意背起手，不理它。阿蒙气得小胡子一抖一抖的，眼睛眯成了菜刀状，射出两道冷冽的光。呵，和那家伙摆臭脸时的眼神真像。宋妍的嘴角不屑地上挑，任猫眼少年溜进脑海。

太阳奋力地挣扎最后一下，还是被拉入了地平线，天色慢慢暗淡下来，黑色笼罩了整个校园。

"老大，宋妍也太难搞了，她被小强附体了吧！越是折腾她，她越是闹得欢，怪招奇招不断，鬼点子一个接着一个，把老三教我的那些大招，全部反弹了回来！"回想起洛老师打开器材室的大门，只丢下一句"害人不成反害己，你就在这儿好好反省吧"就走了，杜良的脸都绿了，生气地给了旁边的体育部部长一拳："老四，都怪你，你干吗跟洛老师说是我把宋妍关起来的啊！害得我在那鬼地方待了一上午！还有，你小子也太不讲义气了，居然把错都推在我身上。"

"我丑我先跑，你帅你背锅。"体育部部长讨好般撞了下杜良的肩膀，心有余悸的感慨，"学霸太可怕，谁惹谁必挂。"

"不是太可怕，是超级可怕！她和那些只会死背书的普通学霸完全不是一个等级，她一个人就可以组成一队复仇者联盟，她比我遇到过、知道该怎么对付的女生要厉害五倍，不，十倍！"见老大没发话，杜良继续煽风点火。

"得了吧，你这个怂包遇到过几个女生，要不是你争着抢着当冒牌会长，发誓会赶走宋妍，我才不会给你支招，陪你演戏呢！"排行老三的王天一，早上还是对杜良点头哈腰的风纪部长，现在就朝着杜良不屑地踢了下单杠。杜良忽然重心不稳摔到了地上，仿制的学生会会长的名牌飞出了老远。

"别吵，说重点。"老大的脸色比天色还暗。

"重点就是……"杜良摔得满脸灰，吃了一嘴土，含糊不清地嘟囔，"为什么同意她入社啊？"

不仅仅是杜良，此时聚集在沙坑边的南中学生会所有成员都揣着这个疑问。明明是老大下令，今天务必把宋妍赶出南中。这才有了清晨校门口的围堵羞辱，操场上梧桐树下的陷阱，器材室门窗闩死的囚禁。

只是，这个小个子女生打破了所有人的幻想，面对手臂比她大腿还粗的肌肉男杜良，她不卑不亢，据理力争。之后升级的梧桐树陷阱环节，她又犀利地看出破绽，破坏陷阱。被反锁在鬼屋般的器材室时，她更是冷静理智，先用自制火炬触发报警器招来同伴，陷入两难困境后，又机智装死、巧妙脱身。硬是把杜良送到了洛老师手上，自己全身而退。

让人不得不感叹，这个学霸不一般。

不过才与宋妍过招两个小时，学生会就三战全负，折损主力大将，所有人都把希望放在了压轴的社团招募上。根据南中校规，在校生必须参加社团活动，并修满学分，期末分数不足者，退学。

既然一天之内不能让宋妍退学，那就用一学期。

学生会和南中全部社团的部长都打好了招呼，不得接受宋妍的入社申请。这样一来，无社团可入的宋妍到本学期期末，绝对会因为零分而退学。

一切都进行得很顺利，所有社团都如约拒绝了宋妍，计划马上就要成功，直到一个名叫末日游戏的社团横空出世，接收了宋妍。

那是今天下午放学后刚刚成立的新社团。

"老大，你为什么特意成立了一个社团收了宋妍，你不是最想逼她退学的人吗？"杜良要被这些问题逼疯了。

我不是。这句话冲到嘴边时，老大自己也吓了一跳，连忙咳嗽一声咽回这三个字。风纪部部长王天一出谋划策，山寨会长杜良出面赶人，全班男生通力配合，这场驱逐宋妍的大戏原本简单至极，他只要袖手旁观，坐等结果就好了。可是帷幔拉开，宋妍登场时，他才发现和自己预想的完全不一样，他从没欺负过女生，更不知道欺负女生的感觉会是这样——恶心！

面对宋妍那么弱不禁风的小女生，杜良他们居然下得去手，还联合全校的男生围堵她、羞辱她。他忽然觉得欺负宋妍的同学们很恶心，而围观的自己更恶心——不作为，不出声，是纵容，是更大的伤害。

无法再忍受这种糟糕透顶的感觉，他头脑一热从杜良家的包子摊借来一把砍刀飞身闯进人群。长发违反校规？那就削断好了。念头才刚一腾起，手里的刀就挥了下去，喧闹的人群终于被震住了，他拉宋妍走进了校门，救了宋妍。

方法不重要，结果才是王道，他向来是能做事绝不废话的人。

而被他营救的宋妍全程面瘫，不哭不闹不说话，在洛老师询问谁是削发"元凶"时还主动替他背锅，更让他坚定自己做了正确的事——削断宋妍的长发没什么大不了，发如韭，剪复生嘛。

就在他抱着这样的念头找宋妍代笔写检讨书时，才发现事情根本不是自己以为的那样。头发短了的宋妍大发雷霆，眼睛喷火，嘴巴发炮，恨不得将他食肉饮血，再挫骨扬灰。

这出恩人秒变成仇人的反转戏彻底震惊了他，震惊之后是震怒——她怎么能？她怎么敢当着全校男生的面驳了他的面子？还挫了他的尊严？

早上发现她被围堵时产生的一丝怜惜，上午听说她破除陷阱时感到的一点敬佩，随着她扔过来的残羹冷炙零落一地，剩下的，只有怒气和决心。

"老大，你为什么成立了社团收了宋妍啊？"这一次，坐在沙坑边的全体学生会成员齐声发问。

"看吧，好戏在后头。"南中学生会正牌会长、末日游戏社团幕后部长龙旬低头拉起兜帽，尽量忽视腹中正汹涌的反胃感，涩声说，"必须让她退学。"他迅速离开操场，将脸重新藏在阴影中。

第三章

游乐园奇遇记

第三章 游乐园奇遇记

1

秋天的阳光是四季中最让宋妍喜欢的：柔和，温暖，不带一丝杂质，纯粹得就像是函数、向量、极限的唯一性。

这样的阳光透过落地窗照在书桌上，流淌过蓝黑色的笔尖、带暗纹的笔记本和电量满格的手机……真美好啊！

宋妍闭眼享受着清晨的阳光，沉浸于自己坐在北中图书馆看书、做笔记的回忆里。时间仿佛也驻足下来，欣赏这温存的一刻。

"看路啦！"小艾一个利落的甩尾把单车横在了宋妍面前，及时阻止了正要闯红灯的神游学霸。宋妍被吓得打了个冷战，这才睁开眼睛从回忆中抽出，眼前的现实世界却瞬间把刚才的美好感觉击得粉碎。过了这条马路，就到南中了，看着那栋死气沉沉的暗灰色教学楼，宋妍整个人都灰暗了起来。

叮。手机的提示音响起。

"微信！"这一次小艾没给宋妍回神的时间，直接伸手掐住她的脸，逆时钟转了90度。

"哎哟！"宋妍痛得原地跳脚，不敢再发呆，赶紧拿出手机滑屏解锁，动作快得像闪电侠。

白夜：宋妍，你昨天跟我说的那个在北中出没、被你误认成金会长的偷窥犯，昨晚因为在三中女生宿舍偷拍被送到警察局了，我爸负责审讯。

看到这条消息后宋妍立即忘记了被掐疼的脸，一把握住小艾的手，高兴地念给她听,却遭到了无情地吐槽:"就算警察抓住了全世界的偷窥犯,也不能撤销退学处分让你重回北中,除非他们把小气鬼金会长和受气包陆校长也抓起来,他们俩才是害你被开除的罪魁祸首!"

看着剑眉倒竖、怒目圆睁的小艾,宋妍觉得她可爱到爆。这个世界上会因为自己受委屈而愤愤不平,比自己更火大更耿耿于怀的人,就是眼前这个英俊的闺蜜了。

宋妍整个人都挂在了小艾身上,搂住她的脖子不放,一边撒娇,一边偷笑,眼睛弯成了两道月牙。她高兴,为自己有这样的好朋友陪伴在身边,为北中女生们终于不用再遭受可恶的骚扰。

真想马上告诉大家这个好消息。红灯刚灭,宋妍就冲了出去,像一只离弦的箭矢,目标直指北中。

庄重优雅的汉白玉门柱,大气醒目的金色校牌,宋妍终于站在了北中的门口。

"刘夏!"刚走进校门宋妍就遇见了从小卖部出来的小个子女生,手里还握着一杯黄桃酸奶。

看见宋妍后刘夏怔住了,半晌才挤出了两个字:"会长?"

肯定是新发型吓到了刘夏。别说是她,顶着这头短发,自己今早梳洗时都没勇气照镜子,只是胡乱用手指顺了顺。想到这儿,宋妍不自在地捋了下新剪的刘海。

"告诉你一个好消息,那个偷窥犯……"

"呀!买错酸奶了,我回去换一下。"

宋妍才开了个头,刘夏就转身跑进了小卖部,整整五分钟都没有出来。

欸,她不是最喜欢黄桃酸奶吗?天天嚷嚷着黄桃酸奶一生推,怎么会说买错了跑回去换?

"宋妍!"

就在宋妍杵在北中门口百思不得其解时,操场的南墙头探出一张俊脸和一只玉手。"早自习!"白夜挥了挥手中的小红本,"迟到要跑50圈。"

宋妍慌忙拿出手机看时间，屏幕一片漆黑。

啊！没电了，昨晚忘记给手机充电了。

来不及鄙视自己，宋妍转身跑出北中，和时间赛跑，向南中冲刺。

看着那抹小小的鹅黄色身影风一般飘远，白夜如释重负地舒了口气。今天早上他提前半个小时就来到了教室，边背校规，边等宋妍。可是当他一字不差地记好了整整50条校规后，宋妍还没有出现。离早自习铃声响起只剩下五分钟，他赶紧给宋妍打电话，却只听到冰冷的关机提示。担心杜良再次找宋妍麻烦，白夜一口气冲出教室向校门口跑去，和埋头吃包子的龙旬撞了个满怀。

"你看见宋妍了吗？"白夜上气不接下气。

"那边。"龙旬指了下隔壁北中，他刚才在校门外买包子时，看见宋妍走进了北中。

"我去北中叫她。"

"墙。"龙旬手指向下移了一寸，指着北墙，"爬到墙头叫她，更快。"

就这样，在龙旬的帮助下，白夜用从小画油画的手，攀上了足足3米高的墙，顺利喊回了宋妍。

"谢谢。"白夜低头对脚下的龙旬说。

"看着挺瘦，重得像头牛。"龙旬躬着腰，臭着脸，满眼后悔。

早自习铃声响起的同时，宋妍赶到了教室门口，用了5秒钟迅速理顺头发擦去汗珠，深吸了一口气后，她推开了教室的门。

一进门，宋妍就感觉气氛不对：没有人睡觉，也没有人吃早餐，大家都把头埋在桌斗里，肩膀抖个不停。从门口走到座位上的短短十几秒钟，这种违和感愈发强烈，就像有一张看不见的网紧紧地粘在身后，随时准备将她捕获。

刚放下书包，宋妍就推开窗户，把头探到窗外大口呼吸，玻璃映出的景象引起了她的注意：所有人都在低头刷手机，边刷边笑，视线在手机屏幕和她之间来回转移。

从邻座王天一那里借来充电宝，宋妍充电后立刻按下开机键，登陆了班级的聊天室。

你们听说了吗？她得罪了北中老大金会长，上了全市中学的黑名单，万人嫌，没人要。

人家大伯是南中校长，老爸是部队师长，背景硬着呢！

怪不得一个女生能转进男校，原来是走后门，什么学霸，明明是官二代，关系户。

快看快看，又有新照片了，你看她那蠢样，好像Doge，哈哈哈。

一张张照片如同一发发子弹，接二连三地射向聊天室，全都是宋妍昨天被围堵在校门口的特写。

照片里的她或呆若木鸡，或龇牙咧嘴，翻白眼、吸鼻子、高低眉、喷口水……简直就是智障少女合辑，与传说中高冷的学霸南辕北辙。

什么鬼？！太重口味了吧！

宋妍自己看这些照片都打冷战，手一抖差点把手机扔出去。

我爸是师长？我爸只是家长！她气得真的翻起了白眼。

似乎感受到了宋妍散发的怒气，前排的白夜关掉了手机。他和龙旬是全班唯一没有在聊天室攻击宋妍、看了照片没笑的人。

白夜笑不出来，这些照片明显是恶意截图，专门截下表情转化时五官变形的瞬间，就像网络上大火的被网友恶搞的明星表情包。

恶搞明星无伤大雅，明星本身就具备娱乐性和话题性。可宋妍只是一个普通的中学生，对待一个15岁的小女生，用这种手段造谣攻击，真是没品又没趣。

叮。

一条消息弹了出来，横在屏幕中间。

宋妍以为又是无聊的谣言，便转过脸不想理。可提示的绿灯一直闪个不停，强迫症爆发的她只好解锁点开。

刘夏：会长，对不起，刚才我不是故意逃走不理你的。昨天晚上7点，北中学生会的全体成员都收到了一条威胁短信，警告我们不准找你，不许和你讲话，否则就把我们抓起来，剃光头发。

剃头？宋妍伸手摸向被刀削过后留下的又短又涩的发根，一瞬间顿悟，立即转向后桌低吼："龙旬！"

"宋妍，转过来坐好。"洛老师从门口走向讲台，一袭菘蓝色麻质长裙既显身材，又衬气质，"其他人也是，把手机收起来，要不然就扔出去。"

没再多说一个字，洛老师只是掷过去一个眼神，原本嘈杂混乱的教室就迅速安静了下来，男生们都正襟危坐，争当听话的好学生。

"你先说。"洛老师的眼睛瞄向班级最中间的位置，杜良像被毒蛇咬了一口，腾地站了起来。"我错了，我不应该捉弄宋妍，我在这里向她真诚郑重地道歉，宋妍，对不起，我保证以后和你和平相处，团结互助，共同建设社会主义和谐校园。"

我没兴趣，你自己建设，自己和谐吧。宋妍对着杜良的背影撇了下嘴。

"还有你。"洛老师的眼睛这次飙向了龙旬。

她身后传来椅子与地面的摩擦声："检讨书：我不应该削宋妍的头发……"

宋妍冷哼了一声，低下头，插上耳机，放起了英语听力。她不想听龙旬这篇既无诚意又无歉意、极有可能是别人代笔的检讨书。这只会让她对昨天他削断自己头发的事更生气，同时也更心疼那头50厘米的长发。

昨天事发时，她之所以没有反抗，并不是觉得无所谓，而是她反应慢，根本没意识到龙旬对自己到底做了什么。当时又是人墙又是砍刀，她整个人都是蒙的，所以才会在洛老师询问削发的"真凶"时，下意识抢了龙旬的自白，乌龙地说是自己削断头发。而那个家伙居然会把这些理解成她对被削发的事不在意，还以恩人的姿态命令她替他写检讨书……

这得是多白目的人才会做出的蠢事啊！他就像一个没有接触过女生、完全不懂女生心思的猿人……不过也是，这里毕竟是不招女生的男校，自己在女校时不也没有想到男生居然会是这么粗暴粗心粗线条……

身后桌子的晃动打断了宋妍的腹诽，龙旬读完了检讨书，宋妍也摘下了耳机。

见两个捣蛋分子都对宋妍道了歉，表了决心，洛老师的眼神才柔了下来："为了防止此类事件再次发生，从今天起，全班男生轮流当保镖，保护宋妍的人身安全。如果校园里再出现昨天那种恶作剧……"洛老师停了一下，机枪般的眼神扫射整间教室，"连坐，全班男生集体受罚。"

嘶……

包括宋妍在内，三年五班全员倒吸了一口冷气。

"龙旬，先从你开始，今天，你保护宋妍。"

不知道是杜良真心悔改想和宋妍一起建设社会主义和谐校园，还是洛老师的"连坐"制度起了震慑作用，又或是大家真的相信那些谣言对宋妍有所忌惮。总之，不同于昨天的步步惊心，今天上午风平浪静，宋妍惬意又诧异地熬过了四节课。

学霸和课堂不是天生一对吗？怎么会觉得煎熬？

宋妍问了自己一上午，终于在午休的操场上找到了答案。

"过来。"龙旬站在跑道边朝宋妍勾了勾食指，就像在召唤一只小狗。

这就是答案：龙旬就是卡在宋妍嗓子里的那块鱼骨，是插在她心头的那根木刺。刘夏早上发过来的那条消息字字都指向龙旬，尤其最后一句话"剃光头发"，这简直就是龙旬才会做的事。

但是宋妍又找不出他这样做的动机，而且向刘夏要来短信原件后，有一处让她很在意。短信的内容和刘夏发来的消息基本一致，除却最后一行：出21：23—25。

第一眼看上去会以为这是时间——21点23分到25分。也许发威胁短信的

第三章 游乐园奇遇记

人先在草稿箱拟好了短信内容,提醒自己在晚上9点23分到25分之间发送。

可是这完全说不通,因为刘夏是晚上7点钟收到短信的,据她讲北中其他女生也是在同一时间收到信息,这应该是群发短信。

所以这串数字代表的并不是时间,而是缩写。出21:23—25,表示《出埃及记》第21章23节到25节,这是教徒惯用的标记方式。

而书中这两节的内容是——以眼还眼,以牙还牙。讲的是旧约的律法。

这就对了!这是一句警示,告诫刘夏她们最好按照短信上说的内容去做,否则,就会遭到报复。

"过来!"见宋妍站在原地发呆,龙旬直接吼了出来。

过去削你一顿?宋妍想起昨天撂下的狠话"见你一面削你一顿"后立即握紧拳头,她根本不想过去,看见龙旬就烦。可是,不理他就没法查清匿名短信的真相,她可不想让北中的女生们再次笼罩在危险的阴影下。

过去就过去!为了北中,为了正义!

宋妍给自己打气,以上阵杀敌的姿态走向龙旬。

龙旬站在跑道边,眼见着宋妍携着满腔的怒火盯着自己,一副他杀了她老爸,勒了她家老狗的悲愤表情。龙旬不由打了个激灵,胃猛地向下一坠,竟然觉得脸有点烧,心有些虚。他飞快地别过头,躲开宋妍的眼神杀,冷脸闷想:不就是削了你的头发吗,又不是长不出来了,你至于……

"对不起。"宋妍突如其来的声音似烧红的铁钳般刺进龙旬的鼓膜,"你应该和我的头发说对不起,它对我而言不是可有可无的东西,是我很珍惜的宝贝,是纪念品。"宋妍深吸了一大口气才压下喉咙里的哽咽:"那头长发,我留了十三年,它陪了我十三年,它是我和妈妈之间唯一的……"

听到宋妍的声音越来越小,最后只剩下沉重的呼吸声,龙旬终于转过头,看向她:她正紧握双拳,嘴巴抿成一条直线,不停地深呼吸,似乎在竭力压制着某种情绪。而当龙旬的视线上移,落在她的双眼上时,他一下子怔住了。

那双眼睛又红又肿,像两颗快撑破皮的桃子。龙旬忽然想起了龙妈妈,爸爸每次出海的前一晚,她都会大哭一场,隔天眼睛就会红肿起来,像宋妍这样……难道宋妍昨晚也……哭了?龙旬的心被拧了一下,突然明白了昨天宋妍为什么会在餐厅骂他泼他,对他发那么大的火,因为自己没经过她的允许就削了她的头发,还自以为自己救了她。他虽然还不能理解头发对于女生到底有多重要,但是对宋妍而言,是顶顶重要的,他看出来了,也感觉到了,虽然晚了整整一天。

人失去最重要最宝贝的东西,当然会生气,会伤心。龙旬只是试想了一下陪了自己三年的吉他被砸坏,就觉得胸口闷痛。所以他瞬间就理解了宋妍的感受,也终于意识到自己错了,不是王天一代笔的检讨书上用来应付洛老师、毫不走心的"认错",而是,从心底觉得自己真的错了。

"先慢跑一圈热身,然后两圈耐力跑伸展肌肉,接着三圈变速跑锻炼肺活量,最后做四组50米折返冲刺跑训练爆发力。"龙旬忽然提高声音,一口气对宋妍扔出这些话。

原本他叫宋妍过来是想报仇,让她跑圈跑断腿,跑到哭爹喊娘,出出昨天在食堂的那口恶气。可是现在,他却有了别的想法。

"我不跑。"宋妍一口拒绝。

"呵,看你这么弱,也跑不下来。"龙旬睨着宋妍,满眼轻蔑。

果然不出他所料,宋妍立即炸毛,一头扎向跑道奋力奔跑。看着那抹鹅黄色的背影,龙旬觉得好受了些:这样坚持下去,她的身体一定会变得强壮起来,不会再轻易被人欺负。此刻的龙旬,心里满是对宋妍的歉意和愧疚,已然忘记了昨晚自己向学生会下达的命令——必须让宋妍退学。

埋头跑了一圈后,宋妍才反应过来自己中了龙旬的激将法。跑到第二圈时,才想起她还有事要问龙旬。

"你知道《出埃及记》吗?"跑到龙旬身边时,宋妍故意慢了下来,开始试探。

龙旬心不在焉地点了下头:"前几天刚看完。"

宋妍的胃猛地揪成了一团:果真是他发的威胁短信,太差劲了!

"蝙蝠侠主演的电影嘛,他被一个光头狂虐了两个半小时,看得闹心死了。"

龙旬眉间折起了一道笔直的褶皱。

"你说的是克里斯蒂安·贝尔主演的好莱坞电影《出埃及记：诸神与国王》？"

"嗯。"龙旬像看智障一样看着宋妍，"不然呢，难道还有别的电影也叫这个名？"

"当然，从1960年到2014年间一共有七部电影取名为《出埃及记》，英国、美国、意大利、加拿大、中国香港都拍过，我最喜欢1960年保罗·纽曼主演的那一版，讲的是以色列脱离英国管制独立解放战争的故事……"宋妍讲得眉飞色舞，嘴炮越放越欢。

"快跑！别偷懒。"龙旬冷着脸打断宋妍，搞不懂她中了什么邪，明明前一秒还恨不得吃了他，这一秒居然和他侃电影。

呵，呵呵，那条威胁短信要是他发的，我把手机吃下去。

看着龙旬的冰山脸，宋妍喘着粗气，边跑步边鄙视自己。

午休时的南中，热闹得就像非洲大草原，只要是没伤没残胳膊腿能活动的，一冲出食堂就扎进了操场。

个子高、身体壮的男生有优先选择权，篮球场、足球场、网球场随便挑，队友对手任意选。他们就像草原上的黑犀牛，靠重量和力量称霸整个南中。

身材瘦弱、不喜也不擅长运动的男生就比较惨了，躲在教室里会被嘲笑，来到操场又会被使唤，捡球、买水、递毛巾、当啦啦队队员……其他学校里女生做的事，他们都要做，还得做全做好，这样，才不会吃拳头。这些男生就像黑犀牛身上的犀牛鸟，靠帮犀牛捕虫止痒、望风放哨在南中获得一席生存空间。

不同于北中学姐学妹的年级制度，在南中，不管你是新生还是毕业生，只要有力量有胆量，就有地位，就是强者。这里没有尊老爱幼，只有弱肉强食。

而龙旬，就位于这个残酷生物圈的最顶端，他不仅是强者，他还支配强者。

"老大老大，你这招也太高了！"看见龙旬坐在北墙上看漫画，杜良蹬着墙壁的缺口，双手一撑，也翻上了墙头。

"嗯？"龙旬眼皮都没抬。

"就是那些照片啊！你把宋妍的糗照发到班级的聊天室上，兄弟们都笑疯了，整个班级都看到了她的蠢样，看她还怎么牛。"

唰啦，唰啦。

书页走马灯似的翻动，龙旬眉头微耸，冷声说："我没发。"

"哈，哈哈……"杜良捂着肚子笑了起来，"老大你演技真好，比白夜那小子还厉害，居然能这么一本正经地撒谎。我就不行了，一有人叫我会长，我就两腿发软，生怕被宋妍看出来自己是山寨货。"回想起昨天宋妍对付自己的手段，杜良立即焦躁起来，身体里像点了一把火，从脚底热到头顶，他左翻右找，从口袋里翻出了张纸片扇风。

"什么东西？"杜良手中鲜红色的"扇子"引起了龙旬的注意。

"宣传单。"杜良顺手把红纸展开，上面印满了照片，宋妍的照片，和聊天室发布的一模一样，尺寸更大，清晰度更高。除此之外，还印了有南中校牌和南中学生入镜的全景照片。

"哪来的？"龙旬一把抢过红纸。

"北中，贴满了一整面宣传栏，我还以为是你贴……"眼见龙旬的眸色越来越暗，杜良的声音也跟着越来越小，最后干脆闭上了嘴。

龙旬盯着宣传单，胃里瞬间充满了酸液和冰块。

如果这些照片只是发在班级的聊天室，他觉得无所谓，不过又是王天一针对宋妍搞的"阴谋"。可是，现在照片出现在宣传单上，而宣传单贴在北中，整整一面墙，性质就完全不一样了。这是家丑外扬，赤裸裸地向外界宣扬南中的男生在合伙欺负一个小女生，尽管这是事实，却不是全部的事实。这是在扭曲，抹黑南中！

杜良发现龙旬的手越握越紧，像是在掐谁的脖子。

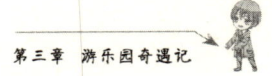

"找到贴传单的人。"

从牙缝里迸出这几个字后,龙旬一跃从墙上跳了下去。

赌气跑完龙旬要求的圈数后,宋妍半条命都没了,气不够用,脚不听使唤,膝盖一软就瘫坐在跑道上,全身都散了架。

看到龙旬跳下北墙扔下自己直接走进教学楼,宋妍的肺都气炸了:这哪里是保镖,简直就是杀手,他根本就是想让自己跑死,为昨天食堂的事报仇!

叮。

手机震动了一下。

13 点整,狮虎山游乐园门口集合——末日游戏社团。

反复看了几遍,确定不是剧烈运动后大脑缺氧产生的幻觉,也不是垃圾消息、微商广告,而是自己社团发来的通知。宋妍头一仰躺在了跑道上,整个人摆成了一个"大"字,轻松感如洪流般淌遍全身,气也顺了,身体也有劲儿了,原地满血复活。

这个社团叫末日游戏,又选择在游乐园进行社团活动,肯定是以"玩"为主,寓教于乐。

一想到能去游乐园,宋妍感觉笑容快要从脸上钻出来了。她赶紧抿紧双唇,生怕笑得太用力岔了气,耽误了下午的社团活动。

在北中,宋妍也参加了社团——交响乐社团,她每天放学后都会和社团的女生们排练,沉浸在音乐筑成了美妙梦境里。

但是来到南中后,这个梦就碎了。放眼四周,不是足球社、篮球社、网球社,就是柔道社、剑道社、跆拳道社。前者拼体力,后者拼暴力,都是学霸不擅长的事。好不容易找到拼智力的围棋社,宋妍推开门后却只发现了一只狗——围棋社部长兼社员兼狗主人已经被网球社的人掳走,当球童。这幕似曾相识的情景不禁让宋妍联想到了宋爸爸的书店,她顿时备感亲切,当即决定入社。

当宋妍信心满满地向围棋社部长递交入社申请时,居然被拒绝了,部长说他宁可要一只狗当社员,都不要宋妍。然而,这只是噩梦的开始,同样的拒绝又接二连三地从其他社长的嘴里说出,南中所有社团都将宋妍拒之门外。

还好,末日游戏社团及时出现,看在介绍人龙旬的面子上,部长杜良同意让宋妍入社。

唉!如果不是龙旬,这学期末就又得退学了,一会儿到游乐园后要谢谢他。

在开往游乐园的公交上,这个念头再次涌上宋妍心头。因为头发被削短的事,宋妍一看到龙旬就生气,别说道谢,连好眼色都没给过一个。龙旬又天生臭脸,于是宋妍的脸就更臭,两人每次碰面,都像是一场臭脸竞赛,他们争相比着谁的脸色更差,态度更恶劣。

"长得呆就算了,还总发呆,到站了,呆瓜!"从公交车末排走出来的龙旬丢给宋妍一个白眼,双手插兜长腿轻迈,几步就跨出了车门。

"骂我的人多去了,你算老几啊!回南中校门口排队去吧!"宋妍半个身子探出了车窗,对着龙旬的背影大叫。

五分钟后,音调更尖、分贝更高的叫声再次出现,主角依旧是宋妍,地点从公交车换到了游乐园。

宋妍哭丧着脸站在狮虎山游乐园的最高点——全国排名第一、高达77.7米的蹦极塔上。耳边只有呼呼的风声和雷鸣般的心跳声,冷汗喷泉般地从她的背上涌出,做多少个深呼吸都止不住。

"对有恐高症的人而言,从这里蹦极,就相当于跳楼自杀,甚至比死还要可怕,而恰巧大部分女生都恐高。"站在地面上的王天一扬起脸,眯着眼看着蹦极塔上那抹鹅黄色的身影,摇摇晃晃,似乎风一吹就会飘落下来。

"洛老师只说校园里不许再出现恶作剧,没说校园外。"站在龙旬身旁的王天一嘴角带笑,为自己想出这招蹦极绝杀得意不已,"学霸的威力再大,也没有地心引力大。"

"她自找的。"龙旬冷哼了一声,扣起兜帽遮住眼睛,不再去看宋妍。刚才他明明好心向"部长"杜良提议,不让宋妍参加这个环节,可是宋妍却抢先爬上了蹦极塔,根本不领他的好意。

"吓死活该。"龙旬转过身大步走开,眼不见心不烦。

"宋妍,别低头,也别回头,什么都不要看,什么都不要想,相信自己,你一定可以的!"白夜举着扩音器向蹦极塔跑了过来,站在龙旬刚刚离开的地方,一遍遍向宋妍喊话,一遍比一遍大声。

听到白夜温暖的鼓励声后,宋妍安心了许多。我可以的,我一定可以的,不过是蹦极,跳下去就好了。宋妍给自己做好心理建设,睁开眼睛一步步向前走,不去理会头发里聚集成滴的汗水,也不去感受它们正顺着后背流淌。

终于到达了准备区,蹦极塔的最前端。宋妍拼命告诉自己不要向下看,可余光还是不自觉地瞥了一眼。哗,冷汗霎时打透整个后背,刚刚攒足的勇气全部被冲毁。她只觉得双腿无力,天旋地转,踉跄了一下,身体突然向后倒去。

咣!

只是站在下面看,白夜就觉得疼,心里不由得担心起了龙旬——宋妍倒向铁板的瞬间,龙旬飞一般冲了过去,伸出的双手刚好架住宋妍,却因为惯性太大,被宋妍带得向后仰倒。宋妍跌在龙旬的怀里安然无恙,龙旬却承受着两个人的重量结结实实地砸在了铁板上。

"还跳不跳?"强忍着身体内爆发的疼痛,龙旬站起身冷着脸问宋妍,等着她边哭鼻子边跑下蹦极塔。

宋妍把两只衣袖都哭湿后,站了起来:"跳!"

她昂起头,再次走向准备区。

作死!

龙旬暗骂了一声,转身去找蹦极教练要求与宋妍一起跳。

"准备好了吗?3,2,1,跳!"教练伸手一推,宋妍和龙旬就掉下了塔台。

"啊!"

宋妍的第三声尖叫响彻整个游乐园,却只持续了短短的3秒钟。第4秒,她就晕了过去。

"活该。"和宋妍面对面绑在一起飞速下坠的龙旬嫌弃地别过脸,双手却把怀中的人护得更紧。

下坠,不停地下坠,不管怎么挥手蹬腿,放声大叫,也无法阻止。宋妍觉得自己就像在空中奔跑的运动员,终点是地狱,在身体落地摔得粉身碎骨之前,她只能这样:跑,一刻不停地向下跑。

不能回头,更无法转身。眼前虚无的黑暗固然可怕,但身后的滔天火焰更加骇人。一只巨兽正以比坠落还快的速度追赶着宋妍。它通体漆黑,面目模糊,像是由阴影和噩梦幻化而成的恶魔。它喷着火,一路狂奔,眼看就要追上宋妍。

"救命!"

宋妍腾地一下从床上弹起,不住地喘着粗气,惊魂未定。

回了三次头确定自己身后没有喷火的巨兽追赶,宋妍才长出了口气:啊!是噩梦。

唉,怎么又是这个梦——狂奔、火焰、被巨兽追赶……这个噩梦宋妍再熟悉不过了,压力一大,它就会袭来,十年了,一直如此。

太阳穴擂鼓般地抽痛,宋妍摇了摇头,试图甩掉脑海中巨兽的残影,回到现实中来。"我在哪儿?"她喃喃自语。

"家啊!"宋爸爸顶着那头浓密的自然卷出现在宋妍的视线中,"你在游乐园晕过去了,你同学把你送了回来。"

"谁?"

"猫眼男背你进的家门,鹿眼男和肌肉男全程围观。"

"龙旬背我回来的?"宋妍圆睁的眼睛里闪出了一丝惊讶,紧接着自己和龙

第三章 游乐园奇遇记

旬绑在一起被推下蹦极台的画面便呼啸着从眼前飞过。

当时,她刚跳下去就晕倒了,对于后面发生的事完全没有记忆,但是晕倒之前的细节却历历在目:她站在高得骇人的蹦极台上吓得跌倒时,是龙旬及时冲过来用自己的身体护住了她;她哭得一塌糊涂心生退意时,又是龙旬适时的质疑激发了她继续挑战的勇气;而就在她下决心跳下蹦极塔紧张得无法呼吸时,还是龙旬坚决地让教练把他们俩绑在一起,他要陪她跳。

宋妍再次闭上眼睛,仔细地看着脑海中定格的画面,她晕倒的前一秒——龙旬紧紧地握着她的双手,脸色冰冷,掌心却格外温暖。

或许,他没有那么差劲,不对不对,应该说他心眼挺好的,只是表达方式有问题。宋妍又回想起龙旬在校门口帮她解围,介绍她加入社团的事。她忽然觉得,对于他削断自己头发的"罪行",已经不那么气了。

见宋妍半天没说话,宋爸爸抚了下她额前被汗湿的刘海,满目忧愁:"丫头,我听那个鹿眼男说,你是在参加社团活动玩蹦极时晕过去的,你有恐高症你不知道啊,心也太大了。"

不是心大,是心狠。宋妍当然清楚自己恐高,可是她不想第一次参加南中的社团活动就弃权落跑。有时候,人必须对自己狠一点,逼自己去面对内心的恐惧。否则,只能当一辈子胆小鬼,遇到困难就逃跑。

再说,她不想躲在龙旬身后让他做自己的挡箭牌。她四肢健全,双商在线,可以自己解决问题,更可以保护自己。

看女儿一会儿皱眉,一会儿撇嘴,似乎身心正承受着极大的痛苦和折磨,宋爸爸大手一挥:"别去那个花样作死社团了,退部,现在就给部长打电话申请退部,咱不遭这个罪了!"

头一次看见老爸气成这样,连双下巴和将军肚都抖个不停,宋妍"扑哧"一下笑出了声。发现状况不对她又赶紧憋住笑,绷住脸,开始讲事实、摆道理:"爸,你别急,我给你分析一下现在的形势。第一点,也是最关键的一点——我不能辍学在家,对此,我们已经达成了共识。南中是全市唯一一所肯收留我的学校,根据南中的校规，退出社团就等同于退学，所以，我不能申请退部。"

发现老爸下巴上的肉颤动的频率变小，宋妍继续加码："第二点，如果我现在给部长打电话申请退部，只能表明一件事——我害怕了，我觉得自己不行，想放弃，这在战场上就相当于临阵脱逃。我是挺害怕的，可是我还不想投降，这场战役才刚刚打响，我才跑上战场开出了第一枪，敌人是很强大，可是我也不差啊！我不要当逃兵，我想看看自己到底能撑到什么时候，能打赢几场仗。"

"说得好！"宋爸爸激动不已，一把搂住宋妍，"丫头，放开胆子跟他们斗，老爸支持你！"

这通嘴炮不但唤起了宋爸爸曾经作为军人的激情，也激发了宋妍的勇气和信心。她现在热血沸腾，恨不得跑回游乐园再玩一次蹦极，站在全市的最高点，向杜良、向全南中的男生高喊：放马过来吧，我不怕！

离开宋妍家后，三个男生结伴回到了南中。

刚进校门，漫画社部长就火急火燎地拖走了白夜，生怕晚一秒，这新招的团员就被篮球社的龙旬和杜良抢跑。

篮球社的核心团员是南中学生会的骨干团——墙头六人帮，更是末日游戏社团的全部团员。

刚才宋妍在游乐园那么一晕，末日游戏社团的第一次活动也宣告结束。她被送回家的同时，其他社员也偷偷跑回了家。

光杆司令杜良觉得不尽兴，硬拉着龙旬继续社团活动，他们跑到篮球场，一对一斗牛。

杜良高举双手交叉挥动，像动物园里讨香蕉吃的大猩猩。他一会儿蹦高，一会儿猫腰，阻挡着龙旬，不让他靠近篮筐。

龙旬觉得有点累，懒得跟杜良纠缠，带球退到三分线。见杜良像癞皮狗般又黏了过来，龙旬干脆退到中场，左手托球，右手手腕轻轻一摆，篮球划过了半个球场，稳稳地落进了篮筐，完美的空心球。

"赞！"杜良像自己投进球般兴奋，颠颠地跑去捡球。

龙旬顺势坐在地板上，面沉似水，心底却暗流汹涌。

白夜为什么会出现在游乐园？龙旬双眉间起了一丝涟漪。今天下午是南中每周一次的社团活动日，所有在校学生都必须参加社团活动。从刚才漫画社部长的表现来看，白夜显然是向他请了一段时间的假，并利用这段时间跑到了游乐园给宋妍加油。

不，不是加油。他是担心宋妍被杜良欺负特意赶过来保护她的，就像昨天在操场上他帮助宋妍躲过飞来的足球，听到警报声后赶到器材室帮她打开门死的大门一样……

为什么？为什么白夜总能在第一时间发现宋妍有危险并及时赶来帮助她？他又不是学生会的成员，他根本不了解内情。

答案只有一个：白夜一直在关注宋妍，关注着她的一举一动。

可是他昨天才转到南中，认识宋妍的时间还不到36小时。

除非，除非白夜之前就认识宋妍，和她关系匪浅，所以才会这么紧张她，担心她出事。

这就更奇怪了，因为从宋妍的表现来看，她根本不认识白夜。

这小子到底是谁，他到底想干什么？

龙旬的眉头锁得更紧了些，他一脚踢飞了杜良扔过来的篮球。

"老大，你生气啦？"杜良一寸一寸蹭向龙旬，"生宋妍的气？她自己不敢蹦极，把你当垫背拖下水，太卑鄙了。"

龙旬抬眼看向杜良，想说不是宋妍拉他当垫背，而是他主动要求和宋妍一起蹦极。

不行，这样说不就承认自己在帮宋妍吗？这太可笑了，他昨晚还对学生会下了必须让宋妍退学的命令。

对，就是这样！

不管是宋妍，还是张妍李妍，只要对方是女生，只要她闯进男校南中，就是敌人，他就得下令驱逐她，逼她退学。

南中迎来的和送走的必须都是男生！

这是维持了20年的传统和规矩，也是每届学生会会长必须履行的责任和义务，他不能破坏，必须遵守。

龙旬挺直腰板，想把这些话告诉杜良，坚定他驱逐宋妍的决心。

可刚一张嘴，宋妍就溜进了他的脑海：跑道上她满头大汗还坚持跑步的样子，蹦极塔上她满脸泪水还决心跳下去的神情……幻灯片般一幕幕闪个不停，根本关不掉。

这真是见鬼了！明明理智一再告诉他要按照之前的计划，把事情交给王天一他们处理，自己坐等着看宋妍退学就好。可当他真的看到他们"处理"宋妍时，却根本没法不出声，不出手，他的身体总是快头脑一步地上前阻拦。从上次的校门口解围，到这次的蹦极塔陪跳，本来是想整她，结果却都成了帮她。

我是不是疯了？

龙旬质问自己，他突然站起身，甩了自己一个耳光。

夜空没有月亮，星星也隐进了云层里，空气压抑得连风都屏住了呼吸，树叶也止住摇晃。

北中的校门前，两道阴影蛰伏在墙角，一动不动，几乎与黑夜融为一体。

"老大老大，他来了。"杜良举着夜视望远镜，低声报告。

"看清楚了吗？"龙旬缩着身子，眼神冰冷，像等待猎物的黑豹。

"我看见他手里拿着一沓宣传单，上面还有宋妍的照片。"杜良十分确定自己不会看走眼，虽然目镜中的人用棒球帽遮住了大半张脸，但他确定这个人就是在北中贴传单、抹黑南中的真凶。

"听我的口令。"

脚步声越来越响,龙旬紧盯着逐渐靠近的黑影,弓起脊背,准备出击。

"上!"

不等黑影从大门上翻下来,龙旬就蹿了出去,仿佛一道黑色的闪电,他一把抓住黑影的脚踝,猛地向下一拽。

砰!

嘶……

夜色中传来重物落地的闷响和倒吸冷气的声音,两支强光手电筒同时亮起。

"怎么是你?"杜良因为震惊而变调的质问,听来尤为刺耳。

白夜瘫坐在地上,原本白皙的脸庞涨得通红,他左手紧紧地攥着一叠红色的宣传单。

第四章

正义联盟

第四章 正义联盟

一道闪电突然划破夜空，张牙舞爪、咄咄逼人，在漫长的一秒内，所有真相都被照得雪亮。

宣传单上的宋妍，弱小又无助，与此时的龙旬形成了鲜明对比——他眸色黯黑，瞳仁却迸着红光，像是焖烧的炭火。

龙旬身旁的杜良不由得向后缩了一步。认识龙旬九年，他再熟悉不过此时的情形：当龙旬出现这种眼神时，就跟响尾蛇发出声音、狮子竖起鬃毛一样，代表着——他要发起攻击了。杜良使劲压制着想逃跑的本能，举着手电筒的手抖了一下，灯光开到了最亮。

"老大，就是他！是他在北中贴的传单，你看，他手里这些是没贴完剩下的！"杜良的拳头比他的指证还快，闪电般地撕破空气，直接砸向白夜的脸。

"不是他。"龙旬一把抓住了杜良，此刻，杜良的拳头与白夜的鼻尖只隔着一层空气。

"不是他才怪！"杜良抢过白夜手中的宣传单，狠狠地摔在他的脸上。

"你看这些传单。"龙旬也把手电筒调到了最强光，"边角残破，纸面褶皱。"他蹲在地上开始捡传单："每一张都是。"

"那又怎么样？"

龙旬叹了口气，恨不得把自己的大脑分给杜良一半，他只消一秒就发现的真相，杜良居然视而不见。"这些都是旧传单，是从宣传栏上撕下来的。"

"啊,所以它们才会都有破损。"杜良盯着龙旬手中残破的传单恍然大悟地拍了下脑袋,"老大,你的意思是说,白夜今晚潜入北中不是去贴新传单,而是去清理之前被贴上去的旧传单?"

龙旬点了点头,一把拉起白夜。

"这么说白夜不是抹黑南中的凶手,而是拯救南中的英雄!"杜良兴奋地冲过去揽住白夜的肩膀,就好像刚才要打碎白夜鼻子的人根本不是他。

"我不是英雄。"白夜说道。他不是在拯救南中,他只是不想看到宋妍难过。

"你看到贴传单的人了吗?"龙旬紧攥着传单,眼神再度凶狠起来。

白夜摇了摇头,小鹿般澄澈的眼睛里浸满了疑惑和愤慨。

"一定要抓住真凶!"

一冷一暖两声话音同时落下,龙旬和白夜对视了一眼,目光同样坚定。

秋风渐渐多了丝凉意,校园里的梧桐树开始簌簌颤抖,落叶越来越多,为操场铺上了一层金黄色的地毯,理川市的秋天,正式到来了。

在男生们的轮流保护之下,宋妍在南中安稳地度过了一周,她配了隐形眼镜,习惯了需要跑六层楼梯的卫生间,学会了对开放洗水池边的裸背男视而不见。男校的生活,似乎也不是那么难以忍受。

而班级的同学也让她刮目相看。这一周与保镖们相处下来,原本令她深恶痛绝的墙头六人帮,似乎一夕间换了幅新面貌,变得可爱了起来。

学生会会长杜良看起来块头大、凶巴巴,其实胆子小得不行。杜良当保镖的那天,怕宋妍碰瓷儿讹他,先是请宋妍吃包子为之前的恶作剧赔礼道歉,又硬拉来龙旬作陪,充当保镖保护他自己。

体育部部长秦少宝看似木讷,不说话时几乎就是一座会行走的木桩,总是让宋妍想起树人格鲁特(电影《银河护卫队》中的人气角色),直到轮到他保护宋妍时,宋妍才发现自己大错特错。与呆萌的只会说"格鲁特"三个字的树人不同,秦少宝开口就是段子,从十字路口左转去学校时的"转角遇见的不是爱,都是乞丐",在操场跑圈时的"北上广不相信眼泪,操场上你得有好肺",就连宋妍吐槽时他也会插一句"功夫再高也怕菜刀,自带外挂不如嘴炮"……在放学后他完成保镖任务时,宋妍一脸认真地建议他去春晚说相声,不用搭档,单口。

风纪部部长王天一人长得细高瘦长,一脸马仔跟班相,别看他平时总围在杜良身边鞍前马后,却志向远大。宋妍深刻地记得王天一保护她的那天,手里一直捧着马云的自传和乔布斯的奋斗史,一边看一边记笔记。

与被保护对象宋妍日益放晴的心情不同,保镖们则是满腹怨气。他们丝毫没意识到是由于自己欺负宋妍、做错事在先,才被安排了这项保护工作。而是认定宋妍仗势欺人,利用她大伯是校长、她是官二代的身份搞特权,厚脸皮地向洛老师索要来保护伞,让全班男生轮流给她当跟班。这不是狐假虎威嘛,绝对不能忍!

所以,五班的男生们集体憋着一股劲,他们表面上虽然一团和气,不再找宋妍的麻烦,乖乖当保镖。背地里却玩起了冷暴力,形成统一战线,孤立宋妍,不理睬不搭话,视宋妍为空气。

否定一个真实人类的客观存在,是对人最大的侮辱。可是,反应向来慢半拍的宋妍却没有意识到,她还以为是男生们害羞,不好意思主动和她说话。

相比之下,看起来内向的白夜,却热情积极得多。他不但课间找宋妍聊天,中午和宋妍一起去食堂,就连午休时龙旬安排的跑圈,白夜也陪着——宋妍跑几圈,他就跑几圈,还会故意放慢速度,迁就宋妍。

几天下来,不知道是体力真的变强,还是白夜的陪跑给了宋妍力量,龙旬安排的魔鬼训练变得不那么可怕了,宋妍甚至还有点期待,盼着午休时间快点来。

这一定是跑步时大脑释放的被称为"快感荷尔蒙"的内啡肽搞的鬼,会让人感到快乐兴奋,对!一定是这样。宋妍小鸡啄米似的不住点头,给自己催眠。

"妍儿,我怀疑你有受虐倾向。"小艾突然捏住车把双脚叉开撑地,停在宋妍身边,"如果有人剪了我的头发,命令我给他写检讨书,还天天中午监督我跑步,我一定会把他揍得连他亲妈都认不出来!"

"我才没有受虐倾向,我只是……反应慢。"宋妍转过头可怜巴巴地看着小艾的怒颜,小声辩解,"有时候事情都结束了,我才反应过来哪里不对劲,可是已经晚了。"宋妍叹了口气说不下去了,好女不提当年囧,一把心酸,两袖眼泪。

"你那是注意力不集中,爱走神儿!"小艾捏起宋妍的脸,左右拧了两下,"你真的是学霸,不是学呆?看书都看傻了吧,就会发呆。"

"我不发呆,怎么能衬托出你的英俊潇洒、英明神武呢?"宋妍顺势握住小艾的右手卖乖,顺便瞄了眼小艾的手表,"啊!早自习要迟到了,再……"

"见"字随着她狂奔的身影也一并消失在了南中校门口。

"呵,跑得还真比以前快了。"目送宋妍进了教学楼大门,小艾才反扣棒球帽,踩上踏板一骑绝尘冲向三中。

早自习一如往常,教室里大部分男生都在睡回笼觉,小部分饿得睡不着的在偷偷吃早餐。埋头于书本的,除了忙着抄作业的杜良,就是正在背单词的宋妍。

"宋妍,出来一下。"洛老师轻轻地敲了下后门的玻璃,教室里立即翻书声一片,等宋妍走到前门门口的时候,男生们个个正襟危坐,无比专注地对着英语书背单词,有几个专注过头的连书都拿倒了。

"音乐老师有事临时请假,第一节音乐课你负责下。"洛老师信任地拍了拍宋妍的肩膀。上周五上音乐课时,洛老师恰好路过音乐鉴赏室,本来急着赶回办公室的她听到德彪西的《月光》时忽然停下了脚步,太好听了!她整个人都沉浸在如水般的旋律中,像被音符施了魔咒。直到钢琴声停止,她才回过神来,竟发现弹奏这首《月光》的是宋妍。

洛老师这才想起来宋妍是北中交响乐社团的钢琴手,她的转学档案中标明了这一条;她也听说过北中交响乐团水平极高,拿奖无数,但没想到会高成这样:

第四章 正义联盟

宋妍的水平，举行一场独奏音乐会都不成问题。所以得知音乐老师请假后，洛老师就起了让宋妍代课的念头，她想利用这节音乐课让班级的野猴子们好好受下熏陶，别以为只有鬼吼鬼叫的重金属才叫音乐。

可惜，洛老师的一片苦心并没有人领情。

宋妍坐在琴凳上刚打开钢琴盖敲响第一个音符，男生们就犹如听到下课铃声般从后门一哄而散。

"走啊，去操场踢球！""快快快，趁着手机还有电，回教室补《银魂》！""我早上还没吃饭呢，陪我去小卖店！"

本应该安静的鉴赏室，顿时热闹如菜市场。

我就知道会是这样。宋妍苦笑了一下，抬起头看向自己唯一的听众白夜，按下了琴键。

白夜听到宋妍弹奏出的旋律后瞪大了眼睛，他看了下宋妍，又低头看向手中的小说《白夜行》。这不是电影版《白夜行》中男女主角第一次相遇时的背景音乐吗？

看着白夜因为惊讶而睁圆的双眼，宋妍轻轻点了点头，眼睛弯成了两道弦月。她知道白夜听懂了，虽然才认识了十几天，但白夜给她的感觉就像认识了许久的朋友，很多时候两人之间根本不需要语言交流，默契得仿佛拼图的凹与凸。

清晨的阳光流淌进音乐鉴赏室，安静而甜蜜，像琥珀色的蜜糖。宋妍和白夜谁也没有说话，一个用心弹奏，一个细心聆听，仿佛全世界只剩下他们两个人。

如清风般低缓流动的琴声中忽然掺杂进几声低泣，宋妍的心禁不住抖了一下：想不到白夜这么多愁善感，居然听哭了。别抬头别说话，他会尴尬的，宋妍暗自警告自己。"白夜，你别哭。"下一秒她就不由自主地抬头打算去安慰白夜。

啊，我真是智障！宋妍恨不得一头砸进钢琴里，就地牺牲。

"我还以为是你哭了。"白夜不好意思地看着宋妍，两人面面相觑，钢琴声戛然而止，鉴赏室顿时静得吓人，微弱的低泣声从教室后面传了过来。

白夜把食指竖在嘴边眼神直指钢琴，示意宋妍不要说话继续弹琴，然后，他又指了下教室后面一人多高的储物柜，顺手操起扫帚，小心翼翼地走了过去。不会又是杜良搞的恶作剧，装神弄鬼地吓唬宋妍吧？伸手转动柜门把手的同时，这个念头愈发强烈。

"杨润！"看到漫画社的学弟站在储物柜中满脸泪水，白夜举着扫帚怔在了原地。

"白夜，怎么了？"宋妍赶来时，柜子里的少年哭丧着脸，柜子外的白夜目瞪口呆。

"他是杨润，漫画社的学弟，一年级。"白夜边向宋妍解释，边把杨润从储物柜里拉出来，"杨润，你怎么不去上课，躲在这里干什么？"

"是有人把他锁在这里的。"有过被反锁在器材室经历的宋妍对眼前的这一幕再熟悉不过了。

杨润显然被吓得不轻，眼泪根本止不住，如解冻的溪水般汩汩流淌："我早上，忘记给会长，买包子了，他就把我，锁，锁在……"

"杜良！"宋妍气得大叫，恨不得立即拉过杜良揍他一拳。眼前的杨润和自己差不多高，又瘦又小，一张巴掌大的小脸满是泪花，声音抖得话都说不利索。"亏他还是学生会会长呢，就知道欺负弱小！"宋妍直接把心声吼了出来。

"不，不是杜良……"杨润慌张地摆了摆手。

"白夜，杜良脚崴了，你上场替他的位置。"龙旬扒着门框，浑身冒热气。

"啊！"看见站在门口的龙旬，杨润见了鬼似的尖叫一声，推开宋妍拔腿跑出后门。

宋妍身子一仰，眼看就要摔倒，龙旬一个箭步冲了过来，他赶到时白夜已经扶住了失去重心的宋妍，扑了个空的龙旬只好站在后门冲着杨润的背影大叫："喂，下次给我小心点！"

"有本事吼学弟，没本事说会长。"宋妍白了龙旬一眼，气呼呼地走出了鉴赏室。

龙旬觉得莫名其妙，想了一会儿想不出所以然，干脆拽着白夜也跑出了门口。

第四章 正义联盟

等三个人都离开鉴赏室后，躲在走廊拐角处的杨润拿出手机，按下群发键：游戏开始。

他抬起满是泪水的脸，嘴角慢慢上翘，扬起的微笑在阳光的照射下，细薄如刀。

一整个上午宋妍都没有搭理龙旬，上课时龙旬叫她，她装作听不见，龙旬踢她的椅子，她就把椅子拼命往前挪，不让他踢到；下课时龙旬迎面走来，宋妍就转身跑开，连眼神对视都不肯，就像在做反向游戏。

龙旬闹心了好几节课，完全搞不懂自己哪里惹到了宋妍，想问，可她又总是故意回避。"女生真奇怪。"挨到中午时，他终于放弃般抱怨了一声，下课铃一响，就冲出教室，把奇怪的宋妍和那些搞不懂的问题统统抛在了脑后。

"你才奇怪，你们男生都莫名其妙、不可理喻！"宋妍对着龙旬早已看不见的背影高声反驳。

"宋妍，去吃午饭吧。"白夜起身走到宋妍面前，笑得比窗外的阳光还要温暖。

"嗯。"宋妍嘴上应着，眼底的坚冰却没有丝毫融化，脑海里一直反复出现那个被反锁在储物柜里满脸惊恐、泪水涟涟的男孩——杨润。

在食堂吃午饭时，不管白夜提起多有趣的话题，宋妍都只顾埋头吃饭，只是不时地点一下头，或摇摇头，心不在焉地草草回应。

在操场上跑圈时，宋妍的脸上也不再表露出往日的斗志和决心，她耷拉着脑袋，晃荡着胳膊，像一只关节生了锈的木偶，一步步在跑道上蹭。

第三次瞥见宋妍像掷飞刀般掷向龙旬的尖锐目光后，白夜终于忍不住开口确认心头一直萦绕的疑问："你在生龙旬的气？"

"我哪儿敢？会长大人就站在他身边，我可害怕被锁起来。"宋妍路过站在跑道边的龙旬和杜良时，狠狠地剜了他们一眼。

"杜良这件事是做得过分了些。"可是,这跟龙旬没关系吧。白夜的后半句刚要扑出口,就被宋妍凌厉的眼神逼了回去。

"一丘之貉。"宋妍吐毒药似的吐出了这几个字。她心里清楚欺负杨润的是杜良,和龙旬无关,可是一想到他吼杨润时凶狠的语气,宋妍就禁不住联想:如果杨润早上得罪的不是杜良而是龙旬,下场会更惨吧。宋妍越想越不舒服,一口气堵在胸口,不由得加快了速度,头也不回地甩下了身边陪跑的白夜。

见宋妍越跑越有劲儿,杜良的脸垮成了"囧"字,他凑到龙旬耳边唉声叹气:"老大,上次社团活动蹦极时宋妍吓得又是哭又是晕,这都过去一周了,也没见她提退部申请,洛老师又搞什么连坐制保护她,联合教导主任天天换班盯着咱们班,根本没有下手的机会啊!"

杜良刚一示弱,王天一就立即抢过话头:"着什么急,真是胸大无脑,计谋就像水果,需要时间酝酿才会成熟,老大那晚不也说了嘛,'好戏在后头',下午的社团活动我已经安排好了,在狮虎山。"王天一竹签般细长的手指慢慢收拢,像抓住了一只小鸟,他看着宋妍的背影吊起嘴角:"等着看好戏吧。"

"长眼睛没?往哪儿踩呢?"被王天一吐了槽又抢了风头的杜良大吼一声,把气都撒在不小心踩到他脚的杨润身上,"一年级的小鬼真是欠管教,道歉都不会。"杜良弯腰揉着被狠狠踩中的脚疼得呲龇牙咧嘴。

"又是你?找揍!"发现肇事者后,龙旬也不满地附和了一声,对着跑开的杨润挥了下拳头,安慰杜良,完全没注意到这一幕被跑道上的宋妍全数收入眼底。

下一步:去狮虎山。

一跑出杜良他们几个人的视线范围,杨润就拿出手机群发短信。

尽管漫画社的部长一再叮嘱,实际上是恳求白夜代替自己主持下午的社团活动,他要去抢购《银魂》首发的手办,白夜还是狠心地板着脸,再三拒绝。

第四章 正义联盟

对于不习惯也不擅长拒绝的白夜而言，答应要容易得多，可是他有比当代理部长和抢购手办更重要的事，一件他已经等待了十年才有勇气和机会去做的事。

下午一点整，按照回忆中已经3000多天没有走过、却依旧清晰的路线，白夜终于来到了他日思夜想的地方，一座大门紧锁、已经荒废的白色二层小楼前。

抚摸着斑驳的招牌，白夜瞬间全身僵直，大脑一片空白，招牌上"彩虹儿童兴趣班"几个字顺着指尖，钻进了心底。

已经封锁了十年的记忆，猛地被勾了出来，铺天盖地，瞬间将白夜吞没。

那也是个午后，毒辣的太阳照得整个城市都汗嗒嗒、软绵绵的，六岁的小白夜紧紧地攥着手中的钞票，向小卖部飞去，嗒嗒的脚步扬起一片尘土，弄花了他白嫩的小脸，他却毫不在意，小鹿般浑圆的双眼浸满了冰凉与清甜。

他要去小卖部买最爱吃的哈密瓜冰淇淋，光是想想心头便一阵凉爽，手里的钱攥得更紧，脚步也越来越快。终于，小卖部冰蓝色的招牌近在眼前，只要再坚持一下，再跑二十步，就可以吃到香甜清凉的冰淇淋了！小白夜铆足了劲，甩开胳膊用六岁孩子最快的速度向那片冰蓝色冲刺，仿佛勇猛的小公牛。

可只跑了十步，他就停住了，他被推倒在地，还被抢去了全部财产，金额共计两块钱。

两块钱，在六岁的小白夜看来，已经比全世界所有的钱加在一起还要多了。

冰淇淋没有了，新衣服弄脏了，手掌擦破了……

小白夜又委屈又疼，眼看着抢走他钱的坏孩子越跑越远，直到连影子都看不见时，他才呜呜地哭了起来，为了没吃到的冰淇淋，更为了被欺负的自己。

"你怎么了？"一条印着小猫的粉色手帕递了过来。

突然被这么一问，小白夜的心尖像被蜇了一下，眼泪立即如泉水般哗哗流个不停。直到哭累了，他才抽泣着抬起头。一个没有他高、比他还瘦的小女孩正蹲在他的面前，举着手帕，满脸的关心和担心。

"他，他抢了我的钱。"努力了足足五分钟，小白夜才说出了自己刚刚经历的噩梦，话音刚落，他的眼泪又噼里啪啦掉个不停。

"是不是他？"一个穿着超人T恤和自己年纪差不多大的男孩走到小白夜右边，他个子很高，苹果般的脸上混杂着稚气和勇气。

小白夜还在愣神，男孩和女孩已经并排站好，一起扭押着比他们高上一头的"抢劫犯"。

"就是他！他，抢走了我的钱，还推我，哈密瓜冰淇淋，哇！"看到了欺负自己的坏孩子，小白夜好像看到了没吃着的冰淇淋，小嘴一扁又哭了起来。

女孩变魔术般从身后拿出一只冰淇淋，递给小白夜，男孩板起脸，对小白夜下命令："呼他。"

犹豫了半天，小白夜踮着脚尖，战战兢兢地用冰淇淋对着"抢劫犯"的鼻尖轻蹭了一下，便立即触电似的打起哆嗦。他的手刚要放下，就被男孩抓住，用力一戳，整个雪糕都扣在了"抢劫犯"的额头上，白色的奶油糊了一脸，冰得对方直叫。

"这样才像话。"男孩拍了拍手，高举右臂，做出了和胸前超人一样的动作。

"给你。"教育了"抢劫犯"一番后，女孩左手拿着小白夜皱巴巴的两块钱，右手举着一只淡绿色的冰淇淋，眼睛弯成两道月牙，"哈密瓜口味的。"

小白夜张大了嘴巴，不敢相信自己不仅仅找回了钱，还得到了好吃的冰淇淋。

"我请客，快吃。"男孩舔着手里的巧克力冰淇淋，把粉色的草莓冰淇淋递给女孩。

"我们是来这里上课的。"女孩指了指小卖部隔壁的"彩虹儿童兴趣班"甜甜地说道，"我学钢琴，他学吉他，你是学什么的？"

"画画。"小白夜大口地吃着冰淇淋，心里凉冰冰、甜滋滋。

"我们一起玩好不好？"女孩拉起小白夜的手，拽了拽身旁的男孩，"让他入伙吧，这样就不会有人敢欺负他了。"

男孩歪着头，眯起眼睛打量了小白夜一会儿，又低头看了看胸前的超人。"好吧。"他小大人般郑重其事地伸出右手，"欢迎你加入正义联盟，我是超人，她是神奇女侠，你是……"

"我是蝙蝠侠!"害怕被拒绝,小白夜顾不得吃冰淇淋,立即高举双手连声回应,"我是正义使者蝙蝠侠。"

男孩和女孩对视了一眼,慎重地点了下头,一把搂住小白夜的肩膀,开心地吃起冰淇淋。被拥在中间的小白夜,捧着冰淇淋,靠着新朋友,笑得合不拢嘴,像是得到了全世界。

小楼顶层最角落的档案室里,布满了灰尘和碎纸屑,沉浸在回忆中的白夜却浑然不觉,出神地看着一张边角翘起、颜色褪去的旧照片:照片中三个孩子靠在一起高兴地吃着冰淇淋,那三张纯真的笑脸似乎还溢着沁人的清甜。

书上说,人体的细胞每七年更换一次,删除一些事,忘掉一些人,变成一个全新的自己。我想,我的细胞一定更换得特别慢,十年了,我还是我,我还记得你,记得那个午后已经被太阳晒化了却无比香甜的冰淇淋。

白夜收起心事,拿出一块有些旧却特别干净的粉色手帕包好照片,小心地放在紧贴心脏的衬衫口袋里,走出档案室,从后门离开了"彩虹儿童兴趣班"。

同一时间,正在音乐鉴赏室弹钢琴排解闷气、打发时间的宋妍接到了一条微信。

14点整,狮虎山山脚集合。

——末日游戏社团

狮虎山……听上去就有满满的"有去无回"的危机感,更别提它高达3000米的海拔和嶙峋陡峭的山势了。这座山是登山攀岩爱好者的天堂,却是宋妍的地狱。因为她不仅仅恐高,还路痴。

我会活着下山……吧?

为了给自己打气,宋妍在琴键上连续敲击出几个激昂的重音,她收起手机,拢好短发,昂首挺胸地走出鉴赏室,向狮虎山出发。

温暖的阳光洒在山上，仿佛披上了一层金纱。秋风吹起榕树叶，它们相互摩挲着脑袋，声音一会儿缓、一会儿急，就像绿色的海浪。

宋妍走到山脚下时，刚好下午两点整，她左右逡巡了两圈，却只发现了一个人。

"社团其他人呢？"宋妍走向龙旬，疑惑和不安逼迫她不得不开口询问。

龙旬坐在草地上动也不动，闭起眼睛，装作没看见也没听见。

"社团其他人，拉肚子了。"

"拉肚子？其他所有人？"

"所有人。"龙旬墨染般的浓眉绞成一团，面如菜色。

你在开玩笑吧？怎么可能全部团员都腹泻？他们集体被人投毒了？三个疑问一并涌到了宋妍的嘴边，争先恐后。深吸了一口气，宋妍终于问出了口："你……没事吧？"

龙旬接连叹了两口气，脸更绿了："刚才来的路上公交车爆胎了。"

"我根本没等到公交车，打车来的。"

"我都没遇到出租车，走过来的。"

宋妍挣扎了半分钟，才不情愿地低下头："好吧，你赢了。"

所以，今天的社团活动就是我们两个人在狮虎山的山脚下一边望天，一边比惨？宋妍刚想抛出心中的问题，龙旬就拉起兜帽长叹了一口气："完了，我觉得它又启动了。"

看着孤身一人、满脸沮丧的龙旬，宋妍生了一上午的闷气似乎消散了些，她向前走了几步，犹豫了半分钟后，坐到了龙旬对面。

"是我的霉运体质。"察觉到宋妍不再和自己较劲，龙旬低声解释，"它又开启攻击模式了。"

中午半个小时内先后接到了六名团员拉肚子请假的微信，龙旬被担心和恶心弄得食欲全无，生怕自己也中了"拉肚子"的大招，吓得滴水未进就跑出校门。没想到又经历了公交爆胎、打不到车、徒步半小时的霉运连环击。

第四章 正义联盟

别说是上山了，龙旬现在饿得连喘气都没力气了。

虚弱、多汗、暴躁、精神激动、情绪低落。宋妍拿出随身携带的笔记本，一项项记录龙旬的症状。"这是由于没吃午饭血糖偏低引起的。"她下了结论，"吃饱就好了。"

呵……龙旬半死不活地觑着宋妍，双手一摊——吃什么？怎么吃？

读懂了龙旬的微表情，宋妍弯出了一抹自信的微笑，小手一挥："野炊！"

考虑到季节、地理位置、植物的生长习性后，宋妍提议野炊以水果、蘑菇、野菜为主，主打素食，绿色健康又安全。

龙旬立即反对，说自己是肉食动物，用了几百万年进化到食物链最顶层不是为了吃素。吃肉！绝对要吃肉！要下河抓鱼、上树掏鸟、草地里逮野兔！

两人陷入了僵局，龙旬提议猜拳决定。

"那好，我现在去采蘑菇，你去服务区租一套炊具。"五局五胜的宋妍神清气爽，留下愁云惨淡的龙旬对着右手生闷气。

按照手机 GPS 导航系统的指示，宋妍穿过狮虎山北侧的森林。落叶在脚底沙沙作响，阳光从树叶的缝隙中漏下来，在草地上投下一个又一个光斑。

即使每年都和宋爸爸郊游野炊，已经将所有可以食用的蘑菇种类印在大脑里。为了安全，宋妍还是在手机上翻出图鉴，每找到一丛蘑菇，就逐个比较鉴别。

小鸟在头顶委婉啾鸣，不远处的溪水叮咚作响，宋妍情不自禁地深吸一口气，顿时神清气爽：果然是全理川市负氧离子含量最高的森林氧吧，名不虚传。

"啊！"

一声尖叫划破午后的安宁猛然刺入宋妍的鼓膜。

这是……宋妍的神经瞬间被绞紧——有人在山里遇险了！来不及收好蘑菇，她飞快地向声源方向跑去，一秒都不愿耽搁。

终于赶到了声源位置，没有发现受伤的人，宋妍却看到了杨润——他被绑在树上，身上白衬衫的领口狰狞地敞开着，脖子上烙着一圈刺眼的红痕，黑色的校服裤子上满是鞋印，银色的十字架项链被拽断抛在鞋边。

宋妍刚想开口，龙旬就大步跑了过来，他紧张地扳过宋妍，从头到脚打量了好几遍："你没事吧？"

杨润再次尖叫，脸上又出现了早上见鬼似的表情："会长，我错了，我中午睡过头没看到你的留言，才来晚了，放过我吧，我下次再也不敢了……"

"你认错人了吧！我不认识你。"龙旬瞪了杨润一眼，急忙向宋妍解释，"我听到叫声以为你出了事立即赶了过来，然后就……"看着宋妍背后的杨润一边惊恐地大叫，一边挑衅般扬起嘴角，龙旬的心猛地向下一沉，什么都明白了。

"别说了。"宋妍厌恶地打掉龙旬搭在她肩膀上的手，转身走向杨润，帮他松绑，替他整理衣服拾起项链，检查他的伤势。

不用说了，眼前这一切还不够清楚吗？洛老师在学校里盯得紧，龙旬不方便动手，就把杨润骗到狮虎山来，就因为杨润今天先后两次得罪了他的好兄弟杜良，龙旬竟然把杨润绑了起来。亏她还一直念着龙旬只身闯进人群中救出自己，从二十多层楼高的蹦极塔上陪她一起跳下去，她以为龙旬不同，和杜良那群只会欺负弱小的人不一样。没想到，一切只是假象，面具之下的他，比他们更坏。

看着缩在自己身旁惊慌失措、浑身发抖的杨润，宋妍仿佛看到了自己，没有大伯撑腰和洛老师保护，没有白夜帮助，那个可怜又弱小的自己。

"如果我大伯不是南中校长，如果洛老师没有宣布连坐制度，你会不会像杜良对付杨润一样，把我锁起来，或者，绑在树上？"每多说一个字，宋妍的心就冷上一分，她没有转过身，她不想看龙旬的脸，不想让他看到她眼底随着眼泪一起溢出的愤怒，还有失望。

"我不会。"龙旬绕到树后，站在宋妍面前，摘下兜帽直视着她的眼睛，目光没有一丝闪躲和怯懦。

阳光打在龙旬的后背，投下一片阴影，又黑又浓，像一张密网，把宋妍死死罩在里面。她忽然喘不过气来，想到了吓得北中女生寝食难安的偷窥犯，想到了只动动嘴就让自己无学可上的金会长，这两个身影慢慢重合在了一起，叠在眼前龙旬的身上。"欺负弱小的人都是渣滓。"宋妍冷着脸，没再多说一个字，

第四章 正义联盟

她护着杨润，撞开龙旬的肩膀向山下走去。

"丫头，今天的社团活动怎么样？"宋爸爸吃一口晚饭，看一眼宋妍，用雷达般的目光仔细搜寻她暴露在外的每一寸皮肤，直到没发现一处伤口和瘀青，才收回眼神。

"还行。"宋妍右手拿着勺子吃饭，左手却在饭桌下攥成了拳头：她讨厌今天的社团活动，后悔去了狮虎山，更后悔之前觉得龙旬是个好人。

放在餐桌上的手机嗡嗡作响，一条匿名短信闯了进来，屏幕上的绿灯闪个不停。

宋妍打开短信时，瞥了一眼时间：七点钟整。

不要相信龙旬，他一直在欺骗你，他是 Demon。

《利末记》第 19 章 31 节。

宋妍立即上网查询。《利末记》第 19 章 31 节——小心别被与你有相似灵魂，但与恶魔为伴的人玷污。Demon，恶魔，龙旬是恶魔？他一直在欺骗我？

宋妍打了个冷战，之前忽略的细节接二连三地在头脑中炸响：

"我早上，忘记给会长，买包子了，他就把我，锁，锁在……"

"杜良！亏他还是学生会会长呢，就知道欺负弱小！""不，不是杜良……"杨润慌张地摆了摆手。

"会长，我错了。我中午睡过头没看到你的留言，来晚了，放过我吧，我下次再也不敢了……"

"你认错人了吧，我根本不认识你。"龙旬狠狠地瞪了杨润一眼。

杨润没有认错人，他一直在试图讲出真相，早上把他锁在储物柜中、下午把他绑在树上的是同一个人，南中真正的学生会会长——龙旬！这个事实像一道闪电，轰得宋妍大脑空白，全身战栗，她扔下饭碗跑出家门，脚上还穿着拖鞋。

第五章
纸牌屋

第五章 纸牌屋

晚风轻柔地擦拭着每一片树叶，月光像清凉的泉水一样把整个北中洗了又洗。

龙旬和白夜举着手电筒站在北中宣传栏前，脸色阴沉，如水的月光也无法涤荡笼罩在他们头上的阴霾。

"怎么会这样？"白夜看着宣传栏上崭新的还散发着油墨味的红色传单，血脉贲张，脸红得快滴出血来了。

传单上的内容熟悉又陌生——占据了八成版面的宋妍是绝对的主角，照片中的她脸上泪痕斑斑，双眼紧闭，眉头深锁，不再是之前传单里可笑搞怪的小丑。这一次，她像落难的灰姑娘，狼狈又痛苦，却迟迟等不到拯救她的王子。

"一派胡言！为什么不把你跑上去陪她一起蹦极的画面拍下来？为什么不拍下她尽管吓哭了却还鼓足勇气挑战自己跳下塔台的瞬间？"白夜冲向前不容分说地撕下传单，愤怒又急躁，一点也不像平日里那个温和的少年。事关宋妍，面对这样的恶意扭曲和诋毁，他无法再冷静了。

"一叶蔽目。"龙旬也伸手帮白夜一起撕传单，"有时候，人们只看得到他想看到的东西，根本不在意那到底是真是假。"他的手指触到传单上宋妍紧皱的眉头时，滞住了，脑海里立即回响起下午宋妍离开前丢给他的那句话，"欺负弱小的人都是渣滓。"龙旬攥紧了拳头，苦涩地说出了声。

"这不对劲。"白夜拿出手机反复刷新班级聊天室的聊天记录，"为什么这次的照片没有先发送到聊天室，而是直接印成传单贴在北中的宣传栏上？"幸好这一个星期，他和龙旬每晚都会来北中宣传栏前蹲守，及时发现了更新的传单。否则，明天早自习一结束，这些传单就会传遍北中和南中。

"声东击西。"龙旬用湿抹布仔细清理着没有撕下的边角，"如果先把照片发到聊天室，我们立即就会来北中宣传栏下守株待兔，他想贴传单就不那么容易了。"

"他是谁？"

"不管是谁，我都不会让他得逞！"龙旬拍了拍白夜因为激动而紧绷的肩膀，"冷静点，这场游戏才刚刚开始，我们得保持战斗力闯到关底打倒 boss，现在不能自乱阵脚。"

白夜深吸了一口气，右手扣在胸前，掌心紧贴着衬衫口袋里那张泛黄的照片。十年前他太小太懦弱，没能力保护她，十年后，他绝对不会让悲剧重演。

"宋妍就交给你了。"龙旬垂下头，将眼睛藏在刘海下，竭力掩饰眼底的愧疚和担心。

他凝重的语气还是泄露了心思，这分明是告别时才会说的话。白夜一把抓住龙旬，声音比晚风还急："你要去哪儿？"

"去结束另一个游戏。"龙旬拉起兜帽，掐灭对话，转身走进夜色中，与黑暗融为一体。

清晨的阳光冲散黑夜，打在街边木棉的叶子上，蒸腾出一缕缕来自植物和泥土混合的清香。

站在南中校门口的白夜却无心感受，手机在他的口袋中叮叮响个不停，就像正在倒计时的定时炸弹，他紧张地盯着路口，双脚一直在交换重心，仿佛等待口令随时准备冲出起跑线的运动员。

第五章 纸牌屋

标志性的鹅黄色身影刚跃入视线,白夜就百米冲刺般冲了过去,从小艾身边一把拉过宋妍,转身跑向南中。

"抢亲啊!"小艾举起棒球帽向一黑一黄两阵旋风般离去的背影打趣道,右脚一用力,单车便蹿了出去。前车轮驶过北中的同时,宋妍也飘进了南中的校门。

"刚进门的那个不是五班的灰姑娘吗?"

"什么灰姑娘,明明是睡美人,啊!蹦极塔好高,我好怕,我晕倒了,快来吻我!"

南中校门前,一个瘦成豆芽菜的男生突然瘫倒在同伴的怀里,手指还忙着把口水抹在眼角充当眼泪。

"哈哈哈,真像,和照片里一模一样。"同伴看着聊天室弹出的照片笑个不停,推了豆芽菜一把,和他嬉笑着走进了校门。

"白夜,等,等一下。"宋妍觉得自己像一只风筝,被白夜拽着一直跑,一直跑。从校门口到教学楼的一路上,她分明听到有人在笑她,对着她的后背指指点点,可是她却根本没有机会停下来,搞清一切是怎么回事。

"什么都别听,什么都别看,跟我走。"白夜再次加快脚步,想把那些取笑宋妍的人甩在后面,把闲话流言甩在后面。他想拉着宋妍一直跑,跑到世界尽头,那里没有照片、传单,没有嘲弄和取笑,只有他们两个人。

今天凌晨刚过十二点,宣传单上的照片就被上传到了班级聊天室,一张不差。还好龙旬有先见之明,昨晚发现新传单时就把宋妍踢出了班级群。可他们还是低估了对手的卑劣,宋妍蹦极时晕倒的照片不仅上传到了五班的群相册,还传到了三年级每个班级的聊天室。

白夜发现这个事实时已经身在教室,见宋妍还没有来,他立即冲出教学楼跑到校门口等宋妍。他知道事情瞒不住,手机正不断地弹出聊天室对话,同年级的男生也都议论纷纷,但是他还是想拼一下,拼到宋妍身前挡住风言风语,拖住时间,让伤害来得晚一点,少一点。

"聊天室里又发照片了吧?"白夜的掌心忽然一空,宋妍抽出手臂,停在了原地。

她拿出手机,轻轻地摇了摇头,像是安慰白夜,更像是自嘲:"早上开机时收到了被踢出群的通知,刚才在路上又一直有人举着手机对我笑,再加上'灰姑娘''睡美人'的线索,我猜,应该是上上次社团活动我蹦极晕倒的照片被上传到了聊天室。"

白夜的手臂还停在半空中,保持着拉宋妍逃离的姿势。可是,什么也没有逃过,最差的结果还是来了。

看着白夜双眼低垂,自责随着朝阳染红了他原本白皙的脸颊,宋妍深吸了一口气,弯起眼睛关掉了手机:"我不看。"

一路上风风火火、磕磕绊绊,总算安全抵达了教室。一坐到自己的座位上,宋妍就感觉仿佛置身于动物园,只不过,她不是来参观动物的,而是被围观的动物——三年五班就是她的囚笼,而那些站在走廊中、包围前后门、透过墙壁上的窗户探进头来的,就是游客。

一到课间,游客们就从四面八方汇聚而来,隔壁三班四班的,楼下一班二班的,大家呼朋唤友,组团来五班围观、找乐子。有高举手机照片对比真人有没有PS美颜的,有对着宋妍的座位呵呵傻笑的,还有高呼着宋妍的名字让她再表演一次晕倒的……热闹得就差没对宋妍扔爆米花和香蕉了。

如果说上次校门口的智障少女表情包只是让宋妍在班级里小火了一把,那这次的游乐园蹦极睡美人则让她彻底红遍全年级。新照片还冒着热气,就立即有人翻出了上次的旧照片合成加工,将两组照片一起打包发到了南中三年级贴吧,取名为"学霸的少女时代"。贴子一出,马上被顶成热贴,就连发贴者也借着宋妍的光,被追捧为大神,获赞无数。

相比于其他班级的喧嚣,五班倒是平静得出奇,没有人埋头刷手机偷笑,也

第五章 纸牌屋

没有人对宋妍评头论足，就好像谁布下了一道无形的防火墙，将与此次照片有关的所有流言都隔绝在外。不仅如此，向来喜欢找茬、看热闹不怕事大的杜良这次也从了良，居然没有煽风点火，反倒拉着秦少宝帮助白夜一起驱逐围观者，替宋妍解围。

言语就像风，来去匆匆，伤不了人。宋妍自我安慰后，想把这句话告诉白夜，告诉他不用费心伤神地阻拦了，让他们说，说够了，觉得没意思了自然就不会再纠缠了。话题如同口香糖，嚼到没味道就会吐了，再换一块新的。在全是女生的女校上了两年学的宋妍深谙这一点。

果然，到了午休时，议论声已经少了一大半，"中午吃什么"、"怎么抢场地占位置"成了最新的热门话题。男生八卦的能力和耐力，和女生比起来，差得不只是一星半点。宋妍几乎有点感激自己身处在全是男生的南中了。

刚吃完午饭，漫画社部长就来找白夜，商量下一次社团活动。宋妍立即起身把坐在自己身旁的白夜推给部长，快步走出食堂，来到操场。听着身后传来"小心点"的叮嘱，宋妍的心尖像被压上了一块石头，重重的、闷闷的。这次事件，身处在风暴眼的她似乎没有受到太大影响，不过位于风速带的白夜可是忙得团团转，这一上午跑进跑出操碎了心，她欠白夜太多句"谢谢"和"对不起"。

秋风低低掠过，卷起脚边的落叶，撩起耳旁的碎发，宋妍停下脚步惯性地戴上发带，才发现自己正站在跑道上，准备着午休时的魔鬼训练。

魔鬼，Demon，龙旬……

这三个词语在她的脑海中不自觉地串起，牵引着她的目光来到了跑道边：空的。没有那个戴着兜帽掐着秒表的身影，也没有"快跑，别偷懒"的训斥，龙旬不在。宋妍强逼着自己收回扑了空的眼神，不去理会心中悄悄泛起的酸涩和苦楚。

龙旬不在，昨晚她打电话向洛老师要来了龙旬的住址，穿着拖鞋跑去他家时，他就不在。龙妈妈说他参加社团活动还没有回家，宋妍攒了满腹的疑问和愤怒无处宣泄。

今早，她特意提前赶来学校，等了一整个早自习仍然没有等到龙旬。白夜说他请了事假，可宋妍却觉得他在逃避，逃避她，逃避昨天下午在狮虎山发生的事。她觉得龙旬幼稚到了极点，如果不接电话、不来学校就可以解决问题，那她早就成为全世界最快乐的人了！

宋妍抬脚跑了起来，越跑越快，她想跨过这道叫龙旬的障碍，把它甩到身后。可无论她跑得多快，他还是死死占据着她的脑海，盘踞在她的心头。

嘭！

一颗网球命中她的额头，又准又狠，瞬间击碎了所有杂念。

"喂！"宋妍被砸蒙了，原地摇晃了两下，眼前一片漆黑，半分钟过后才勉强站稳。

这是打球呢还是打人呢？挥拍没长眼，发球不带脑！

宋妍恶狠狠地盯着脚边的网球，嘴炮全开。网球场和跑道隔着一栋教师办公楼，她居然也能被砸中！宋妍拾起"凶器"准备寻找凶手，忽然发现网球表面贴着一张叠成一寸照片大小的纸，上面写着"宋妍启"。

飞鸽，不对，飞球传信？

宋妍取下纸张，疑惑地展开。

"学姐，宋妍学姐！"跑道边传来了呼唤声，越来越近，越来越响。

宋妍立即收好信纸站起身，慌乱中踩到了脚下的网球，踉跄了几步，向后跌去。

"宋妍姐，小心！"杨润快跑了几步一把扶住宋妍。

"谢、谢谢。"被学弟看到糗态，宋妍难为情地摸头掩饰，却正好戳中被网球砸起的包，她疼得"啊"地一声原地跳起。

杨润被宋妍逗得咯咯笑出了声，又立即捂住了嘴，紧张地望了下跑道边。

"他不在，放心吧。"宋妍淡淡地回应，她知道杨润在找龙旬。

"宋妍姐，昨天的事，谢谢你了。"反复回头看了三次，发觉龙旬真的不在操场上，杨润一直紧缩的肩膀才放松下来。

唉，这是有多怕龙旬啊！宋妍张了张嘴，却发觉心底的酸楚漫上来，堵住了

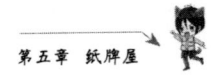

嗓子,让她说不出话。她只好笑着摆了下手,表示不用谢。

"宋妍姐。"杨润上前一步,把手拢在嘴边,"你,你离会长远一点,他,他一直想把你赶出南中。"

宋妍闭上了眼睛,一个心跳声过后,点了下头。她昨晚就猜到了,龙旬之所以对她隐瞒自己是会长的身份,让杜良做傀儡,无非就是想打她个措手不及,抓住她的漏洞,逼她退学。

"你也小心点。"宋妍看着冒险来告诫自己的杨润,他校服里面穿了件薄荷绿色的V领T恤,银色的十字架项链虽然完好如初,可是脖颈上那道红印却依然明显。

"放心吧,宋妍姐,我有兄弟们保护我。"杨润侧开身,指着正在球门前充当人墙的一群一年级男生。

宋妍努力地挤出了一个微笑,紧捏着口袋里的信纸,向杨润道别,走向教学楼。

下午放学时变了天,大块的乌云密密匝匝地推搡着彼此,悬在半空,整片天空又黑又紫,像是瘀血。

在阳台目送白夜和小艾出了小区门口,宋妍立即放下书包穿上鞋,离家锁门。

没等电梯,宋妍一口气冲下楼梯跑出小区。乌云越压越低,紧擦着头顶,她一路向前跑,面前宽阔的柏油马路变成了崎岖的羊肠小道,凝滞的空气里飘起了寒凉的秋雨,她才终于停住了脚步,在一座被乌云和青石覆盖的墓园前。

墓园干净,清静,净得可怕,静得让人心慌。在思想还犹豫着要不要离开时,宋妍的身体已经进了大门。

雨水打湿了青石,远远望去,像是一座座墓碑在流泪,淅淅沥沥,悲悲戚戚。

刚开始,宋妍还能听见自己的脚步声,慢慢地,她只能听见自己的心跳——

怦，怦，走得越远，跳得越响。

到了，那座倚在木棉树下的墓碑。

春天，橙红的花恣意绽放，为它梳妆；夏天，碧绿的叶密密层层，为它遮阳；秋天有落叶的守护，冬天有白雪的问候。这里，真的是天堂的一角，一年四季都不会寂寞、孤独。

"妈，我来看你了。"宋妍看着墓碑的照片——一个有着和她一样笑眼的女子。

话音刚起，她的眼底就有泪涌了出来，但在落下之前，宋妍就紧紧地闭上眼，仰起头。

十年了，每一次到这里来都会这样，都是这样。

宋妍6岁那年的平安夜，宋妈妈因为一场突如其来的重疾去世，从发病到死亡不足一刻钟，等小宋妍赶到医院时，宋妈妈已经闭上了眼睛，安详的表情仿佛睡着了一般。只是，不管小宋妍怎么哭，她都不会再睁开眼睛把女儿抱在怀里。

办完葬礼后，宋家父女俩就无声地达成了默契——忘记这场葬礼。似乎妈妈只是和从前一样独自跑去外地旅游，然后说不定哪天，就会突然出现在门口，因为忘记带钥匙而大声呼唤女儿来开门。

宋爸爸甚至总把"媳妇儿，你快回来看看"这句话挂在嘴边，仿佛多说几遍，妻子就真的会再回到身边，一家团圆。

宋妍从6岁等到了10岁，也没有等到心底最期盼的那句呼唤，无论她什么时候打开门，开多少次门，门外都只有冷冰冰的空气，没有妈妈。

原来，人生中最痛苦的时刻，并不是妈妈离开人间的那一刻，而是在之后千百个日子里，想念却见不到，呼唤却没回应的时候。

从此，宋妍就再也不过圣诞节了，宋爸爸也是。

宋妍总会想起6岁前的时光，宋妈妈坐在床头一边为她讲《长发公主》，一边替她梳头。她想起那双手臂环绕在身上的触感，想起她的头紧紧依偎在妈妈柔软胸膛的感觉，她听着故事睡眼惺忪，温暖而安全。

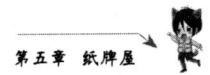

所以，宋妍一直留着长发，这样每次梳头时只要闭上眼，就好像妈妈在亲手为她梳头。

宋妍下意识地伸手摸向后颈，空荡荡的，只触到涩涩的发根。啊！头发剪短了。她轻轻地叹了口气，长发没了，但是习惯和思念还在。

"我们头上没有太阳，一直都是夜晚。但是却不觉得黑暗，你是我的太阳，虚构的太阳，但却能让波光荡漾，照亮前进的路，是我唯一的阳光。好明亮，好明亮。"

宋妍轻诵着《白夜行》中的语句，直到内心再度恢复平静。每次迷茫时，她都会来到墓园看望妈妈，妈妈就是她的阳光，生命中的太阳，替她照亮、指明前方的路。

叮。

手机震动了一下，宋妍深吸一口气，在心中打出一行字——晚上7点整，匿名短信，末尾标记。

她打开短信，扫了一眼，果然全部命中。

恶魔抓走了羔羊，在你曾经受难的地方。

创9∶6

《创世纪》第9章第6节——凡流人血者，其血必被人流。

这条短信的意思是，龙旬把杨润带到了器材室，要报复他。

宋妍抹了一下脸上的雨水，把短发一丝不乱地拢在耳后，对着妈妈的墓碑深深地鞠了一躬，转身跑向南中。

夜雨中的南中，黑暗、冰冷、潮湿，就像一头张着大嘴潜伏在阴影中的巨兽，一声不响地等待着，等着有人来到身边，猛地一口吞他入肚。

宋妍深吸了一口气，把身体抽成纸板般单薄，侧身顺着栏杆的缝隙挤进了南中。

甬道边昏黄的路灯时明时暗，滋滋作响的电流声和着轰隆的雷声钻进了宋妍的耳朵里，一下下敲打着她绷紧的神经。

借着手机的闪光灯，宋妍深一脚浅一脚地穿过泥泞的操场，豆大的雨点砸在她的头顶，划过脸颊跌落在脚边，碎掉的水珠裹着泥土扑向宋妍白色的帆布鞋，一块，再一块，像是难看的疤。

终于跑到了位于操场北端的器材室，宋妍停下了脚步。现在的她，看起来糟透了：头发像一块湿布般糊住了脸，鹅黄色的校服紧贴着皮肤，沉甸甸、皱巴巴，整个人一边滴水，一边发抖。

宋妍抬起右手，指尖刚触到铁门，一丝低泣声就透过门缝涌了出来。宋妍倒吸了一口冷气。这种时间，这种天气，眼前的二层小楼更加阴森恐怖，浓稠的黑暗和上次被反锁在这里的回忆拼命地从门缝里钻出，扑向她。

没有锁……

宋妍把闪光灯对准铁门的把手，空的，没有看见那根用来闩门的钢筋。她屏住呼吸，试探性地拉了一下门。嘎吱，门开了。

宋妍蹑手蹑脚地走了进去，又黑又静，像是走进了棺材，她对照脑海中的回忆摸索着打开了墙壁上的开关，白炽灯瞬间亮起，刺得她眼前一片惨白。

"宋妍姐，我在这儿！"杨润的声音从器材室后面传来，微微发颤。

等刺痛感消退，眼睛习惯了光亮，宋妍立即拨开挡在身前的杂物，向器材室深处走去。

逼仄阴暗的角落中，双手反剪的杨润被扔在了一个废弃的木箱里，身体缩成一团，像一只被遗弃的流浪猫。

宋妍没有说话，赶紧跑上前扶起杨润，为他松绑。

"放学后我被学长派来送足球，刚进器材室，门就关上了。会长突然出现在我身后把我的手绑住，推着我到墙角，逼我跳进箱子里。他说出去找几个人过来收拾我，还不许我叫出声，否则就把我关在这儿一整晚。"

第五章 纸牌屋

"门没有锁。"宋妍自语般回头看了眼锁坏掉的铁门。你可以跑出去求救。她看到杨润眼角越涌越凶的眼泪后,将后半句话吞了回去。

"我,我不敢。"听出了宋妍的潜台词,杨润双手抱住膝盖,头深深地埋了起来。宋妍明明已经给他松了绑,可是此刻的他仿佛整个身体都被捆成了一团,一动不动。

宋妍叹了口气,站在原地垂眼看着杨润,发梢和睫毛一直在滴水。

"我从小就体弱多病,一年里有半年的时间都待在医院,没有人愿意和我玩,他们都管我叫病秧子,笑话我,拿小石头子打我……"杨润的肩膀耸动了一下,声音越来越低,"爸爸看我老是一个人躲在房间里摆弄布料和针线,觉得我太软弱,不够爷们儿,就特意找人托关系,让我跨学区进了南中。他希望我能学会打篮球、踢足球,变得强壮起来,成为像他一样的男子汉。"

宋妍抹了下脸上的雨水,向门口退了一步,没有说话。她知道杨润的故事才开个头,她悄悄打开手机,按下了录音键。

"这里简直就是地狱!"杨润突然抬头低吼了一声,眼底的厌恶喷薄而出,连泪水都遮掩不住。

"在南中,只有两种人能生存下来:一种是身强体壮、用拳头和力气说话的莽夫。他们又蠢又冲动,碰到绳结,只要能用刀斩成两段,就绝对不会动脑筋解开;另一种则是巴结攀附莽夫的人——儒夫。"杨润恶狠狠地吐出了这句话,满脸不屑。

"这两种像犀牛一样不会动脑只会动粗的人占据统治着南中,瓜分掉了最好的资源,命令我们为他们忙前跑后,当牛做马,却从来不给予感谢和尊重。"杨润的体内仿佛开启了某个开关,他语调阴沉、眼神凶狠、表情阴毒,整个人都变了样。

宋妍拼命抑制住打冷战的冲动,又向后退了一步,轻声说:"你可以不听他们的命令,你可以反抗。"

"我没有当大伯的校长,也没有教导主任和班主任撑腰,我连朋友都没有,我只有我自己，和……"杨润用食指敲了敲太阳穴，"和我的大脑。"

"你有朋友，你中午和我说过的。"

"那些当人墙等着被足球砸的傻瓜？"杨润嗤笑了一声，"嗯，他们的确是我的朋友，我用钱买来的朋友。你知道在南中交朋友有多简单吗？只要你装出一副笑脸，再捧上一把钱，吃一顿烧烤，去两次电玩城，然后他们就会和你勾肩搭背，称兄道弟。"

杨润翘起嘴角，肩膀因为嘲笑抖个不停："买到了朋友后，我又想，地位和职位是不是也可以用钱买到呢？"

瞥见宋妍眉头越皱越紧，杨润站起身，跨出木箱，嘴角扬起的弧度越来越大，灯光下，像一把细薄的弯刀。"当然不能。"他朝着宋妍笑出了声，"光有钱不够，还得有脑。"

仿佛被那抹笑容刺中，宋妍的心脏漏跳了一拍，她深吸一口气拉回理智，沉着脸低声说："看来，你现在没事了，我先走了。"

"等等。"杨润打了个响指，一群人突然涌进器材室，是下午在球门前当人墙的那群一年级男生："我们还得等一个人。"

铁门再次被拉开，龙旬闯了进来，像一颗出膛的子弹，直接奔向宋妍："你没事吧？"他的身体和问询声同时到达，稳稳地站在宋妍面前，把杨润和他那刺心的危险笑容统统挡在身后。

"啊！人来齐了。"杨润拍了拍手，忽然兴奋了起来，那群一年级男生闻声围成一圈，把宋妍和龙旬锁在了中心，目光齐齐扎向他们，如同在看管囚犯。

"会长来了，我们开始谈正事吧。"杨润走到龙旬面前，扬着脸，下巴抬得不能再高，满眼鄙夷，"你辞职，我来当会长。"

他转头面对宋妍时又换了另一副面孔，再度弯出他最擅长的无辜又无害的

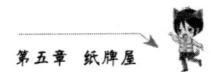

第五章 纸牌屋

微笑,轻声劝诱:"我当了会长之后,绝对不会像他一样背地设陷阱逼你退学,我向你保证,南中绝对不会有人再敢欺负你。"

龙旬戴着兜帽,大半张脸都藏在阴影里,他被杨润的话逗笑了,笑意却没有触及眼睛。他张开嘴,声音轻得骇人:"我为什么要辞职?你凭什么当会长?"

"先回答第一个问题,你这个会长,糟糕透顶,没钱没脑,只凭热血和激情做事,早该被踢下台,我只不过适时抬起了脚。你如果不下台,宋妍就出不了这个大门,还记得你们班主任说的连坐制吧,宋妍如果在校园里再遭遇恶作剧,全班同学集体受罚。你忍心抓着会长的位置不放,让全班男生替你背锅?"杨润越说音调越高,底气越足,"第二个问题,我凭什么当会长?你有的我都有,兄弟、人脉、胆识;你没有的我也有,钱、大脑、雄心。事实上,我就是用兄弟、钱和大脑赚来了把尔踢下台自己当会长的机会。而你,从推开大门跑进来的那一刻,就已经输了。"

见龙旬把头埋低,沉默不语,杨润更得意了,开始乘胜追击:"怎么,想不明白自己是怎么输的?你收到的那条匿名短信只说宋妍来器材室找我,根本没提她遇到危险,更没有威胁你来救她,结果你一进门就冲向了她……宋妍就是你的软肋,对吧?别人碰不得动不得,因为她大伯是校长,她的安危关系着三年五班全体男生的命运,更因为——"杨润忽然踮起脚凑到龙旬耳边,用小得只有他们俩能听得到的声音低语,"你在乎她。"

"我大伯是校长,班主任为我撑腰,这个老梗全南中的人都知道了,还要扯多久!"宋妍不耐烦地摆了下手,唤回杨润的注意,"你拿我当筹码,是不是该先问问筹码的意见和感受,这是最起码的尊重。"

不等杨润变脸戴上微笑面具,宋妍就发动起憋了整整一下午的嘴炮:"总结一下,'踢走龙旬你来当会长'这个计划就是先发匿名短信把矛头指向龙旬,在我心底埋下怀疑的种子。然后再施苦肉计揭露龙旬是个骗子和混蛋,最后双管齐下把我和龙旬都引到这里来,利用我逼龙旬让位,你当会长。"

宋妍伸手把额前还在滴水的碎发全都拢到脑后,露出了闪着锋芒的眼睛。"这个计划最聪明的一点就是，你没有直接告诉我龙旬是个人渣，那样我就会怀疑你的动机，进而自己追查真相不咬你的钩。你当着我的面让龙旬亲自展示出了他欺负你、欺骗我——鉴赏室里的反锁、跑道边的威胁、狮虎山的捆绑，你让我自己看到、发现、推断出龙旬是个恶魔、混蛋，你为我心底那颗怀疑的种子浇了水，让它破土发芽。人一旦有了偏见，就只会看到他想看到的东西，短信引发的怀疑再加上亲眼所见的'事实'，这一切让我认定龙旬三番两次报复你，欺瞒我，bang！龙旬完蛋，我上钩。"

杨润怔了一下，笑容僵在嘴边，他目不转睛地盯着宋妍，似乎第一次认识她："你、你怎么知道？"

"我怎么知道那三封晚七点整以圣经结尾标记的匿名短信是你发的？我怎么知道你在鉴赏室、跑道边、狮虎山上在演戏？"宋妍轻笑了一声，眼神愈发尖锐，"发短信的人分别以《出埃及记》、《利末记》、《创世纪》的语句标记结尾，这是教徒才会有的习惯。你脖子上戴着刻着你名字和受洗日期的十字架项链，你社团的个人档案上也标明了你是天主教徒。"

宋妍举手打断了杨润想要开口解释的意图："啊？你想说这一切都是巧合，我并没有确凿的证据，那我们就继续谈谈'踢走龙旬'那个计划中最聪明的一点：你让我亲眼看见龙旬报复你。可是龙旬如果真的想报复你，以他的权力和能力，可以想出一百种绝不重样的办法私下解决你，他干吗要像个智障般三番两次在我面前对你出手，让我围观？这只有一个可能性——他被设计了，一切都是你安排的。"

"我在狮虎山上为你松绑捡起你的项链时就开始怀疑了，而你刚才的表演又证明了这一点：我进器材室还没说话，被扔在木箱中完全背对我的你就喊出了我的名字；而看见我之后，你甚至都没问我为什么知道你在这里……因为这都是你的计划你的安排，把我骗到这，计划也就完成了。演技不错，但是用力过猛演得过火，糊了。"宋妍遗憾地撇撇嘴，摊开双手，长出了一口气。嘴炮放空，全身轻松。

第五章 纸牌屋

"你既然知道这是个局,为什么还来?"杨润的肩膀缩了起来,他的自信正在一点点坍塌。

"我有受虐倾向,喜欢被虐啊!"见龙旬抖了一下,打了个冷战,宋妍不再开玩笑,摆出了严肃脸,"我如果不来,你的戏不就没办法收场了?再说,我也很想知道你这么大费周章是不是真像龙旬在信里面说的那样,为了当会长。"

宋妍从校服口袋里拿出了那封她从网球上取下已经湿透了的信纸。其实狮虎山的那一幕,龙旬就隐约猜到了杨润的目的,他故意请假一天,一方面让杨润放松警惕,更加卖力地表演和实施计划;另一方面他暗中搜集了杨润的背景资料和他到南中后的一系列作为,午休时把自己由此推断出的结论和相关线索写成了信贴在网球上砸向宋妍。因为宋妍的手机关机,她又处于杨润的监视之中,龙旬不能轻易现身和宋妍面谈。

自己以为天衣无缝的计划,居然被人早早看穿,并像在剧院看戏般坐等着结局。杨润忽然觉得自己像马戏团里的小丑,卖力演出不过是为了博人一笑。他不甘心地盯着宋妍,不明白她怎么会和一直针对她想把她赶出南中的龙旬联手?他想不通,干脆直接问了出来。

"我觉得一直在背地里坑我但紧要关头伸出援手救我的人,总好过把我当成垫脚石和傻子从头利用到尾的人,两害相权取其轻,所以这一票,我投给了龙旬。"宋妍说完便狠狠地瞪了龙旬一眼,做出"我还没有原谅你"的口型,"而且,龙旬在信里除了揭发你之外,还主动承认了他是会长以及他对我撒过的谎犯过的错。所以,我想再给他一次机会,他鼓起勇气采取的行动,不能以'小人得志'的悲剧结尾啊!"

龙旬藏在兜帽下的冰山脸被这句话融出一丝笑意,但他立即抿嘴,拍了下手。

"放开那个女孩,让我来!"杜良带着墙头帮冲进了器材室,他一把推开杨润,把宋妍护在了中间。

退到门口的龙旬依旧一语不发,他又拍了拍手,呼啦,器材室门外瞬间被一大片黑影包围,五班的男生们集体拥到了门前。

龙旬走到杨润面前，摘下兜帽，表情严肃得像铁板："当学生会会长是要有脑，但更要有心，你用心对人，用心交朋友，朋友才会信任你，愿意追随你帮助你。能用钱买到的，不是友谊，而是相互利用。"

杜良挥了下拳头，那些一年级的男生便立即作鸟兽散，逃出了器材室。

"好了，好戏结束，大家各回各家，各找各爸。"宋妍抱着双臂不住地打哆嗦，狠狠在心中鄙视自己入戏太快表演太走心，居然连雨伞都没打就冒雨赶来，现在全身从里到外都湿透了，冷得恨不得自焚取暖。

龙旬走向杜良，扒下他的冲锋衣罩在宋妍身上，像用棉被捂住一只小鸡崽儿。他脱下自己的校服，拧干了水后重新穿上："我送你回家。"

"老大，那他……"杜良拾起一根棒球棍，嫌恶地戳了戳杨润，他看起来像跑了气的气球，软绵绵地瘫坐在地上。

"市郊别墅区进门左拐第二栋红色三层别墅，打车送他回家。"龙旬背对着杜良挥了下手，"车钱你付，回来我报销。"

南中的器材室灭了灯，校园再度恢复之前的平静。雨停了，走在回家路上的宋妍正通过手机接收宋爸爸的声讨，她忘记打电话报备晚归的事。难得看见宋妍唯唯诺诺，一旁的龙旬无论如何也憋不回笑意，他笑一下，就挨上宋妍一拳。

街边的水坑映出了两人的身影，少女左右开弓不停地出拳，少年一动不动老实地挨打，两人边走边打，溅起的水花一朵又一朵在脚边绽开。谁也没有注意，身后北中一间常年上锁的教室中，有人正将他们当作鲜红的靶心。

"宣传栏上的传单又被撕了，那小子警惕性太高。"北中的陆校长攥着一份密封的档案袋，满面愁容。

"不过是小孩子的小把戏而已，不用在意，我的目标是竞选上教育局的副局长。"

第五章 纸牌屋

"那你得按我的计划来。"陆校长把档案袋递了过去,"我们上次说好的,把事情搞大,把南中搞垮,我才会给你人脉和选票。"

"付出与索取,这就是权力的游戏,我喜欢。"男人摩挲着手腕上的佛珠,转过身背对着陆校长,望着一墙之隔的南中,眼底被灼热的欲望烧得赤红。

第六章 血的期中考试

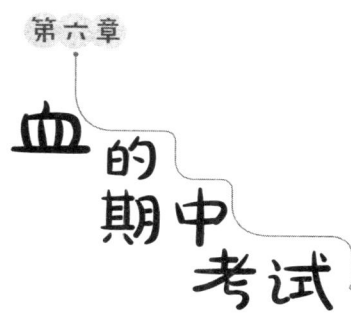

第六章 血的期中考试

雨后的清晨，清新如薄荷，晴朗如向日葵，宁静如含羞草。

龙旬站在 7 单元门口，倚着手推车，拨弄着推车钢架上悬着的一串风铃。他手指轻轻一划，风铃就顺势你推我攘，叮当作响，为这个冷清破败的小区，增加了几分生气。

瞥见正对楼道口的一楼 712 室打开门，龙旬两步跨了过去，他的脚踏上台阶的同时，手就把钱塞进了杜良的校服口袋里："给，昨晚的打车钱。"

杜良觉得一阵风从面前拂过，回过神来，发现龙旬正帮他拿怀里抱着的笼屉，他急忙把空出的手伸进口袋想掏钱还给龙旬。

"你敢？"龙旬立即摆起了臭脸，单手抱着笼屉，另一只手朝杜良挥了下拳头。

杜良吓得赶紧双手抱头："老大，平时在学校里总是你请我吃饭，出去玩时也是你结账，这次的车费让我出吧。"

"嗬，你爸还总说你光长个儿，这不也长心了。"龙旬欣慰地拍了拍杜良的肩膀，"你在学习上也长点心就好了，快期中考试了，这钱拿去买几本练习册做做，别总让你爸操心。"

"谨记老大教诲，小的一定努力！"杜良嘿嘿地笑着把钱放进钱夹，"不对啊，老大，你干吗要替那臭小子出打车钱啊？明明是回他的家，他住的那栋别墅，啧啧，别说是打车钱，买一辆车的钱他都拿得出。"杜良越说越气，昨晚他送杨润回家,看他在出租车上垂头丧气、哭丧着脸,本来还有些同情他,可是一下车后看见那栋电影里才会出现的三层欧式别墅,他那一点点同情立即就被震惊、不解、愤怒淹没了。

"他家有钱是他家的事,在学校,他是学弟,我是会长,昨晚的教训他不用花钱买,我送给他。"龙旬熟稔地把笼屉搬到楼道门前停着的手推车上。

"你当他是学弟,他可没把你当会长,他不仅设计陷害你,还当着宋妍的面说你是……"发现龙旬的肩膀僵了一下,杜良及时闭上了嘴,但脑海中却不断回放着杨润干过的"好事",每多想起一件,他的拳头就攥紧一分。真不明白龙旬既然都让他们埋伏在器材室的门口了,为什么揭开杨润的真面目后不让他们冲上去好好教训他一顿,居然那样轻易地就放过了他,还让自己送他回家。

龙旬把笼屉一排排码好后,转过身对杜良点了下头,又心事重重地摇了摇头。

他明白杜良的困惑,换成以前的他,绝对会带头冲上去教训杨润,让那臭小子见识一下他瞧不起的会长究竟有多可怕。但昨晚,龙旬并没有这么做,他不知道阻止自己的是杨润的控诉,还是宋妍的宽恕。

龙旬也很气,气杨润陷害自己的可恶行径,但他指控自己的"罪名"都是事实。昨晚送宋妍回家的路上,宋妍给他放了之前录下的她和杨润的对话,那时的夜空明明已经放晴,龙旬的心却乌云密布。

正如杨润在录音中所言,包括他和杜良在内的南中"统治者",确实没太拿杨润这些弱势群体当回事,虽然没有故意去欺负他们,但也从来没有认真地关心过他们,改善过他们的处境。只有在遇到扫尾、善后这些琐事时,才会想起杨润这群人,仿佛,那就是他们的职责。龙旬根本没有想过这些身体瘦弱、不擅运动的人,和自己一样,也是南中的一分子,也拥有自由的权利。

所以,杨润的话让龙旬心虚,他虽然没有如杨润所愿辞职让出会长的位置,却在送宋妍回家后反省了整整一晚:自己当上会长后究竟为同学们做过什么?又为南中做过什么?在反省期间,宋妍的身影时不时地闯进他的脑海,打断龙旬的思路,让他的心拧成了麻花,又酸又难受。

第六章 血的期中考试

　　直到今天早上他才想明白,这种感觉叫羞愧。他为自己躲在幕后下命令逼宋妍退学而羞愧,为宋妍发现了一切后还选择相信他、帮助他揭发杨润而羞愧。正是这种羞愧,让龙旬昨晚根本没办法报复杨润,因为宋妍就站在他的身边,嘴里虽然骂他但行动上却一直支持他。龙旬不想让宋妍失望,她既然选择了站在他这边,并且相信他,龙旬也想用事实向宋妍证明她没有选错,他值得被相信。所以,龙旬只是说了几句话,就放走了杨润。话虽不多,但每个字都是真心的。怕其他人不服气找杨润麻烦,龙旬特意让自己最信任的杜良送杨润回家。

　　"良子,干嘛呢?磨磨蹭蹭的,再不快点出摊,这些包子就卖不出去了。"杜爸爸用脚踢开门,捧着小山一般高的笼屉走了出来,那张和杜良极度相似的脸完全被笼屉挡在了后面。

　　"叔,慢点,我来拿。"回过神来的龙旬快杜良一步接过笼屉,动作麻利地搬到手推车上,按不同馅料码好。

　　"阿旬,这么早就来了!"杜爸爸看见龙旬后马上笑开了花,"多亏你在学校照看杜良,要不是遇见你,这傻小子早就学坏了。"杜爸爸拍了下比自己小两码的杜良,心想真是傻人有傻福,儿子能认识龙旬这么好的朋友,不仅在学业上一直帮忙,每天早上还赶来帮自己出摊。整整九年,风雨无阻,他都想认龙旬当干儿子了。

　　龙旬急忙摆了摆手,跑去厨房拿剩下的笼屉,顺便借白茫茫的雾气掩住脸颊腾起的两抹红晕。

　　天边的红日越爬越高,尽情地挥洒光和热,温暖着刚刚苏醒的城市,和脚步匆忙的人群。

　　"看什么呢?眼睛都掉进笼屉里了,这么想吃包子啊?"红灯亮起,人行道上的小艾一把揽住宋妍的肩膀,顺着她的目光望向对街路口卖包子的手推车。

　　"我没想吃包子,我是在看……"宋妍看着龙旬弯腰推车的侧影,"杜家包子"的小红旗被秋风拂起,左一下右一下地搔着他的头发,红旗下的风铃叮叮咚咚,像是在为他鼓劲加油。

"包子咧，刚出炉的杜家包子！"杜爸爸骑在车上奋力吆喝，杜良跟在车后向周围派发传单。

宋妍瞪着龙旬，气得跺了一下脚。

这个人怎么回事儿？当她觉得他心眼挺好时，他在背地里骗她坑她；当她认定他比渣滓还渣时，他又开始助人为乐。自己整理了一晚上才理顺的思绪又被他打乱了。

昨晚，龙旬送宋妍到家后，宋妍没道谢也没留客直接把龙旬关在了门外，结果挨了宋爸爸一通念。好不容易听完了紧箍咒回到卧室钻进被窝，却一丁点睡意都没有，这几天发生的事盘根错节，在她脑袋里绕成一团，就像床边阿蒙在玩的毛线球。逻辑强迫症爆发的宋妍干脆起床坐到书桌前，打开笔记本整理纷杂的思绪。

龙旬做过的坏事：

她提笔先写下了这样一行标题。

1、削我的头发。

2、逼我退学。

3、对我隐瞒身份。

4……

宋妍想了半天，也没在"4"后面写出一个字，实在想不出来了，她又重起了一行。

龙旬做过的好事：

1、把我从校门口的围堵中救出来。

2、陪我一起蹦极。

3、监督我跑步，督促我锻炼身体。

4、阻止照片传播，替我解围。

写到这一条时宋妍停住了笔，她回想起下午杜良在叮嘱王天一删除贴吧里有关蹦极照片的帖子时，不小心说漏了嘴，是龙旬交代学生会阻止照片的扩散，

097

第六章 血的期中考试

是龙旬建立起了一道防火墙保护她。

5、放了杨润一马。

呀！五条！好的比坏的多两条。

宋妍看着笔记本心更乱了：龙旬骗了她，从头到尾；但也救了她，次次不落。这些坏事好事搅在一起惹得她烦心，却并没有让她伤心。或许，刚转学时接二连三的打压打击，已经把她磨砺得比之前更坚强了；又或许，她早已经发现龙旬并不是彻头彻尾的渣滓，他还有药可救，心中还有那么一丁点儿善良。虽然被他的臭脸和怪脾气层层遮掩，微弱得几乎看不到，可偏偏，她看到了。

即便如此，宋妍还是介怀他曾在背地里计划把自己赶出南中，她决定先不理龙旬，等他再做一件好事时，再考虑恢复正常邦交。

"欸，那两个男生不是你们班的吗？包子摊是那个肌肉男家的吧？你看他和他爸长得一模一样，Mini 版和 Plus 版。"小艾连续拍了好几下宋妍的后背，才拉回她早就飞到九天之外的注意力，"那个帮忙推车的猫眼男虽然总摆着臭脸，但还挺有爱心的，居然还帮同学爸爸卖包子，我也去献下爱心。"绿灯亮起的瞬间小艾猛蹬单车冲过去买包子。

6、帮助杜良爸爸卖包子。

宋妍抽出笔记本添上了这一项，心中半是畅快，半是郁结。

早自习的铃声响起时，宋妍刚放下书包坐到座位上，椅子就被猛地向后拉了一下。

"给，包子。"

不等宋妍开口，龙旬就用一只小笼包堵住了她的嘴。刚才和杜良跑进校门时，杜爸爸又把一屉包子塞给他当早餐，龙旬拗不过，只好拿起包子，趁杜爸爸不注意留下了买包子的钱，拉起杜良朝教学楼冲刺。

一屉包子就想收买人心？宋妍眯起眼睛，吐出包子。

"要不我请你吃一屉包子，你让我在背后坑几次？"她昂起头，挑衅地看着龙旬。

唉，不都说好了他再做一件好事就恢复邦交吗？怎么开口就放嘴炮！

宋妍在心里埋怨自己，但脸上的神情依然高冷得能撞翻泰坦尼克号。

"宋妍，头转过来，龙旬，包子交上来。"洛老师拍了拍手，菜市场般喧闹的教室立即安静得像殡仪馆，"还有一个月就是万圣节了，你们知道这意味着什么吧？"

白夜回头看了一眼宋妍，她向自己笑了一下，弯起的眼睛像月牙。看来昨晚她没出事，白夜松了口气。昨晚他赶到器材室时，铁门大敞，里面空无一人。虽然杜良在短信中只通知他尽快赶来，并没有提到宋妍，但白夜总觉得昨晚的事和宋妍有关。他刚想开口问宋妍，一张小纸条忽然飞过来落在了他的手里，杜良猛地朝他挥手，示意白夜打开纸条。

每年万圣节南中都会举办化装舞会，但只有在期中考试中全年级排名第一的班级，才能获得举办舞会的资格，咱们班一次也没办过……PS：谢谢你这两天下午帮我讲数学题，改天请你吃包子。

"我希望同学们可以认真复习。"余光瞄到了杜良的小动作，洛老师的目光"噌"地飚了过去，杜良立即拿出英语书狂背单词。"尤其是学生会的干部，要起带头作用，希望大家下个月的期中考试都能取得好成绩，为班级争光。"

教室里鸦雀无声，男生们左耳朵听，右耳朵冒，低着头继续看漫画、刷手机。

"好吧，我换个你们能理解的方式说。"洛老师无奈地叹了口气，撩起碎花长裙，一脚踏在讲台上，红色的鞋跟又细又尖，像正在滴血的长矛，"老娘我要开party，糖果、南瓜灯、cos装扮我全都要，我要拿下这个万圣节舞会，所以，你们这帮野猴子从现在起必须拼了命地学习，往死里学！下个月的期中考试要是拿不到年级第一，你们还是可以照常上学，不过——"洛老师双手叉腰，轻笑了一声："放学后能不能安全回家，就全看我的心情了。"

第六章 血的期中考试

教室里依旧鸦雀无声，所有人都争相放下手机，拿起书本，如饥似渴地看起来。

"白夜，你有事吗？"见白夜举起手，洛老师立即收脚叠手，挺胸立腰，秒变端庄知性的班主任。

白夜走到讲台前，转过身，面向全班同学："我想申请加入末日游戏社团。"他声音清晰，表情冷静，就像播音员在播报新闻。

这句话似一滴冰水溅入热油锅，立即引发骚动，大家躲在书本后议论纷纷，视线在白夜和龙旬间不停转换。

白夜转到五班来还不到一个月，整天围着宋妍转，从教室到食堂，从上学到放学，简直就是宋妍的小跟班。而以龙旬为首的学生会又要把宋妍赶出南中，这让五班的男生对白夜不太待见，虽然没公然找他麻烦，但也没有人找他玩。白夜平时又格外低调，除了上课被点名发言，根本没主动举过手。所以他现在站在全班同学面前公开表态，要加入龙旬建立的以驱逐宋妍为目的末日游戏社团，让大家有些发蒙，看不懂他到底演的是哪出戏。

宋妍没出声，但她拿着笔的手停顿了一秒，才继续写下一行单词。

龙旬也怔住了，但他只用了一秒钟就恢复了正常，长腿向右一跨，三步就到了讲台前，张开双臂一把将白夜搂在怀里，激动得就像见到了失散多年的亲兄弟。

看来这是出"冰释前嫌"的戏码，正牌学生会会长龙旬主动表态，还是以这种直接张扬的方式，瞎子也看得出来。而且昨晚，他还召集全班人马去器材室救宋妍，宋妍的大伯又是校长，这一连串的证据表明：会长龙旬已经被招安，这场由他指挥、王天一编剧、杜良领衔主演、全班同学集体参演的《驱逐宋妍》的大戏已经落幕了，这个持续了四周的"全班一起骗宋妍"游戏也 game over 了。

"欢迎欢迎！热烈欢迎！"杜良忽然站起身，热情鼓掌。

王天一也开始鼓掌，尽管不满又不解，但他还是选择接受，因为他信任龙旬，不管对方做什么决定。半分钟后，教室里其他人也拍起手，表示欢迎。但掌声之外，却是两种截然不同的心态：一部分人觉得早该这样了，宋妍这个女生不烦人，不应该总是欺负她；另一部分人则认为，女生太可怕，宋妍太心机，她一定是发现了龙旬是正牌会长的秘密，用她大伯的力量压制龙旬，才逼得他收手。绝不能轻易饶了她，要为龙旬报仇！

"知道你们兄弟情深，别秀恩爱了。"洛老师甩了一个白眼，尖锐锋利，狠狠地扎在龙旬的后背上，把他轰下了讲台。

"为了下个月期中考试能取得第一名，从现在起，全班同学两两一组，学习好的帮助学习差的，大家共同进步，拿高分，办舞会。下面我来宣布一下学习小组的分配情况。"洛老师气运丹田，声音提高了一个八度，"第一小组：宋妍、龙旬；第二小组：白夜、杜良……"

叮铃铃。

下课铃声刚一敲响，洛老师就撇下了名单："其他分组自己看，你们在知识的海洋里尽情遨游吧！老师我上岸吃早餐了。"说完潇洒地甩甩长发，提起包子挥手拜拜，大步走出了教室。

宋妍窝在教室里郁闷了一整天，上一秒她还傲娇地不吃龙旬主动送上的求和包子，放嘴炮，玩冷战；这一秒她和龙旬就被洛老师以期中考试为名，捆绑成一对一的学习小组，要利用课余时间为他补习。她不禁仰天长叹，老天是在关上她的门、封上她的窗的同时，还伸手啪啪地打了她的脸吗？

直到放学铃声响起，宋妍都没再振作起来。她本想先找白夜一起去夜市吃臭豆腐，再去龙旬家补课，可是刚开口叫出白夜的名字，白夜就头也不回地跑出教室，速度快得仿佛在躲瘟神。

唉！想找的人加速跑，想躲的人躲不掉。

宋妍放了个嘴炮，拖着书包，耷拉着脑袋，像犯人般跟在龙旬的身后，去他家受刑。喔，不对，是补课。

第六章 血的期中考试

看出了宋妍情绪不高，龙旬故意放慢脚步，等她跟上来，和她并肩走在一起。

宋妍觑着身旁的龙旬，依旧是兜帽遮住脸，冰块笼着眼，就像谁欠了他五百万，整个人如同正在漂移的冰山，看他一眼，都会打个冷战。这让她无比怀念不知去向的白夜，和冷冰冰的龙旬相比，白夜温和又温暖，从声音到眼神都让人如沐春风，就像是永不落山的太阳。

这样温顺的人，居然会在全班同学的面前做出那样大胆的举动。

想起白夜站在讲台前高声宣布自己要加入末日游戏社团，宋妍的心里除了惊异，还有几分羡慕。

她羡慕白夜比自己大胆、勇敢。同样是转校生，同样被新集体排斥，相比于自己倚靠班主任和大伯的庇护画地为牢，和新同学井水不犯河水，白夜却选择了主动打破坚冰，当众"自白"。

的确，白夜运气不错，因为会长龙旬的支持表态，他得到了认可和掌声，但是他却冒着被嘲笑、无人理睬甚至被轰下台的风险。宋妍无法想象，在讲台前等待掌声的一分钟，那如一生般漫长的一分钟，白夜是怎么熬过来的。她只是在脑海里闪回那可怕的一分钟，都有遁地隐身的冲动，作为当事人的白夜，却凭借自己的力量闯过了这道难关。

这根本不是一两句简单的"自白"，而是信仰，是发自内心的力量。

白夜向三年五班展示了他的信心和决心，他要加入新社团，融入新环境。

宋妍不知道在白夜身上到底发生了什么，只是短短的两天，他似乎脱胎换骨，破茧重生。与大多数人仅仅是在睡前下决心、睡醒后依然保持现状不同，白夜改变了现状。

想到这儿，宋妍哀叹了一声，从关于白夜的思绪中抽回，把全部精力都砸给了眼前人——一个甚至都比不上"大多数人"，只是一心睡觉，无心改变的人。

"准备好了吗？"宋妍勉强打起精神。

"没有。"龙旬直接用一个哈欠回复宋妍，他眼睛半眯，像一只懒洋洋的猫。从进门起他就发现宋妍一直在发呆，注意力完全不在自己身上，道歉信也写了，赔礼的包子也送了，她的气到底要生到什么时候。龙旬觉得心烦，干脆闭上了眼。

"很好，我们开始吧！"不想再开嘴炮，更不想再浪费时间，宋妍直接进入了主题。

"怎么开始？"龙旬斜倚在床上，对接下来自己要做的事没有一点概念。为什么洛老师要安排宋妍给他补课，上学期期末考试他的成绩是全班第一，他一直是辅导别人功课的人啊！

"我向洛老师了解过你的情况了，你平时不听讲，只是仗着自己的记性好在考试前单纯地背题，这是投机取巧。"宋妍从书包里抽出一本比砖头还厚的习题集掷了过去，靶心就是龙旬的额头。

嘭！

听到命中声后，宋妍开始下命令："从第一页做，做不下去就看，看不懂就问。"

问？

龙旬揉着额头看向宋妍，她的脸板成扑克，比自己的脸还臭，心底涌起的质疑和抱怨顿时蔫了下去。算了，做题吧，老底都被揭穿了，没借口了。

漫长的一分钟。两分钟。整整三分钟。

"我好像得了阅读障碍症。"龙旬一脸菜色，"这里面数字太多，看得我头晕，文字又太难懂，看得我恶心。"这句话是真的，从打开习题集的那一刻，他就在反胃。

"数学是全世界最友好的学科，从来不故弄玄虚，也不会拐弯抹角，它步步为营，处处有理可循，就像最精美的迷宫，只要你走对了路线，就一定会找到唯一的出口。"宋妍举着数学书，神情愉悦地总结道，"数学是最忠诚、最完美的科学。"

龙旬看着宋妍，她的嘴一张一合，好像在说什么，可他就是集中不了精神，听不进去。仿佛脑子被绊了一跤，跌在原地爬不起来，也不想爬起来。

见龙旬一脸严肃听得认真，宋妍在心底表达了满意，脸上却不露声色。她随手拾起书桌上的一叠纸，上面画着一堆乱七八糟的数字。

"你在写歌?"宋妍惊讶得声音都拔高了,纸上只有从1到7七个数字,桌脚又放着吉他,龙旬显然在用吉他创作。

"嗯。"龙旬点了下头,觉得有些难为情,便别过脸,也因此错过了宋妍眼底进出的惊喜。

仔细地看了一遍后,发现这首歌只写了三分之一,宋妍赶忙跑到龙旬面前,几乎迫不及待:"你如果好好补课拿下期中考试,我就帮你写歌。"她拿着曲谱,双眼放光,"我六岁就开始练钢琴,练了整整十年哦,钢琴配吉他,绝对能激发出火花。"

"所以你不生我的气了?"看到宋妍递来的橄榄枝,龙旬犹豫了一下,没敢接,他怕自己会错意,再惹到宋妍。

"生气!"宋妍坚定地点了点头,龙旬眼底刚刚亮起的希望之光立刻被浇灭。"除非你请我吃臭豆腐。"宋妍背着手,弯起了眼睛。

她猜得没错,龙旬果然不是渣滓,他和自己一样喜欢音乐,爱音乐的人绝对不会是坏人。除此之外,她还无意中听到龙妈妈在电话里和朋友抱怨,说儿子有被迫害妄想症,每晚都要起来三次检查门窗有没有闩好,以免她被坏人袭击。真没想到冰山脸还有这么细心的一面。宋妍决定给龙旬一个台阶下,暂且原谅他。也给自己一个机会,重新认识他。

就在宋妍放下心结与龙旬在洒着灯光的温暖房间里握手言和时,夕阳终于燃尽了最后一丝余晖,被无情地扯下了地平线。夜风拍打着梧桐树,发出求救般的叹息,昏暗清冷的北中门口,一个戴着棒球帽、背着双肩背包的身影利落地翻墙、进校。

跳下墙头时,白夜连气都没喘一下。这些日子,他和龙旬每晚都要翻墙进入北中,去宣传栏前检查传单,等待"罪犯"。他的身体已经建立了条件反射,白夜再也不需要借助龙旬的帮助，踩着他的背脊翻过墙头。就像他今晚要做的这件事，只能依靠自己，龙旬和宋妍，都不能牵扯在内。

从头到尾仔细检查过宣传栏没有新贴的传单后，白夜卡在喉头的心落下了一半。他猫着腰把背包扯到胸前，压低帽檐从一扇忘记反锁的窗户翻进了北中的教学楼内，直接冲向顶楼走廊尽头那间常年上锁的废弃教室。

昨晚收到杜良的短信后，白夜立即打车赶往南中，车在半路抛了锚，等他来到器材室时，已经人去楼空。白夜知道自己错过了一场"好戏"，一天没露面的龙旬又请了假，他只好独自一人翻墙潜入北中检查宣传栏。

确定宣传栏没有任何异常后，白夜刚想离开，原本黑漆漆的北中教学楼顶楼最西边的教室，忽然亮起了灯，就像沉睡的怪兽突然睁开了眼睛。从小受到当警察的爸爸的耳濡目染，白夜嗅到了一丝不寻常的气息，他偷偷跑向教学楼想一探究竟，却瞥见一个身材矮胖、戴着金丝眼镜的中年男人神色匆匆地走进教学楼，手里还提着一个档案袋。

是北中的陆校长！白夜忽然想起了北中宣传栏上新贴的校长简介，中年男人推门时又按亮了手机屏幕，白夜看得清清楚楚，绝对不会认错人。

他屏住呼吸，用从爸爸那里偷学到的跟踪技巧，尾随陆校长来到了那间门上贴着"维修中"，却早已有人进入的废弃教室。

接下来的半个小时，天色黑透了，白夜的心也冷透了，他仿佛置身于噩梦之中。那些权欲熏心的对话、贪婪黑暗的交易，比噩梦还要可怕。

交易完成，灯熄灭，人离开，废弃的教室再度恢复了平静。躲在墙角处的白夜却怎么也平静不下来，整个人被割裂成了两半：一半的他极力否认眼前的一切，想忘记想逃避；另一半的他迅速地接受了现实，并决心调查到底。

再一次来到这间教室门前，白夜没有丝毫犹豫，从门框上取下陆校长昨晚离开时放在那的钥匙开锁进门。怕引起外人注意白夜并没有开灯，他借着手机屏幕的亮光卸下插座盖，深吸了一口气按照在家里练习过的步骤，有条不紊地装上了窃听器，复原插座。

第六章 血的期中考试

窃听器是白夜背着爸爸在网上买的,他放学后匆忙离开教室就是为了去提货。因为事关重大,手头又没有切实的证据,白夜现在还没办法请爸爸介入调查。他也没告诉龙旬,尽管两人约好一起查出发布照片和传单的"罪犯",他也找到了关键线索,但是关系到宋妍,他必须慎重。

龙旬没有说实话,白夜知道他有秘密瞒着自己。前几天为杜良补课时白夜就察觉出了蹊跷:杜良为人简单直接,喜欢动手不爱动脑,习惯听从指挥而不是去指挥他人,这样的人不可能精心算计、设下连环陷阱坑害宋妍,他只是在单纯地执行计划。

今天早上,白夜当众宣布加入末日游戏社团时,龙旬的反应、杜良和全班男生的反应让白夜更加坚信这一点——杜良只是个傀儡,龙旬才是在他身后提线操纵的人,同学们忌惮、唯马首是瞻的人是龙旬。

龙旬躲在幕后,让杜良替他出手、执行他的命令,让全班男生帮他掩饰,这所有的行为只有一个目的——逼宋妍退学。

想通这一切后,白夜不禁胆寒,他回想起龙旬只身冲进人群救出宋妍,奋不顾身地跳下塔台陪宋妍蹦极……他所做的这些,到底是良心发现,还是下一波计划的序曲?

不能完全信赖龙旬。

权衡再三,得出了这个结论的白夜立即向漫画社部长提交退部申请,他要全身心地留在末日游戏社团,守护宋妍。

这个念头像黑夜里的阳光,照亮了前进的路,白夜的心瞬间清明了,他小心地擦掉自己的指纹后,锁好门,放回钥匙,离开了北中。

距离洛老师宣布成立学习小组、为期中考试冲刺才过去十五天,龙旬却觉得自己在炼狱里已经被折磨了十五个世纪。

他头脑里二十四小时滚屏播放着两部校园漫画和两部恐怖电影——《麻辣教师》、《地狱老师》,《夺命高校》、《血的期中考试》。

以前看的时候还觉得太过夸张,耸人听闻,现在回想起来,每一格画面每一帧镜头,都是他当下生活的真实写照。

上学被洛老师看押学习,放学被宋妍羁押补习。幸运的话,龙旬觉得自己会活着走进考场,然后血染期中考试。如果不幸又碰上霉运体质启动……呵呵,龙旬忽然想给自己买份人身意外险。

然而这还不是最让他心烦的事。昨天龙旬被宋校长叫去,以南中学生会会长的身份陪他到教育局抽了张纸条,他还没弄清自己做了什么,就被打发回了教室。

虽然事情已经过去了一天,他还是无法释怀。因为当时的情景很像是去庙里抽签,而以他的经验,但凡抽签,必下下签无疑。

"不要啊!"龙旬垮着脸,念经般自语。

"不要说'不'。"宋妍检查着龙旬的数学习题,"好运永远不会垂青于那些说'不'的人。"

好运?

龙旬露出从来没听过这个词的表情,他迅速地回想了一遍自己十五年的人生,点头确定——确实没听过这个词。

龙旬暗暗地叹了口气,忽地发现宋妍眼角抽搐了一下。一开始,他还以为她同情自己的霉运体质,但半秒后他就感到后背一阵恶寒,才恍然顿悟。

"洛老师,宋妍正在帮我补习数学。"龙旬没敢回头,心虚地和身后的洛老师打着招呼。

"龙旬龙旬龙旬……"

连名带姓被叫三遍,完了。

洛老师把一张教育局下发的通知单拍到了龙旬的面前。

整间教室一片死寂,气压骤降,气氛紧绷。龙旬不禁想到了越拧越紧的吉他弦,空气都好像在紧张地震动,危机一触即发。

第六章 血的期中考试

"我错了。"龙旬在洛老师爆发前就低头认错。

"洛老师,南中被抽中了?"只瞄了一眼,宋妍就发现那是理川市中学抽样检测考试的通知单。每年的十月,市教育局都会抽一所学校,以该校的期中考试成绩作为随机样本,建档调研。

"我们班被抽中了。"不用洛老师回答,也不用看通知单,凭借着所向披靡的霉运体质,龙旬就知道了答案。

"宋校长真是慧眼识'猪',让你代表南中去教育局抽签,全市15所初中451个班级,你偏偏抽中了咱们班,就你这手气,还补什么习啊!去买彩票吧,你马上就富可敌国了。"洛老师的眼睛噜噜喷火,烤得龙旬外焦里嫩。

就这样,原本是为了拿下化装舞会举办权的小考试,经过龙旬的妙手一抽,竟变成了捍卫学校荣誉的大考试。洛老师立即暂停了所有社团活动,每天加班加点地补课复习。不仅如此,她还剥夺了大家的假期,安排成封闭式的考前突击——周末全班同学在班级合宿,48小时同吃同住集体补习。

与这两天两夜的狂风暴雨相比,之前的补习连毛毛雨都算不上,教室里哀鸿遍野,整个南中都回荡着惨叫和哭号。

杜良已经不敢再看龙旬——他的左脸写满了"惨"字,右脸刷屏着"哀"字,被书本和霉运折磨成了鬼魂,整天在自习室游荡。

宋妍也好不到哪里去,似乎被龙旬的霉运传染,合宿的第一天,她就重感冒爆发。但她依然带病上阵,一边贴着退热贴戴着口罩大把吃药,一边红着鼻子哑着嗓子教同学们做题。

洛老师更是变身为奴隶主,踏着高筒靴,挥着小皮鞭不停巡视,见谁溜号就来上一鞭,不往身上抽,就贴着耳边甩。啪,啪!电光火石,山崩地裂,效果惊人得好,全班同学的学习热情空前高涨。

就这样挨过了两天一夜,终于熬到了星期天的晚上。

宋妍和洛老师单独住在教师楼里的办公室,宋妍的感冒持续恶化,洛老师送她去诊所打点滴,剩下的男生则全部挤在教室里,委托给龙旬管理。

洛老师前脚刚走出校门,五班就炸开了锅,密封的睡袋一只接着一只被拉开,一颗又一颗脑袋探出来,就像雨后破土而出的笋尖。

"你们听没听过咱们南中的传说?"杜良打开手机的闪光灯,紧贴在下巴上,故意压低声音制造恐怖氛围。

呵,要讲鬼故事了。

白夜在睡袋里翻了个身,他实在不明白为什么每个学校都有传说。

"嘘……"发觉自己成功地吸引了所有听众的注意力,杜良举起手表,开始轻声倒数,"五、四、三、二……"

他的声音和表情配合得天衣无缝,秒钟的嘀嗒声和窗外的风吼声更是渲染了紧张的氛围。

"一。"

"啊!"杜良尖叫一声,啪,手机掉在了地上,闪光灯熄灭了,教室里一片黑暗,连呼吸声都止住了。

"那边有光,是,是火光。"白夜突然发现对面办公楼二层最左侧的窗口内,一片橙红,越来越亮。

"你也看到了?"杜良凑到白夜的耳边,讳莫如深,"每个星期天晚上的8点8分,办公楼的那个房间里都会准时着火。我和龙旬去查过好几次,一到门口,火就自动熄灭,一出办公楼,火又复燃,可是办公室的门窗都锁得好好的,里面根本没有人。"

星期天、8点8分、着火……

白夜的胃突然向下一坠,他倒吸了一口气。

寻宝游戏、漫天飞舞的烟花、南中楼顶熊熊燃烧的的纸箱、三个惊慌失措的孩子……他双手抱头,拼命压住喷薄欲出的回忆。

第六章 血的期中考试

叮。

杜良看见白夜脸色惨白,满意地退到了角落,点开手机,是龙旬传来的微信。

洛老师的办公桌里没有零食,我找遍了所有抽屉,连垃圾桶都翻了三遍,什么都没有。PS:霉运再次爆发,办公室的灯坏了,我只摸到了半截蜡烛,还好随身带了打火机。

第七章 风一样的女子

第七章 风一样的女子

星期一，预示着新一周的开始，这是一个充满无限希望的日子，也是一个不太受欢迎的日子。

南中外的十字路口，车水马龙，人们脸上还挂着周末过后残存的慵懒和惬意，脚步却急匆匆地将身体带向写字楼，进入工作状态。

南中操场上，初一到初三所有班级的学生整齐列队，大家都穿着统一的黑色校服，远远看去，黑压压一片，仿佛长了满地的黑色荒草，或是天上的乌云集体坠落。

宋妍站在二楼主席台的角落里，居高临下地看着操场，望着南中。

在她的印象里，理川市一年四季温暖如春，似乎没有秋和冬这两个听上去就萧索、清冷的季节。可是稍稍不留神，树枝竟脱光了一大半的叶子，车棚旁边两棵高大的梧桐树，也几乎秃了顶，手掌般大的落叶铺满了甬道，连绵起伏，像金黄色的山丘。

如果今天在树下设陷阱，我肯定发现不了，绝对会中招。

想起转学第二天的经历，宋妍眯起了眼睛。原本惊险万分、让她无比气愤的回忆，现在浮现在脑海时，竟多了几分乐趣。不知道是自己的心脏经过这一个半月的磨砺真的变强大了，还是南中在她的逐步了解之下变得可爱了。

"大家集中一下，今天的升旗仪式由三年五班宋妍同学主持。"教导主任才说了一句话，操场上就骚动了起来。原本如死水般平静的队伍，顿时沸腾如烧开的热水，议论、质疑、哂笑一波又一波翻滚到表层破开，释放到整个校园，生怕正走向主席台话筒前的宋妍看不见、听不到。

言语就像风，来去匆匆，伤不了人。宋妍拿出了演讲稿，心底一遍遍自我安慰：我是三年五班推选出来的代表，我站在这里是要为同学们加油鼓劲，向全年级、全南中展现三年五班的决心，明天的期中考试，我们一定会全力以赴，一举拿下！

默默重复了三遍后，宋妍的信心坚定多了，头也不晕了，喉咙也不痛了，整个人像打了一针兴奋剂，充满了力量。她调整好话筒，弯起眼睛露出最自信的微笑，朗声开始了国旗下的演讲，根本没看演讲稿。

"我叫宋妍，是三年五班的学生，是南中唯一的女生……"

正对主席台的一年级男生们齐齐仰头看着宋妍，其中表情最认真、心情最复杂的是站在最前排的杨润。

宋妍在台上，他在台下，两人之间的直线距离不超过一百米，可是杨润却觉得宋妍就像头顶的太阳，他能看见她的光，感受到她的热量，却也只能如此了。无论他怎么伸直手臂，踮起脚尖，也接近不了她。

与太阳离得太近是会被灼伤、毁灭的。

他的耳边蓦然响起这句话。如果那天晚上宋妍肯选择和他合作，他或许早就逼龙旬下台，当上了学生会会长，改变弱小者在南中没有发言权、被欺凌的现状。他现在也不会被"兄弟们"抛弃、嫌弃。一切都是她的错！

"哎，你听说了吗？这个女生被反锁在器材室里，居然自制火炬引发了消防警报，我都不知道咱们学校有消防警报！"

"她还装死吓得杜良学长哭爹喊娘，脉搏都没了，差点招来救护车！"

"这是魔女吧？"

"胡说，明明是巫女。"

杨润的思绪被身后传来的议论声打断，他抬头望向宋妍，只见主席台上的女生，脸色微红，表情镇定，看起来明明像深陷狼群中弱小无助的羔羊。可是她散发出的气场、表现出的自信，却如同统领万千孤狼的狼王。

第七章 风一样的女子

杨润放在校服口袋里的手,不自觉地收紧,指尖触摸到微凉的手机屏幕。昨晚7点整收到的短信,穿越屏幕,钻进了他的脑海。

"人生最大的勇敢之一,就是经历了欺骗和伤害之后,还能保持信任和爱的能力。

《宋》1—1"

圣经中根本没有以"宋"字命名的文本,也没有这句充满治愈气息的鸡汤,这是宋妍自己编的。她想告诉杨润,生活并不都是美好,也不总是会如人所愿,但是不能因此放弃,给自己一个机会发声,让别人听到你的诉求,也请给别人一个机会努力,让他们为此做出改变。想获得爱和信任的第一步是:试着去相信人。

"或许,她没有错,错的人是我。"杨润喃喃自语,他再次仰头看向宋妍,她和自己一样瘦小,却敢发声,敢反抗。她没有用钱去收买人心,她用智慧、勇气和信任为自己在南中铺就了一条阳光大道。杨润忽然觉得就算没有大伯是校长的背景,没有班主任的关照,宋妍也会挺过去、扛下来,她就是这样的人啊!在绝境中不服输相信自己,在逆境里不放弃信任他人。

杨润的嘴角慢慢上翘,柔和、温暖,不再如刀锋般锐利危险,他对着台上的宋妍微笑,他也想成为她那样的人。

不同于一年级的大惊小怪,面对宋妍的演讲,主席台右侧二年级的学生要冷漠得多,他们中的大多数人打着哈欠,祈祷着升旗仪式快点结束,好回教室补觉;剩下的小部分人则在纳闷儿这个女生居然还在南中,他们以为她早就哭着跑回家找妈妈了。说好的"全市唯一男校""建校20年以来全是男生"的光荣传统呢?说好的"南中迎来的和送走的都必须是男生"的钢铁规定呢?三年级的学生会骨干们、学长们都是摆设吗?也太靠不住了。

似乎感到了一年级的惊讶、二年级的疑惑,位于主席台左侧的三年级略过交头接耳的前奏,直接高潮,一班和二班带头向杜良挑衅。

"你们五班的男生是哑了还是残了,让一个女生代表你们上台演讲?你们是被她灌了迷魂汤集体变娘炮了吧!上次'照片门'时就不正常,居然全班沉默,学生会的还帮她解围……"

三班四班也加入战斗，一起嘲笑五班。

"以前做这种演讲的不都是你们班龙旬吗？怎么？他被摆平了？你看她吓得，额头在冒虚汗，拿着稿子的手都在发抖，弱成了渣，堂堂的学生会会长居然被这么个小丫头拿下了……"

站在里排离四班最近的白夜并没有被嘲笑声影响，他全部的注意力都集中在主席台上，目光紧锁，盯着正在发言的宋妍。因为忙着给同学们补课，帮洛老师制定复习方案，宋妍牺牲掉了所有的休息时间，她的虚汗和颤抖并不是因为紧张怯场，而是感冒引起的体力不支。

白夜下意识地摸向口袋里的感冒药，这是药房里销量最高、口碑最好的新品，据说药力强劲，药到病除，他恨不得升旗仪式立即结束，飞到主席台拿给宋妍。

站在班级最后排的龙旬也默不作声，身旁的杜良把拳头攥得"咯咯"响，龙旬拍了下他的肩膀，示意他不用在意，无须理会。就像宋妍在台上说的那样，目前最重要的事是拿下期中考试，作为被教育局抽到的样本，更要加倍努力，为班级争脸，为南中争光！

早自习的铃声已经响了三遍，南中教学楼五楼的走廊里空荡荡的，只有从窗边洒下的阳光，和穿过走道的秋风。

三年五班的教室前门紧闭，门后传来男生们赶上了早自习不用被罚跑五十圈的欢呼声。宋妍站在楼梯拐角，教室就在眼前，却怎么也迈不开步子。她直直地怔在原地，像一颗钉子。

阳光漫到她的头顶，为她披上了一层淡金色的薄纱，她却觉得刺眼。秋风轻轻拂过，温柔地拥着她的肩膀，她只感到透心得冷，背过身，她把自己抱紧。

现在的她什么也不需要，什么也不想理。如果有可能，她希望时间停止，这样，

第七章 凤一样的女子

她就不必走进教室,不用看到同学们失望的脸,不会听到有关期中考试的任何字眼。

身为学霸,不是最期待这一刻吗?考试成绩发布,收获赞叹、羡慕和掌声。一个星期前她还憧憬着这一刻的到来,现在,怎么想要逃避了?

宋妍闭着眼睛无声地问自己。这一周的回忆像烟火般在她脑中爆开,铺满了整个脑海,由不得她不去想。

上星期二,期中考试如约到来,因为复习充分,准备得当,前两天的考试非常顺利,宋妍甚至预感到这会是她发挥最好、分数最高的一次。

到了最后一天最后一科数学,接到试卷后宋妍从头翻到尾匆匆扫了一下,不由得弯起双眼,喜上眉梢。她不是为自己高兴,数学是她最拿手的学科,闭着眼睛也能拿高分。她是在替龙旬高兴,试卷上的大部分题型她都为他梳理、讲解过,不止一次。只要龙旬没忘了带脑袋,就绝对能拿下这最后一科,搞定期中考试。

宋妍不禁回头去看坐在她对角线位置的龙旬,龙旬也刚好抬起头看向宋妍,猫般眯起的眼睛里不停地闪着光,冰山脸甚至融出了一丝笑意,看起来成竹在胸。

宋妍笑得更深了些,悄悄地竖起两根手指,比了一个代表胜利的"V",预祝数学考试圆满结束。下一秒她的笑容就僵在了嘴角,眼睛因为震惊瞪得滚圆,目光死死地扎在龙旬的脸上,一眨不眨。

龙旬流鼻血了,开始是一滴,接着是两条,鲜红的液体发狂般顺着他的鼻孔喷涌而出,一股连着一股,争先恐后,雪白的试卷瞬间被浸透、染红。

"千万别仰头,向前看,头向前倾!用手指压着鼻前侧!"顾不得抱怨龙旬此刻爆发的霉运体质,宋妍腾地站了起来,用冰矿泉水把手帕浸湿,低温可以刺激毛孔的收缩,达到止血效果。那一刻,她一反常态,脑袋比嘴快,手脚比脑袋快,别人刚抬起头望向龙旬时,她已经迈出脚要去给龙旬止血。

然而,龙旬并没有等到宋妍。

宋妍刚走出座位,就发觉周围的一切开始旋转,地面起了波浪,越抬越高,迎面向她扑来。

不好，我要晕倒了，数学考试……

咣！

这个念头随着宋妍的身体一并砸向了地面，她趴在地上，手里还攥着答题用的中性笔和要递给龙旬的湿手帕。

不知过了多久，宋妍再次睁开眼时，流鼻血的龙旬和连名字都没有写的试卷都不见了，眼前是正在给她量体温的护士和满面愁容的宋爸爸。

"丫头，你感觉好点了吗？媳妇儿，我对不住你，我没照顾好咱闺女。"宋爸爸说着，眼圈开始泛红。

看着老爸这副神情，宋妍瞬间清醒了过来，她打了个冷战，我不是得了绝症吧？

"现在的老师也太可怕了，天天逼着学生学习，把孩子吓得患了重感冒都不敢请假，居然晕倒了才送到医院。"护士同情地看着宋妍，柔声安慰，"你这几天就别去上学了，好好卧床休息。"

晕倒？反应慢半拍的宋妍卡在了这个关键词上，她呆呆地看着护士，突然"啊"地叫出了声。

数学考试！我起身要去给龙旬止鼻血时晕倒了，那会儿数学考试才刚刚开始。终于回过神来的宋妍推开护士，急忙下床。

"快回去考试，宋妍我守着就行！"病房外的走廊里突然传来洛老师的女高音，"你俩可真是兄弟情深，送病人来医院都成双成对，你们以为这是超市打折啊，还买一送一！"

宋妍被这霸气十足的咆哮声震在了床边，她疑惑地看向宋爸爸。

"猫眼男和鹿眼男送你来医院的，我赶到时，他们俩正守着你。"宋爸爸言简意赅地解释到。

龙旬和白夜？宋妍惊得倒吸了一口冷气。我自己晕倒错过考试已经够糟糕了，怎么还搭上他们两个啊！

最后的结果正如宋妍最担心的那样，龙旬和白夜被洛老师赶回学校时，数学

第七章 风一样的女子

考试已经结束，他们三个人都交了白卷。

怀着自责与悔恨的心情在病床上挨过了一个周末，星期一又到来了，痊愈的宋妍不得不回到学校，面对自己种下的苦果。

唉，一会儿进了教室是先跟龙旬和白夜道歉呢，还是干脆在全班同学面前剖腹谢罪？他们为了期中考试努力辛苦了那么久，她这一晕，三个人都没了成绩，班级的平均分肯定要被拉低，这可是全市中学抽样考试啊！

宋妍越想，头垂得越低。但不进教室一直逃避下去也解决不了问题，还不如坦诚去面对，勇敢承担后果，负起责任。

打定主意后，宋妍连做了三个深呼吸，拢好短发，整理好校服，向五班门口走去。

"洛老师，你们班也太夸张了吧！一个人晕倒，两个人护送，教育局用来评测的期中考试都不顾了。搞成现在这样，我怎么向宋校长交代？"教导主任的声音在走廊另一侧响起，宋妍下意识地跑回楼梯拐角藏了起来。

"宋妍是为了帮同学补课才累晕的。当时那种情况，别说是去两个人，就算全班同学集体送她去医院也不为过，她是五班的一分子，这是她应得的待遇。我洛樱雪教出的学生宁可交白卷拿零分，也绝不当抛弃同伴的白眼狼！"洛老师的声音铿锵有力，听得宋妍眼眶发热。

"洛老师，你别激动，咱们就事论事，我只想学生们都安分点，考试的分数好看点，可这宋妍，"教导主任夸张地叹了口气，"自从转过来她就搅得学校不太平，怪不得会因为抓什么偷窥犯，被金会长赶出北中……"

"安分点？"洛老师笑出了声，"主任的意思是说让宋妍挨男生们欺负时安分点？看着北中女生被偷窥时安分点？被驱逐出南中时安分点？"

"我不是这个意思……算了，你先回教室宣布成绩吧，我找校长商量一下他们仨补考的事。"自知理亏的教导主任转身离开，逃难似的上了楼。

"宋妍，走，跟我回班级。"洛老师一把拉住楼梯拐角处窝着的鹅黄色身影，大步向前，推开教室的门。

因为宋妍在考场上意外晕倒，龙旬和白夜护送她去医院，他们三个人的数学考试都没有成绩，成了全年级并列倒数第一的零蛋三剑客，也将班级的平均分拉低了 4.75 分。

洛老师站在门口，手里捏着刚发布的期中考试年级排名表，神情凝重。

亲自把宋妍护送到座位上，回讲台的途中，洛老师迅速整理了一下仪容，慢慢折起了排名表，揉成一团，扔进了卫生角的垃圾桶里，面带笑容地走上讲台。

"期中考试的成绩出来了，我们班的平均分提高了整整 3 分，名次更是直升两位！"洛老师刻意停顿了一下，直到看见讲台下每个同学都露出了笑容，才把目光锁定在宋妍的脸上，冲她点了点头。

除了洛老师外，五班还有三分之一的同学也在看宋妍。这十三个人的数学书都被各种颜色的荧光笔涂得花花绿绿，那是知识点和易错点，是宋妍一条条整理出来的；他们手里的习题集也都被宋妍写了密密麻麻的解题步骤和注意事项；就连小学生练字用的田字格，宋妍也不放过，人手一本，并再三强调：如果马虎答错题，或实在答不出题，字迹工整、卷面整洁，也是可以博好感、赚同情分的，考场就是战场，每分必争。

就凭着这股近乎偏执的韧劲，除了龙旬之外，被宋妍辅导的十三个男生数学考试全部过关，分数比此刻他们脸上的笑容还要好看。虽然，谁也没将那句"谢谢"说出口，但他们心里对宋妍的偏见已经消融了大半：男校里有女生算什么，能够和宋妍这样的女生做同学，挺好的。

而这恰恰也是宋妍这段时间最大的感触：原来南中并不是大家口中的"垃圾回收站"，男生们其实很聪明，也肯努力，她甚至觉得在男校上学，其实不赖。

"干得好，我的小猴子们，辛苦了！"洛老师向左跨了一步，对着五班全体同学深深地鞠了个躬。

第七章 风一样的女子

"为人民服务!"杜良扯着嗓子回应,带头站起来鼓掌。

龙旬和白夜也跟着站了起来,用最大的力气拍手。

全班同学都站了起来,几乎是同时同步。他们挥舞着手臂,拍手,鼓掌,一次比一次用力、大声,直到整间教室被雷鸣般的掌声淹没。

"第一名很重要,胜利很重要,但这些并不是人生的全部。拼搏过、奋斗过、为自己的梦想竭尽全力地玩命过,和同伴们并肩战斗到流汗、流泪甚至流血,这才最重要,这才是真正的青春!"洛老师一脚踏上讲台,振臂高呼,"年级排名算什么,万圣节舞会算什么,我们是无冕之王,we are the champions!"

"We are the champions!我们是冠军!"杜良兴奋地跳到了课桌上,高声呐喊。

"我们是最棒的!"白夜也受到了感染,红着脸用最高的音量欢呼。

"你是最棒的。"在周围如潮水般的叫喊声中,龙旬说出了从宋妍进门起就憋在心里的话,声音又小又轻。

"谢谢。"宋妍仰起脸,眼圈被热泪蛰得酸疼,心尖却比涂了蜂蜜还甜。

"五班万岁!"洛老师卷起袖子,挥舞着拳头,将气氛烘到最热。

"吱呀"一声,门被风吹开了,宋校长西装革履地站在门口,看着讲台上又叫又跳的洛老师,尴尬地轻咳了一声:"洛老师,出来一下,我有事跟你商量。"

"好的,校长。"谁也没看清洛老师是怎么跳下讲台,怎么隔空飞脚踢上教室门的,等大家回过神时,洛老师已经送走了宋校长,重新站在了讲台前,垮着脸。

"宋校长让我现在、立即、马上告诉大家,期中考试年级排名我们班的具体名次。"一定是教导主任和宋校长打小报告了,看来是瞒不过去了,洛老师叹了口气,"第二名和第一名差了1分。"她含糊地一带而过。

虽然迟到了,但这句话还是发挥了它本有的威力,不能举办舞会的现实如一盆冷水霎时浇灭了班级里的欢声笑语。

"不过……"洛老师挑起了眉毛。

这个转折像一小簇火苗,再度引燃了同学们的希望。

"宋校长肯定了我们班全体同学拼搏进取、团结友爱的精神,再加上获得第一名的二班班主任张老师又临时请了病假,所以……"洛老师故意拉长尾音,制造足够的悬念和戏剧性,"我们班获得了舞会举办权,万圣节舞会万岁!"

洛老师像个小孩子般高兴地跳了起来,完全忘记了自己之前咒骂舞会的话,也丝毫不提宋妍、龙旬和白夜三个人需要补考数学的事。

尽管离舞会开场还有半个小时,白夜却已经迫不及待地推开了教室的门。从早上洛老师宣布拿到舞会举办权起,他就盼望着这一刻。

"不给糖,就捣蛋!"一只惨白的手忽然扼住了他的脖颈。

"啊!"白夜条件反射地大叫了一声,转过头才发现吓唬他还要糖吃的,是自己的班主任,他打量了洛老师一眼:卷曲红发,黑色紧身制服,金属手环,"黑寡妇?"

"答得好,蝙蝠侠。"洛老师瞄向了白夜身上的黑色制服,戳了下他胸前的蝙蝠,"快去和正义联盟的小伙伴们接头吧,超人和神奇女侠在墙角等你呢!"

"神奇女侠?"

"宋妍。"洛老师扯下白夜的蝙蝠头罩故作神秘,"神奇宋女侠还带了一只喵星人当保镖哟~"

宋妍 cos 的是神奇女侠?难道,她还记得……

白夜被冻结在原地,十年前那个夏日午后的回忆,破冰般闯进了他的脑海。

我们一起玩好不好……

欢迎你加入正义联盟……

她是神奇女侠……

眼角有泪滚落,除却已经品尝过太多次的苦涩,还夹杂着梦想即将成真的甜蜜。悲喜交加的白夜不顾一切地向教室的角落跑去,向他苦等了十年的神奇女

第七章 风一样的女子

侠跑去。

教室角落的地砖上，摆着几支烛台，暖黄色的烛光轻轻摇曳，龙旬坐在窗台上，双脚悬空，怀里抱着一把日落色的木吉他，双眸微阖。他轻拨琴弦，一连串的音符从他的指尖飞起，乘着迷蒙的烛光，旋转着飘向整间教室。

宋妍背靠着墙壁听得入迷，双臂不自觉地箍紧，似乎在拥抱着被旋律唤起的美好回忆。

喵呜！

被宋妍箍疼了的阿蒙双脚一蹬，向前一跳，扑向窗台。

低头弹吉他的龙旬没有任何防备，结结实实地被这十斤重的肉球砸中，脸部中招。

优美的吉他声戛然而止。

"阿蒙！"宋妍立刻蹲到龙旬面前抢过猫紧紧搂在怀里，龙旬满脸猫毛，脸臭得仿佛要生吞了宋妍和猫。

"舞会开始！"发现气氛不对的洛老师快速移到两人中间，举着话筒高喊，顺便抱走阿蒙，风风火火地拉开了五班第一次万圣节舞会的序幕。

南瓜型的激光灯四处泼洒着光束和色彩，配合着复古的迪斯科音乐把教室变成了绚丽热闹的舞台，在DJ洛老师的热情煽动下，装扮各异的同学们纷纷进入了自嗨模式，开始群魔乱舞。

"我知道人类虽然经历了数十万年的进化但仍旧不完美，接近而立之年还是会受到智齿的折磨，根本没有作用的阑尾发作起来却会要命，小脚趾对于直立行走的动物来说，更是无用的存在。"宋妍嘶地倒吸了一口冷气，"但你也不能一直踩我啊！"

再不放嘴炮宋妍就快憋晕了，她真后悔抱着阿蒙参加万圣节舞会，更后悔参加了这个"抽签选舞伴"的游戏，最后悔的是抽中的舞伴是龙旬时，自己竟怀有一丝侥幸心理没有立即逃跑……

三重后悔叠加，直接导致了现在的惨剧——她一直被龙旬踩脚。

埋头跳舞的龙旬脸色更难看,他根本不敢抬头看宋妍,今晚的她,总让他想起在记忆最深的角落里封藏了十年的那个小女孩。尤其刚才宋妍紧抱着阿蒙的神态,简直和当年小女孩抱着流浪猫给他摸时一模一样。但紧接着龙旬就想起了被小女孩抛弃,比流浪猫还可怜的自己。还好音乐声够大,才掩盖住了他震耳欲聋的心跳,为了缓解尴尬,他闷声说:"你跳得挺好的。"

"你也是。"宋妍连吸了两口冷气,"你跳舞很有节奏,别人是踩着音乐节拍,你是踩着我的脚趾。每下都踩得恰到好处,五根脚趾轮流踩,力量也张弛有度,不会小到让我感觉不到,也不会大到让我终身残疾。"

龙旬听完恨不得把头扎进地下,慌乱中又踩中了宋妍的脚。

看着面前还在低头看脚、却依然不停踩自己脚的龙旬,宋妍开始庆幸他只是扮成了超人,而不是真的超人,否则,自己现在已经没有脚了。可是低头看看自己神奇女侠的装备,宋妍又恨自己为什么不是真正的神奇女侠,这样就可以先用真言套索套住龙旬,再举起火神之剑把他劈成两半,一了百了。

"交换舞伴。"

洛老师拍了拍手,龙旬和宋妍都长出了一口气,两人默契的同时转身,以最快的速度逃离对方。

"你还好吧?"

"很好,你扮演的是夜魔侠?"发现交换后的新舞伴是白夜,宋妍身体内部的警报瞬间解除。和又冷又硬扎得她遍体鳞伤的龙旬相比,白夜就像柔软蓬松的棉花糖,是她此刻最急需的慰藉。身心放松的她根本没有注意到,白夜眼底混合着期待和失落的复杂眼神——神奇女侠没有认出蝙蝠侠。

万圣节过后,理川市迎来了阳光最灿烂的一天,仿佛在庆祝被考试阴霾笼罩的十月份终于结束了。

第七章 风一样的女子

毛茸茸的金色阳光晒得宋妍全身暖烘烘的,刚参加完数学补考抹掉零分黑历史的她,浑身轻松,脚步轻快得随时可以飞起来。

"你还好吧?"身旁白夜的一句关心,瞬间戳破了宋妍的美好幻象。

"身残志不残。"宋妍跛着左脚一步一步地挪动,看起来不像是要飞,而是要随时摔倒——舞会上被龙旬踩伤的脚,至今未愈。

"要不我替你向杜良请个假,别参加今天的社团活动了。"阳光投射进白夜小鹿般澄澈的双眼里,洒下点点金斑,潋滟如湖泊。可湖面荡漾的,却是满满的忧虑:他怕龙旬再支使杜良在活动中搞鬼,他怕宋妍因为不服输再次受伤。

宋妍停下脚步,眯着眼睛看着今天末日游戏社团的活动场地,语气中有抑制不住的兴奋,"我爸从来不让我玩卡丁车,因为我有一个外号,风子,风一样的女子。"

疯子?听到这个外号,白夜的眼神更幽暗了,忧虑中又生出了三分疑惑、七分恐慌。他有很强烈的预感,一会儿要出事,出大事。

"冲啊!"宋妍小手一挥,斗志昂扬,一瘸一拐地跑进了赛车场。

全长3000米的专业跑道,20个难度各异的转弯,9辆两冲程发动机、4辆独立车轮的卡丁车……

宋妍扣好头盔,双手紧握方向盘,目视前方,屏住呼吸。

"Ready? Go!"

鲜亮的红旗犹如闪电,凌厉地劈向起跑线。

宋妍右脚踩死油门,车子"噌"地一下蹿了出去,像一匹冲出围栏的愤怒公牛。

"不是吧!"杜良盯着已经看不见影子的头车,陷在扬起的灰尘里,不停地咳嗽。

7.5秒……启动时间仅仅用了7.5秒,比打闪还快!

"开车的是宋妍?"他转过头惊恐地看着龙旬,声音都变了调。

龙旬绷着的冰山脸被震出了一道裂缝,他怎么也不敢相信第一个冲出起跑线杀进跑道的人居然是宋妍,一个手无缚鸡之力的小女生?!他才眨了下眼睛,她就只留下飞扬的尘土和轰鸣的引擎，消失得无影无踪。

"还等什么？冲啊！"龙旬如梦初醒地大叫，把油门踩到底，第二个飞进跑道，他绝不能被宋妍甩在身后！

白夜几乎和龙旬同时踩下油门，和一心想着超过宋妍的龙旬不同，白夜只想跟在宋妍的身后，保护她。

眼前的景色急速倒退，耳边只有呼呼的风声，宋妍感到了前所未有的畅快，全身的血液都在加速加热，不停地沸腾、翻滚。此刻，所有的束缚和规则都消失了，她真的要飞起来了。

冲，冲，冲！

宋妍的脑海中只剩下跑道和方向盘，每一次超车都风驰电掣，每一个转弯都电光火石。开着卡丁车的宋妍哪里还是柔弱的女中学生，简直就是彪悍的赛车女王。

这就是宋爸爸不让她碰卡丁车的原因，宋妍完全继承了他不服输不要命的个性，在学习上如此，在游戏中更甚，尤其是赛车。手一握上方向盘，宋妍就立即变成疯子，不到终点不减速，不拿第一不罢休。

"你疯了吗？减速，减速！"龙旬的车渐渐赶了上来，和宋妍并驾齐驱，他伸着脖子朝宋妍大叫。这么快的速度太危险了，稍不留神就会冲出赛道，而且极易撞车，甚至是翻车。

"姐没疯，姐在追风！"

宋妍在下一个弯道猛摆方向盘，车身漂移出去，飞出一道难以置信的弧线，划成红色的霹雳。

"宋妍，快停下！"龙旬的右脚死死抵住油门，他气得脸色煞白，眼睛喷火。他的黑色卡丁车像幽灵般紧贴着宋妍的红车："宋妍，宋疯子，你给我踩刹车！"

"龙旬，加速啊！人生就是赛道，勇往直前，和我一起追风吧！"

黑白相间的赛结旗在终点处举起，宋妍的双手终于离开了方向盘，她卸下头盔，快龙旬半步停下卡丁车，利落的短发高高扬起，像一朵黑色蒲公英，逆风飞翔。

第七章 风一样的女子

进入十一月之后,白天越来越短,才刚过七点,夜便抖开了黑色的披风,将整个城市拢在怀中。

昏暗的卧室里,宋妍惊魂未定,大口大口地喘着粗气,她不时地回头看,似乎那头狰狞的巨兽还在身后,追着她,朝她喷火。她甚至觉得背后一片灼热,火辣辣的疼。

她又做那个噩梦了。

这太不正常了,下午在赛车场的社团活动,宋妍玩得很开心,甚至是她转学来到南中、加入末日游戏社团后最愉快的时刻。那感觉就像解开了一道超级复杂的数学题,或是弹完了一首超高难度的钢琴曲。当宋妍把社团里的所有男生都甩在身后,第一个冲过终点线时,她就像进入了脑神经元诱发的幻象中——传说中的天堂。

她根本没有感到丝毫的压力和抑郁,为什么还是会做这个噩梦?

宋妍拾起理智,整理思绪,却还是没有答案。

尽管她知道这只是个梦,现实中并没有穷追不舍的怪兽,更没有火焰和疼痛,可梦中的一切逼真得让她无法释怀。似乎,她曾真的身处在烈火之中,真的没命地逃跑过,只是大脑自作主张,删除了这段骇人的记忆。

这不可能!她身上没有任何伤疤,尤其是火烧后留下的疤痕。她也相信自己的大脑,那是人类最精密神奇的器官,绝对不会欺骗或是背叛。

这只是一场梦,假的、虚幻的,是大脑神经在夜间的无规则活动。宋妍一遍遍安慰着自己。

可即使她明白人类做梦的机制和原理,也无法驱除正在心底和灵魂中四处游荡的恐惧。

"我好怕,我好害怕,妈。"在宋妍意识到之前,这句话就进了出来。她赶忙捂住嘴，像个做错事的孩子，紧张地四处张望。卧室里只有阿蒙在她脚边酣睡，不时地发出香甜的呼噜声。"摸摸耳，吓一会儿，摸摸毛，吓不着。"她揉着耳朵轻声叨念，学着妈妈的样子安慰自己。

手机屏幕亮了一下，即刻又黑了下去，与窗外的夜色融为一体。

黑夜中迟迟没有睡下的，不仅仅是被噩梦叨扰的宋妍。心事重重的白夜借着手机的闪光灯，走到了北中的宣传栏下，却发现早已经有人站在那里，一动不动，就像从夜空裁剪下的一片阴影，却比黑夜更黑。

"我删除照片了。"

"我清除传单了。"

一暖一冷两种声音同时在夜色中迸发。白夜和龙旬面对面，看着彼此，企图看透对方的心，看进对方的灵魂里。

"传单上印着宋妍在考场晕倒时的照片，还有下午赶往赛车场时跛脚的特写。"龙旬的语调干涩、生硬，话说出口的同时，也把心磨出了血印。传单上虽然没有他的照片，但是这两件事却统统和他有关，让他觉得自己和拍照的人同谋，是迫害宋妍的"罪犯"。

"上传到聊天室的照片也是这两个主题，看来这一次，照片是和传单同时发布的。"白夜说话的同时向后退了半步，没有提及自己黑了聊天室后台强行删除照片的事，更没有说起他怀疑这一切都是北中的陆校长在背后操纵。他不相信龙旬，万圣节舞会上他的表现太奇怪了，明明和宋妍在跳舞，却连正眼都不敢看她，就好像做了什么亏心事怕被宋妍发现。

"我怀疑在班级聊天室里发照片和在北中宣传栏里贴传单的是一批人，一个人没有这么大的精力，而且，这些照片都是专业狗仔级别的偷拍。"察觉到了白夜眼中的戒备，也听出了白夜语气里的冷淡，龙旬有些不舒服，但他还是硬着头皮讲完了自己的观点。龙旬知道，和自己一样，白夜也有秘密。

白夜主动放弃了重点高中的保送资格，从省实验三中转学来到吊车尾的南中；他在加入末日游戏社团后立即辞去漫画社副部长的职位，宁可被扣学分也坚持退部；他外表温和如水，内心却似藤蔓，极具韧性，而所有藤蔓都在朝着同一个方向生长、延伸——宋妍。

和宋妍同一天转到南中来到五班，和宋妍同在末日游戏社团。宋妍，似乎就是白夜生命中的太阳，白夜的一切言行都受到她的牵引，他一直在追随她的光亮。

但宋妍根本不认识白夜。

龙旬在补课期间或明示或暗示过宋妍很多次，但得到的答案却只有一个——宋妍在转到南中之前，不认识白夜。

"老大，你干吗那么在意白夜啊？"杜良今早的提问再次在龙旬耳边响起。

"我不是在意他，我只是……"龙旬当时忙着码笼屉的手停滞在半空中，久久没有给出答案。

因为北中宣传栏上抹黑南中的传单，龙旬和白夜走到一起合作抓"罪犯"。可是慢慢地，事情发生了变化，越是和白夜接触，龙旬越是觉得他不对劲，白夜似乎在独自承担着什么重担，执行着只有他自己才知道的计划。

两个月的时间过去了，关于贴传单的"罪犯"依然毫无线索，而白夜的行为却愈发诡异。这让龙旬更加介怀，他觉得白夜已经知道真相，却瞒着自己。他甚至怀疑白夜和"罪犯"是一伙的，所以他才会一直扑空。

不过，他并没有把这些想法告诉杜良，这太荒谬了。单单从白夜恨不得24小时贴身保护宋妍的行为上看，他就绝不可能参与"传单"事件，伤害宋妍。

夜风低低地掠过，此时的北中像被罩上了一层厚毛毯，又黑又静。

站在同一条直线上的两个少年，默不作声，想着各自的心事。

被两人怀想的宋妍，再度闭上眼睛，进入了梦乡。

一墙之隔的南中，一个壮硕的身影一闪而过，一张红底黑字的巨幅挑战书被贴在了南中校门上——全市排名第一的三中，向吊车尾的南中宣战！

第八章
燃烧吧，少年！

第八章 燃烧吧,少年!

宋妍双臂抱膝蜷在副驾驶的座位上,目不转睛地盯着手机屏幕上白夜发来的照片。她的眼底燃起一团火,比照片中的巨幅挑战书还要赤红,全然不顾车窗外喧闹的鸣笛声。

现在是早高峰,交通堵,人心更堵。

"丫头,别着急,就老爸这技术,再配上这台野马车,一定会一秒不差地把你送到校门口。"宋爸爸自毫的拍了下这台除了喇叭不响、全身零部件都在响的老爷车。

宋妍不忍心也没心情扫宋爸爸的兴,便默默地在心里吐槽:这车比我还大四岁,变速器已经完全损坏,引擎也磨损严重,驾驶杆比旧船锚锈得还厉害。我一定是出门忘记带脑子了才会让老爸开着它送我上学,骑一头鲨鱼都比坐这辆野马车安全。

昨晚遭遇噩梦连连看,被折磨整整一夜,今早宋妍毫无意外地起晚了。为了不在操场上跑圈吃灰,她飞快地抓起书包和小艾一头钻进了宋爸爸的老爷车,刚起步五分钟,就堵在了前不见头后不见尾的车龙中。

宋妍的心情已经不能用郁闷来形容。她两眼无光,开始脑补自己在操场上哆哆嗦嗦跑五十圈的悲惨画面,十一月秋风似剃刀啊!这时,白夜发来的微信又在她背后补了一刀——三中的体育部部长程田向南中宣战,在南中校门口贴了长达一米的红色挑战书。

"看，你们学校的。"宋妍对着挑战书发了一分钟的呆后，用微信发给了坐在后座的小艾。

"别理程田，他准是热血动漫看多了，中二病发作，才跑到南中来抽风。"看到挑战书末尾程田的签名，小艾厌恶地挥了挥手，仿佛它是一只恼人的苍蝇。

"这封挑战书上有错别字。"宋妍的强迫症爆发，"整整五个！"

"程田会写字我已经很惊讶了。"小艾把棒球帽反戴，白眼翻到了后脑勺，"就他那德行，仗着自己是被保送到三中的体育生，老爸又是程信达，就成天领着一群饭桶到处嘚瑟。别说他在南中门口贴一纸挑战书，就算他在南中放一把火我都相信，他根本就是胸大无脑！"

小艾说得没错，程田是胸大无脑，可是他有才有钱——他从省足球示范小学被保送到省重点三中，打破过无数纪录，拿下过一车奖牌，三中为了留住他甚至特别成立了一个体育生特长班。他爸程信达是上过胡润富豪榜的房地产大鳄，理川市叫得出名号的楼盘都是他家开发投资的，包括三中。

看着微信里白夜发过来的关于程田的背景资料，宋妍的眉头越皱越紧，心里敲下一行字：程田选择对南中下手，绝对不是嘚瑟抽风，是别有用心。

"我想……"

"想都别想！"

小艾一记爆栗敲断了宋妍的话头和念头，她眼神凶狠，语气强硬："我就说两点：第一，程田是"疯狗"；第二，别跟"疯狗"搅和，他要是盯上你，你就赶紧撒腿跑，他要是追上你咬了你一口，别哭，留着力气玩儿命跑，绝对不能停下来正面回应他，这件事想都别想！"

从后视镜瞥见宋妍放下手机，垂着眼不出声，似乎被自己疾风骤雨般的训话震住了，小艾暗自松了口气。她知道宋妍刚才那句"我想"之后要说的话是什么，宋妍想回应程田，接受挑战。

绝对不可以！

那条"疯狗"在南中门口贴挑战书，根本就是激将法，想让南中咬钩。小艾

第八章 燃烧吧，少年！

重新戴好棒球帽，压低帽檐遮住眼睛，生怕宋妍看透她，看穿她藏起的事情真相——程田想凭借体育特长申请保送重点高中。但由于长期旷课，社团学分没有修够不符合保送要求，申请时间又即将截止，唯一能补救的办法就是拿下一场校际间的团队比赛项目，取胜得分。为了用亮眼的表现赢得关注，以压倒性的胜利修满社团学分，程田才选择向全市吊车尾的南中下手。他立下比赛战书，企图让南中成为自己迈入重点高中的垫脚石。

这件事绝对不能让宋妍知道，她一向最痛恨欺负弱小的人，如果她了解到程田是想利用南中让自己升学，绝对会正面迎击，就像她对付北中的"偷窥犯"那样，而结果一定很惨烈。

所以，小艾才模糊焦点，把这场动机不纯、包藏祸心的挑战，故意说成"疯狗"程田做的又一件蠢事。

"程田是想赢得比赛修够学分直升重点高中吧。"宋妍举起手机向拼命隐瞒真相的小艾摇了摇，屏幕上显示着重点高中保送生招收简章，"申请保送的日期截止到下周一，他没有时间了，所以，他才用这么夸张招摇的方式向南中挑战。"

"你怎么知道？"话刚说出口，小艾就捂住了嘴。她不打自招了。

宋妍伸长手臂摘下小艾的棒球帽，抚了抚她因为紧张而汗湿的刘海："白夜以前和程田同班，我向他打听了一下程田的背景以及在学校的表现，听说这学期刚开学他爸就预订了重点高中的升学宴，还邀请了他全班的同学，可是凭他的成绩，"宋妍冷哼了一声，"我觉得他爸应该把升学宴改订成留级宴。据说程田天不怕地不怕，只怕他老爸，老爸让他上重点，他不敢不上，学习成绩不够，社团分数来凑。小学升初中时他就是用这招被保送到三中的，现在他又想故伎重演，还特意挑了南中给他搭戏，当炮灰。"

"所以我才说不要理他啊！"小艾猛地扑向副驾驶，双手紧抓宋妍的肩膀，"这就是个陷阱，挑战书是诱饵，重点高中是战利品，程田现在就坐在陷阱旁边等着猎物上钩呢！南中是猎物，你、白夜、龙旬都是他要捕获的猎物。"

小艾的话让宋妍的心跳快了几拍，她的头脑被分成了两半，一半给出了最佳的解决方案：向重点高中招生处负责人举报，或者像小艾说的那样直接无视挑战书。

但是另一半却不停地添柴加火，沸腾着她的热血：在北中时，她就敢撑墙头帮，泼会长。转入南中之后，头发短了锐气更盛了，一个人单挑整个学生会，管他是阴谋阳谋、陷阱馅饼，她来者不拒、神鬼双杀。自加入末日游戏社团，她的勇气和自信更是一路飙升，她连最怕的蹦极都挑战了，最快的赛车手都超越了，还有什么不敢试？

这两个多月的男校生活让宋妍明白了一个道理：改变虽然有风险，但风险中暗藏着生机；平淡安稳看似美好，但冒险挑战更加有趣。青春只有一次，不疯狂不热血怎么对得起自己！

宋妍的眼底忽然迸射出耀眼的光芒，她转过身爬向后座，一把抢过小艾的手机，点开通讯录，记下程田的号码。

"叔，你闺女疯了，快开车去精神病院。"小艾用看疯子的眼神看着宋妍，无语又无奈。

"谁说南中是猎物，我们是猎物了？"宋妍眯起眼睛看向车窗外无边无垠的天空，"弱小的一方才是猎物，强大的一方是狩猎者，我，我们和南中，要当狩猎者。"她回了一条微信给白夜。

接受挑战！

早自习的铃声刚刚响起，白夜就冲出教室，逆着人流走出教学楼，跑向操场。

他不停地盯着手机里那张红色的挑战书，一字一句地看，一遍一遍地读，直到嗓子发紧，喉咙发干，嘴里像塞了一大把烟灰。

挑战书最下面那个看似龙飞凤舞、实则歪七扭八的签名"程田"，像一把电锯一样在他的心尖上来回拉扯。如果说宋妍是他转到南中来的必要条件，他想

第八章 燃烧吧，少年！

靠近她，再一次；那么程田就是他转离三中的充分条件，他想逃离他，永远。

程田，这个重点中学的"天之骄子"，简直就是智障和恶魔合伙生产出来的恶霸。

他天生以作恶破坏为乐，为了达到目的不择手段，最大的兴趣就是把他看不上的东西撕碎、嚼烂，把他看不惯的人折磨得体无完肤。如果不是因为他爸是三中的校董，有四通八达的人脉以及比神明还多一倍的金钱，他早就被踢出三中，扫出理川市了。

就是这样一个躲多远都不嫌远、能避多久避多久的"疯狗"，居然咬上了南中。而宋妍，居然还想反咬他一口。

白夜的心脏都快跳出喉咙冲向天际了，他又着急又担心，现在有能力解决这条"疯狗"的只有一个人，尽管自己并没有那么信任他，但为了宋妍也只能求助于他。白夜大步向操场的北面跑去。

龙旬坐在北墙上，被晨光镂刻成金色的剪影。他的校服搭在墙头，身上的白衬衫迎风鼓起，像是半透明的翅膀。

"宋妍准备接受程田的挑战。"顾不上寒暄和问好，白夜直戳重点。

龙旬打了个哈欠，眯着眼睛看着白夜翻上墙头："她发微信告诉我了。"

"所以……"白夜以为龙旬会立即卷起袖子、操上家伙拉着一票人杀进三中，逼程田撤回挑战书，这不是他解决事情的一贯方式吗？

"宋妍干得漂亮。"龙旬像领导审查下属工作般，满意地点了点头。

这句话激得白夜一个趔趄，差点摔下墙。

"她怎么还没到？"龙旬确认了下刚发出的微信，他让宋妍翘掉早自习，过来商量程田的事。

"她那么小一只，就跟小鸡崽儿似的，我这么轻轻一拎，就能把她拎上墙了。"龙旬抬手比画，自说自话。

"不劳大驾。"宋妍的回应乘着秋风飞到了墙头。

龙旬和白夜都愣了一下，两人转头对视一眼，同时弯腰伸出了手，想要拉她上来。

　　宋妍谁的手也没牵,她后退了几步,助跑、跳跃,左脚蹬住墙上的缺口,双手一撑,上身一挺,稳稳地翻上了墙头。这两个月的午休时间,她不仅练习了跑步,还练习了爬墙。

　　"我们为什么要在这里商量程田的事?"宋妍坐在南中的北墙上,面对着曾经的母校北中,百感交集。

　　龙旬突然收起双脚,挺身站在了三米高的墙头:"这里是个边界,是有可能让人摔下去的高处。从边界更容易看透事物,危险会唤醒理智,让事实更清楚。"

　　"事实再清楚不过了,不要应战。"发觉龙旬根本没有用"武力"解决程田的意思,白夜只好调转方向主攻宋妍,他想劝宋妍改变主意,无视程田。

　　"这样做虽然有点像缩头乌龟,可是我们如果不应战,老实地藏在龟壳里,程田就无计可施,再疯的狗也咬不碎坚硬的乌龟壳。"白夜小心的给宋妍洗脑,"而且,对于乌龟来说,不会受到任何伤害。"

　　"自尊,"宋妍迅速指出,"自尊会受伤。"

　　"还有南中的荣誉。"龙旬跟着补充。

　　二对一,白夜被无情地孤立了。三人之中,明明是他提出了最理智安全的解决方案。

　　"所以,还是要坚持应战?"问题刚抛出去,白夜就叹了口气,他已经知道了答案。

　　宋妍和龙旬一起郑重地点头。

　　"真的不再考虑一下吗?对方可是有着'疯狗'之称的程田!"白夜奋力挣扎,试图做最后的努力。他实在不想看到宋妍因此受到伤害,哪怕是不会流血也没有伤口的心灵创伤。他不是不信任宋妍的能力,而是太了解程田的卑鄙。

　　"我们要当的是狩猎者,不是被追逐被宰割的猎物。"宋妍的眼神比语气更加坚定。

　　唉!就知道会是这样。白夜无奈地叹了口气,拿起手机,发了条微信,三分

第八章 燃烧吧,少年!

钟后,杜良从校门口跑了过来。

"老大,他同意了!"杜良和龙旬说话,眼睛却一直瞄着白夜,他兴奋地挥着手里两张盖着红章的同意书,向白夜展示。

"这是我最不想走的一步棋,是你们逼我的。"看着同仇敌忾的宋妍和龙旬,白夜无奈地伸手接过杜良递来的同意书,一封印着南中体育部的章,另外一封印着三中体育部的章,"既然要应战,就得抢得先机,我收到宋妍的微信后,就请杜良去三中和程田谈判了。"

"我找到程王后把白夜教我的话说了一遍,告诉他必须先让出比赛项目的选择权,我们才会考虑接受挑战,参加比赛。"杜良站在墙下手舞足蹈地对墙上的龙旬解释,"结果我还没说具体细节,他就答应了,立即在同意书上签名盖章,让我们挑选比赛项目。"

"你选了什么?"龙旬微微皱眉。

"篮球!"杜良抬起右手做了个投篮的动作,"老大你不是入选过市篮球队吗,再说我们的篮球社可是全校首屈一指的大社强社啊!"

"干得好!"龙旬竖起了大拇指。

杜良不好意思地搔了搔头,忐忑地瞄了白夜一眼,选择篮球比赛的主意并不是他自己想出来的,而是白夜事先嘱咐他的。

见白夜没有揭穿,杜良感激万分,暗下决心明早一定请他吃包子,自己亲手包的包子。为了今天的不揭穿,更为了之前他顺利通过了期中考试,杜爸爸看到他的成绩单后高兴得合不拢嘴,连连称赞他争气,这多亏了白夜替他补课。

白夜果然够义气,是个好人,怪不得老大一直关注他。杜良想立即跳上墙头拥抱白夜。

宋妍扯了下龙旬的裤脚,用眼神询问他。

龙旬没说话,重重地点了点头。

宋妍立即心领神会,拿出手机递给龙旬。

嘟嘟嘟。

龙旬按下通讯录最新增添的号码,电话正在接通中。

嘟声停止,电话接通。

"我是南中的龙旬,我代表三年五班接受挑战。"

电话那边的程田刚说了一声"喂",龙旬就直接按下了关机键。

放狠话耍帅容易,头脑一热,上下嘴唇一碰,就可以酷炫又拉风地接受挑战,灭对方的志气,扬自己的威风。脚踏实地准备挑战,可就难得多,首先要对自己下狠心,摒除惰性;其次要请高人对自己下狠手,提高技术。

龙旬刚对程田放完狠话,高人洛老师就对三年五班下起狠手,充当篮球教练,开启了地狱式训练。

洛老师最新的偶像是美剧《纸牌屋》中的总统,血冷心黑的大boss弗兰克。她拿起教鞭后做的第一件事,就是命令全班男生绕操场跑50圈,名为提高士气,实则筛选队员,体力不过关可应付不了"疯狗"的穷追猛打。看到男生们在跑道上累成了狗,一个个直不起腰,喘不过气,洛老师立即大boss附身,发表铁血宣言——勇往直前,血战到底,是男人就得心狠,敢冲,能拼!

等参赛队员和比赛日期都确定,开始备战练习时,洛老师将铁血升级成冷血,掷出第二波大boss口号——男人中最酷帅的就是战士,战士最渴求的就是牺牲。五班的战士们,磨好大刀,亮出长枪,冲啊!

没等战士们冲锋陷阵,打头的先锋就率先落跑了——篮球队的绝对主力龙旬无故旷课,关机,失联。

洛老师忙着训练其他队员脱不开身,寻找龙旬的重任就毫无悬念地落在班级最足智多谋、最有责任心、最闲的宋妍身上。

个儿矮,手小,腿短,怪我咯?因为先天属性上不了场、碰不到球的宋妍接到任务后无声地吐槽。

第八章 燃烧吧，少年！

上学时坐在自己的后桌，午休时监督自己跑步，放学时又同道顺路……龙旬总是在宋妍的身边，她只要一回头，他就在那里，就像她的第二个影子。以至于龙旬现在突然不在，宋妍还以为自己一转身就能看见他。

她满怀期待地走进校门口的小卖部、街角的动漫店、夜市的小吃摊，一次又一次地寻找着瘦高的背影、拉低的兜帽、双手插兜的走路姿势，却全部落空。那么多人出现在龙旬最常出现的地方，却没有一个人像他，哪怕是一丁点。当宋妍走到龙旬家的门口时，已经过去整整三个小时了，她的心情以分钟为单位向下跌落。

找他和找猫一样难。宋妍想到了阿蒙，尽管养了十年，它还是野性十足，根本抓不到，只能站在门口，等它自己回家。

一个黑影突然被抛到巷口，四肢摊开，一动不动，静静地躺在地上，跟死了一样。宋妍捂着嘴任心脏剧烈地跳了两下，才意识到那只是一个被丢弃的塑料模特，并不是龙旬。

"有吃的吗？我快饿死了。"一只手无力地垂在宋妍的肩头。看到路灯的光圈下那抹高高瘦瘦的身影时，一股香甜的暖意涌向宋妍心底。

宋妍若无其事地转过身，月光滑凉，打在龙旬的眼底，折射出猫眼一样的亮光。只不过，这次不是傲娇的斯芬克斯猫，而是可怜的流浪猫。

"我妈离家出走了。"

宋妍刚找出严厉的措辞，戴上严酷的面具，准备进行逃学翘课拷问，龙旬就抢先招供了。

正常情况下，离家出走的是孩子，出门寻找的是家长啊！看着龙旬眼底满溢的疲惫，宋妍的心尖被拧了一下。

"我在外面找我妈来着，找了一整天。"龙旬继续讲述着这出母子换位的反转戏，比以往拉得更低的兜帽，也没有掩藏住他的沮丧和担心。

"从头说。"宋妍从书包里掏出一个苹果放到龙旬手里。

龙旬一边啃着苹果，一边讲述着事情的来龙去脉：昨天是龙妈妈的生日，龙旬这几天一直忙着篮球训练忘记准备生日礼物,而一早定好昨晚到家举办生日派对的龙爸爸又因为工作被耽搁在海上,龙妈妈一气之下就在今天清早离家出走了,手机钱包都没带。再加上她迷糊的个性和路痴的属性,龙旬又急又气,顾不得请假就踏上了漫漫寻母之路,电话打了无数个,手机都没电了,却未果。

"你爸爸是……"理清事情全部经过的宋妍插嘴询问。

"大副,常年在海上漂。"

怪不得他每晚都要起来三次检查门窗,原来是代替不在家的龙爸爸保护龙妈妈。宋妍忍不住打量了龙旬一眼,心中满是敬佩。

鉴于龙妈妈出走时间已经超过 12 个小时,龙旬又翻遍了理川市的大街小巷。经过再三考虑和权衡,宋妍给白夜打了电话,向他当警察的爸爸求助,请他帮忙寻找龙妈妈。

一个小时过去了,两人并肩坐在门口,没说话,分担着同一份煎熬。有了另一个人的陪伴,等待这件事,似乎没那么苦涩了。

又过了半个小时后,一辆警车开进巷口,白爸爸找到了龙妈妈,在宋妍和龙旬常去的夜市里,龙妈妈已经醉得不省人事。

向白爸爸道谢并谢绝他背龙妈妈进门的提议后,龙旬一把抱起昏睡不醒、脸上还挂着泪痕的龙妈妈,大步走进家门。

"这不是草莓汁吗?我妈也太弱了,喝果汁也能喝醉。"龙旬掰开龙妈妈攥得死死的手指,一瓶粉红色的饮料掉到床边。

宋妍拿起饮料打开瓶盖,仔细地嗅了一下,摇头:"不,这是得其利酒,草莓中含有的果糖掩盖了酒精的味道,阿姨肯定是错把它当成果汁喝得太多太急,才会醉成这样。"

宋妍拿着热毛巾,轻轻地擦拭着龙妈妈脸上已经风干的泪痕,龙旬在厨房煮醒酒汤。

"水。"龙妈妈胡乱地扑腾着双手,一把拽住了坐在她身边的宋妍,"阿旬啊,"她抓着宋妍的手一遍又一遍摩挲,紧紧握住,"都已经十年了,别再等了,那个女孩不会再回来和你一起喂流浪猫了。"龙妈妈说得越多,手攥得越紧,宋妍赶紧咬住嘴唇,以免疼得叫出声。"那个彩虹儿童兴趣班也不会再开课了。"

"妈,你叫我?"龙旬急急忙忙地跑进主卧,身上还系着粉红色的围裙,上面印着起司猫小奇。

宋妍皱了下眉,轻轻摇头,竖起食指放在唇边:"嘘,别吵醒她。"

她不想告诉龙旬刚才龙妈妈说的话,尽管她听不懂,但是直觉警示她那是龙旬的秘密,不要触碰,更不要戳穿。

龙妈妈却持不同看法,见得不到儿子的回应,她又抓住宋妍另一只手,声音更大,语气更悲:"儿子,你不可能活一辈子却不受伤,别再折磨自己了,你应该向前跑,哪怕会跌倒、会流血……你不肯松开双手,不但放不下过去,也抓不住现在啊!"

宋妍迅速低下头,避开龙旬僵在眉间的尴尬。她反手握住龙妈妈的手,学着龙妈妈的样子,摩挲着,安慰着。

"又说胡话了。"龙旬立即转过脸,逃跑般钻进厨房,"我妈一喝醉就胡说,把你错认成我了,别介意啊。"站在看不见宋妍的地方,这些话才勉强可以说出口。

喝醉后说的话,才是真话。

宋妍抿起嘴在心里回应着龙旬,鼻尖有点酸。

龙旬再度回到主卧时,手里多了一碗醒酒汤。宋妍生硬地转换话题,她不想,更不忍看到龙旬难堪:"你害怕吗?"

"不怕。"宋妍根本没把问题说完整,龙旬却秒懂,并立即给出答案。这样天衣无缝的默契,两人竟默契地谁也没有发现。

从龙旬手里接过碗,宋妍舀起汤,吹气、试喝,确定完全不烫后,才缓缓送进龙妈妈的嘴里。

"你也不用害怕,有我在。"龙旬低下头拉起兜帽,遮住有点发烫的脸,"不过,你得知道这是场篮球比赛,以你这副小鸡崽身板,完全上不了场。"

这刀补得又准又狠,龙旬立即赢得了宋妍的一个白眼。

嘶……

龙旬倒吸了一口冷气,似乎这白眼变成利刃,狠狠扎进了他的身体。

"演得不错,继续。"宋妍忍着笑。

龙旬突然躬起背,像龙虾一样蜷缩在地毯上,捂着肚子,大汗淋漓。

"你胃疼?"宋妍立刻认出了这种表情,和老爸犯胃病时,一模一样。

龙旬嘴唇抖了几下,没发出声,额头上却淋下了一层冷汗。

"我去买药。"刚才在龙旬安排龙妈妈上床休息时,宋妍就翻遍了医药箱,没有找到解酒药,也没有发现胃药,她急得外套都没穿,就跑出了门。

"难喝!"龙旬扁着嘴喝着药水,"你知道口渴又不敢喝水,生怕自己呕吐的感觉吗?就算是条狗,我都不希望它受这个罪。"

"快喝!别磨叽了,然吃饭。"宋妍的声音听起来和平常无异,但是她开始有口音,而且说话漏字。这是她真正担心的表现。

床头的闹钟忽然响了起来,宋妍吓了一跳。

"我得走了。"龙旬掀开棉被,抓起外套冲向玄关,身体还打着摆子。

"给我回来!"宋妍一声怒吼,"这是你家,你还要去哪?"

去北中宣传栏检查传单。

按下这句说不出口的话,龙旬摇晃着打开门,跑向楼道。

"帮我照顾我妈,等我回来。"宋妍刚要追上去,就被龙旬的嘱托牢牢钉在了门口。

5

在洛老师的铁血政策下,每周一次的社团活动改成了篮球集训,下午一点

第八章 燃烧吧,少年!

钟,宋妍准时来到了篮球场。虽然如龙旬所说,她无法上场和同学们一块训练,但是能帮他们捡捡球、送送水,也算为班级出了一份力,这让宋妍觉得自己是五班的一员,而不是可有可无的点缀。

走进场地后,宋妍就觉得自己多余了。场上的正选队员练得热火朝天,场边的后勤人员也站得笔直整齐。他们分成两队,第一队捧着毛巾、矿泉水、医药箱,眼睛紧盯着场地,一有情况就立即带上装备出动,快速高效地满足队员的需要;第二队举着手臂盯着篮筐,球投进了马上拍手鼓掌,球投偏了赶忙伸手去捡,保证场上的每个队员都信心满满,有球可打。

捡球、送水的活儿被人抢了,没想到的加油、打气的差事也有人做了,宋妍一瞬间有些失落,还有些疑惑。

以前这些事不都是杨润那些一年级学弟干的吗?宋妍不止一次见过身形瘦小的男生们在足球场、网球场、篮球场被体育狂人们像仆人一般被支配,累得满头大汗,却不敢有一句怨言的情形。可今天这场面是怎么回事?

宋妍揉了揉眼睛,逐个看向站在场边的后勤人员,每一个都是人高马大,四肢发达,有五班的,也有三年级其他班级的。最边上正在捡球的那几个,胸前还戴着名牌,是学生会新招的二年级成员。

"这是怎么回事?"宋妍百思不得其解,一把拉住下场休息的杜良。

杜良弯着腰大口大口地喘气,接过毛巾,顺着宋妍手指的方向回头看了一眼,边擦汗边解释:"上次杨润的事结束后,老大隔天就给我们,也就是学生会的骨干开了会,再三交代不许再欺负杨润那些人。"杜良照着宋妍的身型比画了一下,小声加着注脚,"就是像你一样的小短腿豆芽菜,老大说他们和我们是平等的,不应该被我们支配,他们有权利说'不',有权利做出自己的选择。"

"他们一选择,我们就没辙了,"王天一把水递给杜良的同时,也接过了他的话头,"体育类社团的人数明显减少,围棋社、茶道社、电影社这种文艺小清新的社团越来越多,昨天杨润还领头建立了一个时装设计社……"王天一打了个冷战,"没有小短腿们跑前跑后,后勤的事只好我们自己上了。"

见大家都在吐槽，秦少宝扣了一个篮，也蹭到了场边加入讨论："人前是放荡不羁爱自由，人后是放下自尊捡篮球，昔日追风追得欢，今朝送水送到瘫。"

"别偷懒，快回去练球！"场地入口处突如其来的一声咆哮，压灭了场边的闲聊。

宋妍转过头看见宋校长神色凝重地走了过来，后面跟着双手背后、挺着将军肚的宋爸爸，她忽然身体一硬，僵在了原地。

"练起来！"宋爸爸的咆哮愈发有力，"赶紧整，整完拉倒，我还得回家遛猫呢！"

虽然同学们都不认识宋爸爸，但他散发出来的强大气场却震住了所有人，大家立即各就各位，练球，捡球。

"洛老师呢？"宋妍看见老爸站在洛老师应该站的位置上，突然有种不好的预感。

"洛老师的母亲突发肠梗阻，必须立即动手术，洛老师要在医院全程陪护，这就意味着——"宋校长停顿了一下，向左后方退了两步，与宋爸爸并肩站立，"洛老师不能再指导你们的训练了。后天就是比赛，找新教练已经来不及了，这是我的弟弟，他负责这两天的篮球集训，他上过体校，曾经是市篮球队的主力。"

曾经是指二十年前……

宋妍默默地为大伯的介绍加上脚注。看着老爸那弹性十足的双下巴，饱满浑圆的将军肚，她很怀疑这二十年里，他已经把曾经的篮球天赋和技能统统当饭吃掉了。

"爸，你身体能吃得消吗？"宋妍走到宋爸爸身后低语，眼睛一直瞄着球场上的龙旬。

听出了女儿的不信任，宋爸爸的嘴角向下耷拉，又立即上提："给我一个机会，我就还你一场胜利。"他说得斩钉截铁，语气自信、眼神自负，整个人散发出炽热的求胜欲，燃到爆表，每个毛孔都在向宋妍传递着讯息：英雄虽然老去，但英雄永远是英雄。

第八章 燃烧吧,少年!

"教练,我有事报告。"龙旬甩开大长腿,三步就从三分线跨到场边,开口的同时,抛出去的三分球刚好落入篮筐。

"宋妍,你先回避一下,我和龙队长要进行一场男人间的重要谈话。"宋爸爸摆出正经的教练脸,直到看见宋妍走远,才拉下脸,凶神恶煞般地问,"猫眼男,就是你削断我闺女头发的?"

龙旬怔了一下,准备好的台词被这么一吓,全忘光了。

"教练,我想更改比赛项目。"在彻底沦陷之前,龙旬终于说出了心声。篮球赛上场人数有限,既然是以团队为主的比赛,就应该有更多的参与者。与三中的这场对抗,班级中的每个人都应该有上场的机会,贡献出自己的力量,享受运动的快乐。"不打篮球了,我们和三中拔河。"龙旬不容置疑地抛出结论。他思考了整整一夜,才定下拔河——一项每个人都可以参加、更有团队凝聚力的项目。

"你不能参加。"听到身后走近的脚步声,龙旬头都没回就直接否决,"两点:一太矮。二太瘦。三太容易受伤。"

第三点,龙旬没说出声,他不想让身后的宋妍发觉自己在担心她。刚认识宋妍时,他还下令要把她驱逐出南中,他们还是互看不爽的对头。两个半月过去了,宋妍依然留在南中,她不但成功融入了班级,和男生们和谐相处,甚至还成了他的朋友,害他为她担心。

朋友……

龙旬低头咂摸着这个他给宋妍的最新称谓,侧脸看向身后替他撑腰、为他补课、帮他寻找妈妈的瘦小女生,重重地点了下头。

第九章

多米诺

第九章 多米诺

星期天中午,阳光无孔不入地照着大地,把高大勇猛的东西都变成了小小的影子,似乎烤干了它所有的力气和勇气。阳光下的人儿,更是小成了蚂蚁。

南中的教学楼前,三只小蚂蚁聚在一起,头顶着头。

"凭什么不让我参加?"宋妍像卡住的唱片一样,反复播放着这句话。自从两天前被龙旬嫌弃、排除在拔河的大名单外,她一见到龙旬,就问这个问题,即使半个小时后和三中的拔河比赛就要开始了,她仍不放弃。

"三中校长提出拔河比赛以班级为单位对抗,我们班对程田他们班。"

"我们班!"宋妍从龙旬的回答中拎出这个关键词放大加粗,"我不是五班的一分子吗?我不是我们班的成员吗?"

"39。"怕宋妍听不懂,龙旬直接用手指比出了数字,"程田他们班有39人,我们班有40人,按规矩得以人数少的为基准,所以……"

"所以你就把我抛弃了?"宋妍的表情和语气一样愤慨,眉眼都倒竖了起来,似乎龙旬再多说一个字,她就会给他一拳。

"你想不想赢?让咱班赢,让南中赢?"怕自己的坚持被宋妍磨光,龙旬别过脸闷声问。

宋妍没说话,只是用狠劲点了点头。她知道这场比赛的重要性,表面上看起来是程田的个人行为,实则他代表了三中,而在大家眼中,三中代表着"高升学率""优等生天堂""全市第一"。这已经是他们的固有印象,就像他们一提到南中就联想到"高转学率""差生回收站""全市吊车尾"。

宋妍知道龙旬接受程田的挑战并不是头脑发热,他是想赢得比赛,扭转南中的声誉——这场校际间的比赛不仅吸引了学生的眼球,也引起了校领导以及教育局相关人士的关注,是展现南中的最好机会。

正是因为这场比赛如此重要,宋妍才更想参与。她想和其他 39 名同学一起努力,为五班的荣誉,为南中的荣誉拼搏,她想赢!

"那就乖乖待在场边加油。"趁着宋妍发呆,龙旬摸出一根棒棒糖塞进她的嘴里,堵住了质疑和抗议。拔河是一项力量和技巧并重的运动,巧的是这两样宋妍都欠缺。而她唯一拥有的热血和激情,在与三中的比赛中实在帮不上太大忙。所以,龙旬不得不狠心地把宋妍踢出大名单,为了赢得比赛,更为了宋妍。拔河太危险了,尤其对于宋妍这种胳膊还没有拔河绳粗的小女生。

在心里列举出无数条拒绝宋妍参赛的理由后,龙旬终于扭过脸,视线不自觉地落在了宋妍的细胳膊小短腿上,他再次觉得自己做出了绝对正确的选择。

"我还是有点儿不放心。"在第 N 次围观了宋妍被拒绝的场景后,白夜半是心疼半是心安,还隐约有一丝尴尬,他下意识地充当起了救场王,转换话题,"程田居然答应了我们临时更改比赛项目的要求。"按照白夜对程田的了解,一定会胡搅蛮缠大闹一番,他和宋妍甚至都帮龙旬做好了两套应对方案。可是程田居然答应了,而且全盘接受,只字未改。这太不正常,不,太可怕了。

"这只能说明两点,"龙旬的神情越发凝重。"一他太想直升重点高中了,怕一旦拒绝,我们就放弃比赛。二他太自信,以为比什么都会赢,所以全盘接受,因为比什么都无所谓。"

龙旬的话就像是块石头,投进白夜的心底,溅起一片不安和怀疑。

阳光越发狠辣,仿佛要把所有的东西都晒化烤焦,空气又干又燥。

第九章 多米诺

　　南中的操场上,这种燥热被鼎沸的人群烘到了顶点。操场外的跑道上都是人,跑道外的甬道上也全是人,就连甬道边的围墙上,都爬满了人。

　　不仅仅是南中和三中的学生,似乎整个理川市的中学生都跑了过来,黑压压的人头一圈圈、一圈圈地延伸,直到化成无垠的黑暗。比赛还有五分钟开始时,南中外的街道已经挤得水泄不通,好像全世界的人都来了,全人类都到场围观。

　　"他来了。"白夜看着校门口,胃绞成了一团。

　　程田昂着头走进南中,鼻孔朝天,大摇大摆,仿佛皇帝出巡。他下巴和肩膀的线条异常强悍,像是由砖头和混凝土修建而成,每一寸皮肤都透出好斗的气势。两边的人都和他保持着距离,低头哈腰,没有任何眼神接触,就像皇帝身边的侍卫。

　　看见程田的第一眼,宋妍很担心他这样仰面朝天走路会摔个狗吃屎,然后告南中管理不善,有安全隐患;看第二眼时,她的注意力就落在"侍卫"们身上,他们个个膀大腰圆,能砍成两个龙句,劈出三个白夜,剁成四个自己。

　　"原来如此。"

　　她低声自语,突然明白了程田答应将篮球赛改成拔河比赛的原因,也理解了三中校长特意提出以班级为单位对抗的理由——程田率领了三中的特长班来参赛,整整一个班级的体育生!男生!

　　虽然早就听小艾说过三中的体育生特长班超级"可怕",但现在亲眼得见,宋妍觉得小艾太谦虚了,这么一班的"绿巨人",根本不是可怕,而是恐怖!

　　"龙句呢?谁是龙句?龙句你出来!"程田的头扬成直角,用一种他以为酷帅炸天、实际浮夸无敌的语调问。

　　挑战书上写错别字,五个!放狠话时又念白字,三个!宋妍真想立即上场大战一场,她忍不了了,见义勇为的肾上腺素已经在体内横冲直撞了。

　　"那个字念句,你找的人叫龙句。"白夜看不下去了,他用教小狗握手的耐心教导着曾经的同窗,现在的对手——程田。

　　白夜的声音很轻,但操场上太安静,聋子都听得到。

程田终于低下了头，白夜厌恶地扭过脸，但程田还是看到了他。程田的眼神匆匆扫过，没有片刻的停留，像在看一个无用的背景——他根本就没认出白夜。

"看什么看，小白脸。"程田以为白夜只是南中的"垃圾"，垃圾堆中的一个，没胆、没用。

绝对忍不了！

宋妍推开人群冲到最前面要去教训程田，一只伸出的脚刚好挡住她的鞋尖。脚的主人龙旬抬起下巴，眼睛半眯，眼珠向右瞥：退后。他抿起的嘴唇无声地说。

宋妍读懂了，但是她没有动。她看着龙旬，把他的表情从眼到嘴复制了一遍，原封不动地丢还过去：你退后。她的嘴角抿得更用力。

全场所有人的焦点，包括程田和他身后的"绿巨人"班，都集中在了龙旬和宋妍身上，像是在看一出哑剧，大家都屏息凝神等着最后的结局。

龙旬的眉间起了一丝涟漪，右脚微抬，脚踝轻轻一磕，宋妍失去了平衡，猛地向后仰，跟跄了好几步，跌倒的前一秒撞进了白夜的怀里。

"归你了。"龙旬没有回头，话却送了出去，长腿一伸，一步迈到了程田面前。

白夜的双手紧紧地抓着宋妍，怕她再跑出去"见义勇为"。

龙旬看着程田，没有表情，没有动作，眼珠都不转一下，像在看一块石头："是你在叫？"他眯起眼睛，猫一般的目光漫了出来，慵懒而又无聊，"一只狗就算叫一整天也证明不了什么，发出的只是噪音，它也只是狗。"

"什么？"程田的音量更大，声音更刺耳。

呵，没听懂。龙旬又重复了一遍："只是狗。"他轻声说，没加重任何一个音节，"声音，很大，的，狗。"

"程哥，他在骂你，骂你是狗。"一旁的"绿巨人一号"用足以让全操场人都听到的音量小声提示，程田这次终于听明白了。

"你敢骂我是狗？！"他抬手猛推龙旬的前胸，像所有好勇斗狠的人做得那样。以程田的体重、力道和怒火，这样的猛推足以让对方立即跌倒在地，身体弱的，再吐口血昏迷一下。

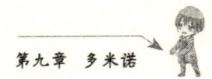
第九章 多米诺

龙旬结实得受了这一推,却没有跌倒,他甚至没有摇晃,而是稳稳地站在原地,接着他随意地抬起手拍了下程田的左脸,像在管教一条不听话的狗。

"啪"的一声轻响,程田左边的头发飘了起来,像飞起的狗毛。

他怔了一会儿,没弄明白到底发生了什么。

"程哥,那小子,他打了你一耳光。"绿巨人一号"又在程田耳边温馨提示,这次更体贴,操场外的人都听见了。

程田突然大叫一声,气急败坏地涨红着脸伸出手使劲地扑向龙旬,用上了全身的力气。龙旬在原地等得不耐烦,向右迈了一步,轻巧地躲开,顺便抬手扇了程田的右脸,速度更快,声音更脆。

"你搞什么?你打我的脸?两次?你打架就像个小姑娘。"程田捂着脸,又愤怒又委屈,他从没见过龙旬这样的打架方式,一时间竟有点手足无措。

龙旬张开嘴,似乎想要反驳,却只打了个哈欠。他似笑非笑地看着程田,微微点头,耸了一下肩:"也许吧,但对付一只疯狗,足够了。"

宋妍笑了,笑容从眼尾扩散到心底。龙旬看透了程田,对付这种肌肉无脑男,打脸比斗嘴要有效得多,尤其龙旬还一箭双雕,面子里子都打了。漂亮!

见宋妍笑了,白夜垂下了眼睑,假装没发现她的目光始终锁定在龙旬的身上。

被骂成狗、又遭两次打脸的程田紧咬下颚,拳头攥得死死的,仿佛里面正捏着龙旬。他梗着脖子再度冲上前,龇牙瞪目的模样像要挣破项圈的斗牛犬。"老大,校长也在。""绿巨人一号"死命地抱住程田的腰,"很多很多校长。"他赤红着脸从牙缝里迸出这几个字。

像被切断了电源,程田忽然安静了下来,他深吸一大口气,挤出比哭还难看的微笑,转头面向裁判:"开始吧。"

绿巨人一号立即挥了下手,迅速点名,调整阵型。

"赛场上见。"程田走向三中的看台，再次扬起头，丢给龙旬一个意味深长的笑容。

白夜心头一凛，从头顶寒到脚底。

宋妍也晃了一下，刚想伸手搭住白夜站稳，却扑了个空，白夜正背对自己，向操场中心走去。

龙旬带领着五班全体男生走向赛场，站定，开始热身。白夜从排头开始，依次检查每一个人的装备——手套、护腰、护膝，一个都不能少，这是他们战斗的铠甲。

比宋妍的胳膊还粗的麻绳被抬到了赛场正中间，南中的五班和三中的特长班各站一端，拾起绳索，双手握紧，双脚死死地扎在沙地上，重心下移，身体后仰，等待开始的哨声。

钢筋般坚硬的绳索被两队共七十八位战士牢牢攥在手里，犹如一根被拉长的银枪。绑在绳索最中间的红线在阳光下鲜红似血，伴着全场观众的每一次心跳而微微颤动。

"停！"裁判的哨声终于响起，却不是万众期待的"开始"。

排在队伍最前面的龙旬怀疑自己听错了，转过头看向身后的白夜，向他确认。

"南中三年五班参赛人数不够。"裁判举手向教练示意。临时教练宋爸爸立即放下巧克力蛋糕，颠颠地从排头跑到排尾又跑回排头。"38。"他喘着粗气对龙旬说，"少一个人。"龙旬僵在原地，疑惑僵在眼底，一滴冷汗从肩胛之间顺着背流了下来，砸到了地上。

"杜良！"白夜飞速转头望向排尾，班级里最强壮的肌肉男杜良并没有按照事前练习的阵容，站在队伍的最后压轴镇场——他不见了。

绷得笔直的绳索忽然摇晃了一下，五班所有男生都探出头，集体把目光和质疑投给他们的学生会会长龙旬——你的霉运又爆发了？

不是我。

一层冷汗落了下来，龙旬的双肩立即坍塌，运足的气泄了大半。真的不是我！

第九章 多米诺

龙旬想大声说给全世界听，以证明自己的清白。正是深知这场比赛的重要性，也深谙自己抽风般的霉运体质，昨天练习结束后，他就逃回家中闭关谁都没见，就是怕霉运突然爆发、传染扩散。

"爸！"宋妍几乎是飞到了宋爸爸面前。

"我不行，"宋爸爸连连摆手，"教练只能在场边观看，不能上场比赛。"他指了指脸色愈发难看的裁判。"再说，我这只是虚胖，不是强壮。"他右手撑着疑似"腰"的部位，"我腰椎间盘突出，特别突出。"

"我是让你赶紧去找杜良。"宋妍边说话边给杜良打电话，听筒里传来对方不在服务区的提示。

"不在。"杨润气喘吁吁地跑进了场地。为了感谢龙旬切实改变了他们在南中的处境，杨润和一年级的志愿者们主动成立了后援团，观看比赛支持五班。刚才裁判喊"停"的瞬间，他就发现原本站在排尾的杜良不见了，便发动所有志愿者去找杜良。"卫生间、教室、淋浴间和医务室都没有，食堂和小卖部也没有。"杨润急得脸都红了。

"垃圾堆里有一个垃圾丢了。"程田怪叫了一声，哈哈大笑。

"是他。"白夜盯着程田超级欠扁的笑容，恍然大悟。

"程田，程田干的，他设计了杜良，把他藏了起来。"宋妍冲着宋爸爸大叫，她忽然想起程田上场前那个意味深长的微笑。怪不得他会乖乖收手专心比赛，原来，他早就设好了埋伏，等着这一刻的到来。

"南中，如果你们的最后一名队员再不上场，你们就会被取消比赛资格，视为主动弃赛，三中将获得胜利。"裁判点了点手表，竖起一根手指，示意还有一分钟。

杜良，你这死小子，别让那只疯狗得逞，快逃出来啊！

意识到杜良被程田藏了起来，龙旬身上代表南中的黑色队服已经被汗水打透，他全身燥热，心却拔凉——杜良如果再不出现，这场比赛他们只能弃权……

绳索的另一头，程田笑得愈发张狂，胳膊上的肌肉虬结成一团，似乎面前的南中只是一张纸，哨声一响，就会被他撕得稀碎。

"还有三十秒。"裁判已经站在三中这一边，准备宣布最后的胜利者。

宋妍转过身，不忍再看下去。

哨声终于响起，裁判单手落下："开始！"

"什么？"程田再度露出听不懂人话的疑惑。南中不是少一个人吗？裁判应该喊"比赛结束"，宣布三中获胜啊！

他不解地看向对面，直接略过整支队伍瞄准排尾，一个瘦小的身影站在那儿，占据全队中最最重要、本应该是杜良压镇的位置。

39人，南中三年五班参赛人员到齐。

"你在干什么？！"龙旬和白夜同时向排尾喊，同样的震惊、恐慌。

因为是临时上场，根本没有准备用于护手护腰的手套和腰带，宋妍卷起袖子，擦干掌心的汗，拉起比自己胳膊还粗的绳索，原地转了三圈，紧紧地缠在腰上，然后赤手握紧，目视前方。

天堂和地狱都无法给你慰藉，上帝和魔鬼都习惯袖手旁观，只剩我们自己，渺小、孤独，这一刻，我们靠自己奋斗，与彼此为伴。

"五班加油！南中加油！"太阳底下，宋妍的身影小到看不见，她的声音却响彻全南中。

"加油！"整个队伍像被注入了兴奋剂，从排头到排尾，39个人都铆足了劲，爆发全部小宇宙，载着满腔的热血和冲天的士气向三中发起猛攻。

绳索一寸寸移动，红线一点点挪动，赛场上没有一丝多余的声响，只有整齐划一的号子声，鞋底与沙粒的摩擦声，以及每个人胸膛里随着心脏跳动的必胜的信念。

赛场外人声鼎沸，所有观众都拼命地踮起脚、扬着头观看比赛。那么多双眼睛，全都扎在绳索中间那根细细的红线上，看着它移向三中，回到最中间，扯向南中。

"怎么可能？不可能！"程田疯了般自言自语，"你们这群蠢货，快用力啊！

第九章　多米诺

使劲，使劲！"他眼睁睁地看着红线一点点远离，切身感受到自己被一寸寸拉走，根本不肯、也不愿相信他率领的专业级别的体育生，会即将输给一群不起眼的弱鸡、垃圾。

"一、二！"龙旬看准程田分神的瞬间，大吼一声，突然发力，整个人几乎躺在地上。

"一、二！"程田也不甘示弱地喊起号子，"放！"他率先松开了双手。

第二个、第三个、第四个……

绿巨人们学着程田的样子接连松开双手，直至最后一个。

原本紧得快要崩断的绳索突然一软，瘫在了地上，如同被抽去了骨架的长蛇。

"啊！"

南中的队伍集体后仰，因为巨大的惯性纷纷倒地，像一排被推倒的多米诺骨牌，全班39人无一幸免。

白夜挣扎着坐了起来，刚想拍去脸上的沙土，眼睛就捕捉到一团火：是龙旬，他眼底着火，全身冒火，正朝队尾狂奔，像一个燃烧的火球。我是傻瓜！我是傻瓜！我是傻瓜！龙旬的脑袋里只剩下这句话，它被怒火炙烤，冒着浓烟，熏得他眼涩心疼，有什么东西又烫又冰，就要喷薄而出。"宋妍！"龙旬一个急刹，跪倒在队伍最后面，担心的眼神与他愤怒的脸如此不相称。

宋妍皱着眉头，没出声，更没动弹，她软软地瘫在地上，像被摔坏的布娃娃。之前孤身上阵的勇气已经被突如其来的剧痛磨光，现在的她，看起来瘦小得惊人。

"我，"宋妍努力拼回了龙旬最熟悉的傲娇脸，"没事儿。"她只摆动了一下手指，就疼得倒吸冷气。

砰！

重物倒地的闷响打断了龙旬刚要说出口的关心，他的背后扬起一片尘土。

三中的"绿巨人们"目瞪口呆，他们谁也没有看清，南中那个白白瘦瘦的小子是怎么冲到程田面前的。只知道上一秒程田还在嘲笑南中的窘状，下一秒，眼前就飘来了一片黑影，"砰"的一声，程田就被扑倒在地上，暴雨般的拳头砸到他的脸上、身上。

"哇,鹿眼男暴走了!"宋爸爸小心地把怀中的宋妍放进他那辆老爷车里,回头看了一眼,白夜正骑坐在程田身上抡拳头:送闺女去医院要紧,这种时候就算拉走了他,猫眼男也会再上的,那姓程的二愣子坏了良心,活该挨揍!

傍晚的夕阳将天空染成了一道道花朵的色彩:玫瑰的玫红、海棠的淡粉、虎斑百合的浅橘……就像谁向花店预定了这片天空。静谧的小巷中,一黑一白两抹身影缓慢前行,被阳光拖得笔直、细长。

"不疼吗?"戴着黑色兜帽的龙旬戳了下白夜被擦伤的手背,听到他发出"嘶"的吸气声,才满意地放下红肿的右手,扶住扭伤的腰。

"疼。"白夜紧了紧身上的米白色粗线毛衣,"但是,他更疼。"一想起这双手把程田那条卑鄙的疯狗揍成了猪头,白夜就暗爽,再疼都觉得值。他为南中、为五班、为自己出了气,打了从小到大的第一场架,而且打赢了。

"是为了她才打的架?"龙旬躬着腰蹭着步子,像只蹒跚的龙虾。尽管拔河比赛已经过去了整整48个小时,宋校长还特意批了假,但他的伤却没有一丝好转,更要命的是原来没疼的地方,一觉醒来后,也开始酸痛。

"她?"白夜笑了下,两边的酒窝悄悄旋起,"我自己被欺负无所谓,我的朋友不能受气,更不能受伤。想动她,不行。"

"绝对不行。"龙旬眯起眼睛点了点头。当时,就算白夜不出手,他也会揍程田,抛去他最看重且不容侵犯的南中的荣誉,也不计较对方使诈把杜良反锁在了器材室,更不去考虑比赛的最后关头他卑劣地放手……就凭她,宋妍,这一个理由就足够了,程田让宋妍受伤,他就该死!

"不过,真的挺疼的,程田的脸上都长满了肌肉。"白夜甩了甩手,疼痛却粘得更紧,原本白皙修长的手指,现在根根又肿又粗,指节青紫,打不了弯。

第九章 多米诺

"嗯,我懂。"龙旬抬脚一踢,一只空掉的易拉罐飞进了垃圾桶,"待会儿我请你吃炸串,这世界上没什么痛苦是一顿炸串解决不了的,如果有,那就两顿。"

"她爱吃的那家,于家臭豆腐?"

"对,拉上她一块儿去。"

夕阳下,两个少年并肩前行,头顶的天色愈发暗淡,但他们的内心却是光芒万丈。这一刻,所有的怀疑、困惑、不信任都慢慢消融,被捍卫同一份荣誉、守护同一个人而流下的汗水和血水稀释。

巷口的第一盏路灯亮起时,宋妍加入了进来,二人并肩变成了三人同行。龙旬和白夜一瘸一拐地走到宋家,把宋妍从卧室的床上架出了家门,他们要去探望洛老师刚刚转危为安的妈妈。

去医院的路上,三人拉起了一个横排。

不是故意堵塞交通,而是这三个人全都带伤上街,属伤残人士。其中伤得最轻的白夜,只是手肘和手挂了彩,他站在左边,充当左护法。

右边和他对衬的龙旬,比他惨。最后那声号子,龙旬拼上了全身的力气,躺向后方,几乎与地面平行,程田却没有任何预警地突然松开了手。龙旬第一个倒了下去,时间太急距离太短,来不及做任何防护动作,还好宋妍特意给他加了护肘,胳膊逃过一劫,腰却还是扭到了,不过只是普通的肌肉拉伤,没伤到骨头。

被龙旬和白夜夹在,不,架在中间的宋妍伤得最重,看起来最惨。天生纸片人,没带任何护具,又位于队伍的最后方……五班集体向后跌倒的时候,宋妍不仅仅要承受自身倒地的力量,还要承担前面压来的体重。而她前面刚好是身型仅次于杜良的体育部部长秦少宝,身高175,体重175,简直是金刚。

刚摔倒的瞬间,惯性几乎将宋妍扔了出去,像被飓风卷走的风筝,还好腰上缠着绳索,才又被惯性拽了回来,砸到地上。

这一砸直接把学霸砸蒙了,先是疼,然后麻,全身发麻,紧接着腰部以下没有知觉。龙旬跑过来的时候,她能动的只有嘴唇和手指。

宋爸爸把宋妍送到医院上药包扎送回卧室的床上后,真正的剧痛才排山倒海地袭来。手掌、胳膊、腰、屁股、大腿、脚踝……每一个肉眼可见的部位都痛，有的是酸痛，有的是绞痛，还有一跳一跳的抽痛和挠不到的痒痛。

伤叠加伤，痛连接痛，造就了现在被纱布裹得像木乃伊的宋妍。

"还没到吗？"龙旬先扛不住了，不是因为自己，而是因为一侧头就能看见的宋妍。她像只绷带包的粽子，太糟心了。

"本来走到医院只需要五分钟，但是按我们仨这速度——"白夜抿了下嘴，"十五分钟能到就算乐观了。"

"你是不是傻？"龙旬终于忍不住了，憋了两天的怒火翻滚着轰向宋妍。

"Don't save sex for your old."宋妍皱着眉引用股神巴菲特的名言，"活着的时候就要尽情折腾，因为我们要死很久很久的。"

"照你这么折腾，不用很久，再来一下，"龙旬臭着脸照宋妍的鼻子虚晃了一拳，"就会死得很透很透。"

"白夜，你没事吧？"没有多余的力气和龙旬争辩，宋妍转过头看向白夜，无论看上几遍，她也不能相信这个有着小鹿般无辜眼神的柔软男生，会和程田那种疯狗打架。不是他先说不要和疯狗纠缠，老实躲在乌龟壳里最安全的吗？

白夜的脸腾地红了，他赶紧低下头，不敢回应，更不敢回望。他实在没办法与宋妍对视，那双弯成月牙的笑眼里有黑洞，会把整个人吸进去。

"他没事。"龙旬以为白夜没听见，就替他回答，"顺便说一句，我也很好。"

白夜笑了，笑容实实在在，发自内心。如果说这一路上龙旬的陪伴像盛夏的可乐，能迅速解渴还刺激冰爽，那此时宋妍的存在就像寒冬里的热茶，温暖醇厚、回味绵长，如同撷一束阳光挂在了心头，那光明和热量在胸口隐隐发烫。

他是黑夜，她却是太阳，因为她一直存在、发光，他才能把黑夜当成白天，他才能成为白夜。

叮……

白夜和宋妍的手机同时响起。

"程田被重点高中拉入了黑名单！"两人看着手机屏幕同时发声，前者解气，

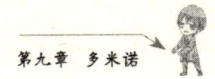

第九章　多米诺

后者讶异。

小艾发微信说南中和三中拔河比赛的那天,重点高中的副校长也到场观看了。同样是体育生出身的他本来很看好程田,已经决定不管比赛输赢,都会破格录取。没想到却看见那样的一幕,他气得当场发话:"这种没有体育道德、做人都做不好的学生,根本不配升学,更不要出现在我的面前!"

"看来金钱也不是万能的。"龙旬听完宋妍的讲述后长舒了口气,顿时觉得精神好了、食欲来了、全身哪儿都不疼了。

"重点高中的严副校长是军人出身,靠自己的能力打拼到今天,最讨厌拼爹败家的富二代,尤其是不学无术又心术不正的草包。看来,不是所有人都向'钱'看的。"

"向前看。"白夜突然打断宋妍和龙旬的交谈,伸手指向前方。

洛老师提着长裙、踩着高跟鞋,披头散发地冲了过来,张牙舞爪的样子就像要吃了对面的三个伤兵似的。

"程田在哪儿?小的们,带路,老娘要徒手撕了他!"

好不容易劝住了洛老师,龙旬半推半扛地把她送回医院,白夜买来了水果和晚餐,宋妍则向洛老师汇报她不在的期间内班级发生的大事小事,所有重点一字不落,所有细节一个不少。洛老师倚在沙发上吃着水果听着讲解,听到精彩之处,还拍手大笑,尤其是听到程田的下场,她直呼"出了一口恶气"。

离开医院时,天已经黑透了,空气中涌出了一股寒凉,昭示着冬天将至。但三个伤兵已经吃饱了饭充足了电,从里到外被洛老师冲的热巧克力煨得暖乎乎、甜滋滋的。

"我得回家了。"宋妍走到最后一层台阶时停了一下,感觉酸痛和疲惫一直从皮肤蔓延到骨头里。

"不是说好去吃炸串吗？我刚才特意保存实力，只吃了两盒饭喝了三杯热巧，现在才五分饱。"龙旬瞪圆了眼睛，万年冰山脸罕见地流露出一丝委屈。

"我……"宋妍想说"我不行了"。但这太直接了，她从来没有向任何人、任何事说过"不行"两个字，那意味着亲口承认失败，她做不到。

宋妍摇了下头，再次开口："我……"她想改口说"我走不动了"。然后呢？她制造了一个麻烦，却没给出解决方案。这不是她，她向来是解决麻烦的那个人。

"我们打车去夜市吧。"白夜转过身搂住宋妍，轻声说，"我累了，走不动了。"说完就低下了头，藏起眼神，他怕宋妍发现他说谎。

白夜走得动，再走上一夜也没问题，只要宋妍在身边，他可以一直走下去……可是，他看出宋妍走不动了，她又说不出口，所以，他来说。

龙旬在出租车里等得不耐烦了，实在不想再看两只乌龟比慢。他干脆跳下车，长腿一抛，三步跨到宋妍面前，一手揽住她的小细脖，一手撑住她的小短腿，像从油锅里捞油条似的，一把将宋妍抄起，塞进车里。

"欸，你别咬人啊，我还得打狂犬疫苗！"

"我自己会走，谁用你帮忙。"

"等你？我早饿死了……"

白夜坐在副驾驶的位置，龙旬和宋妍并排坐在后座，吵得天翻地覆。

"到了。"仗着自己伤得比宋妍轻，龙旬先一步下车，替宋妍打开车门。

宋妍一脸不情愿，但又别无选择，一想到于叔炸的臭豆腐，口水就开始泛滥，她抹了下嘴，费力地钻出车门。

这，这是哪儿啊？

没有臭豆腐的香味，也没有于叔家的红白条纹伞，这不是夜市。

"司机走错路了，这里是南中。"

"对。"

对什么，大晚上的，我们来学校干什么？和门卫李大爷斗地主啊！宋妍看着龙旬那两道浓得像画上去的眉毛，气不打一处来，肚子又饿，身体又疼。

第九章 多米诺

"看！"白夜指着夜空。

龙旬发疯还能理解，他本来就疯，白夜怎么也跟着胡闹。

宋妍压下放嘴炮的冲动，僵硬地扭动脖子，抬头向白夜手指的方向看去。

看什么，看星星？可是今晚一颗星星都没有。

宋妍觉得莫名其妙，回头招呼身后的白夜和龙旬，想问他们是不是把脑子忘在了出租车上集体变成智障了，却连人影都没找到——两人竟然都不见了。

宋妍茫然地看向四周，教学楼的天台上突然出现亮光，一、二、三、四……整整三十九道光，三十九支蜡烛发出的烛光。夜风轻轻拂过，烛光忽明忽灭，像是星星在眨眼，飘起来的袅袅烟雾，汇成了淡淡的银河。

宋妍看呆了，她张着嘴，说不出一个字。

烛光忽然全部熄灭，黑漆漆的天台传来了震耳欲聋地呐喊："宋妍，谢谢你！"

甬道边的路灯全部点亮，一条巨大的红色横幅从顶楼铺到操场，"宋妍，谢谢你！"这五个字被印在横幅上，响彻全南中——三年五班全班 39 个男生高举着横幅向宋妍致谢，一遍又一遍，一声高过一声。

宋妍僵住了，她怔在原地，看着眼前的一切，难以置信，生怕这是场梦，而下一秒梦就会碎掉，自己就会醒来。她吓得不敢动——这场梦太美了，她舍不得醒。

她的眼睛瞪得浑圆，盯在条幅上，一眨不眨。她不相信也不敢相信那些她以为粗心粗线条的男生会精心为自己准备这样一份惊喜，会这样坦诚地说出对她的感谢。

她忽然想再冲动一次，再见义勇为一把，即使再被从头伤到脚也无所谓，她甚至有点感谢程田的卑鄙。他虽然害她受了伤，却让她收获了更重要的东西——归属感。这一刻，宋妍终于觉得自己并不是累赘和点缀，而是班级的一分子，是南中的一员。

谢谢五班，谢谢南中！

宋妍在心底默念，弯起眼，藏住泪。

第十章

她和她的猫

第十章 她和她的猫

深秋的清风,带着淡淡的海棠香气,从山顶拂来。风探过草丛、抖动叶片、吹散花瓣,也揉乱了领队宋妍的头发。

末日游戏旅行团领队,这是宋妍在南中获得的第一个头衔,不是自封,而是大家一致认同、统一推举出来的。在讨论最新一次的社团活动时,七名团员都推选宋妍,让她策划、组织活动,完全把社团真正的部长龙旬抛在脑后,尽管当时他就坐在那儿,在教室的最中间。

两个多月前,同样是这些人,想方设法地要把宋妍赶出南中,甚至不惜为此组建了一个全新的社团——末日游戏。团如其名,这里就是宋妍的末日,加入社团就等同于她在南中的生活"砰"的一声——Game Over。

还是这批人,这个社团,不到90天他们的态度却有了180°的大反转。

从前看不上宋妍,欺负她、孤立她,甚至觉得和她同班超级丢脸的男生们,现在统统转了心性:宋妍虽然个子小,却有容人的雅量、过人的胆色。杜良缺席的关键时刻,她没有躲在一旁看热闹,而是毫不犹豫地顶了他的位置,救了场子。

原来,她并不记恨之前被欺负的事,也确实把自己当成了南中的一员。

这让男生们很是感动,也让宋妍一战成名,一夜之间斩获拥趸无数,甚至在南中拥有了自己的粉丝会,由杨润担任会长。

"宋队长,我们来狮虎山要做什么来着?"拔河比赛之后,杜良再也不敢小瞧宋妍,而是对她开启了崇拜模式。

"写生、野炊、放松。"宋妍挥着手中的小旗,轻车熟路地向山顶行进。她这次选狮虎山作为活动地,就是为了弥补上一次大家集体腹泻没能进山的遗憾。

"这是我们全体团员合送的礼物。"杜良猴急地从登山包里拿出一个气味诡异的礼盒,双手捧到宋妍面前。

"你把钱还给白夜才算是合送。"龙旬抬手给了杜良一记爆栗,"我挑的礼物,他们凑的份子。"

麝香虎骨膏?宋妍打开包装后终于找到了怪味的来源,这礼物对于现在的她而言可真是……实用。

"我会好好使用的,"宋妍尴尬地举起膏药,"贴好每一贴。"

"我会检查的。"龙旬拉低兜帽,语气严肃得吓人。

这是今天第二次听到这句话,宋妍很想倒地晕厥。一个小时前,龙旬站在宋家门口,非要接宋妍去狮虎山参加活动,明明她的伤已经好得差不多了,生活可以自理,龙旬却还像社工照料残障人士般,每天接送她。上下学时如此,后卫般对她紧密盯防,放假了还不放过她。这一次的社团活动赶上南中建校日,全校师生集体休假一天,可宋妍还是被龙旬逮住,堵在了家门口。

"进来。"要不是宋爸爸在背后围观,宋妍说出口的会是"出去"。

龙旬摇了摇头,右手点着左手的腕表,示意宋妍快点。宋妍站着没动,她不想动,阿蒙却扑了过去,一下蹿到了龙旬的怀里,趴在他的胸前。龙旬抱着它僵在原地,完全不知道该拿这只"咕噜咕噜"向他撒娇的猫咪怎么办好。

宋妍暗骂了一句叛徒,第 13 次冲过去把阿蒙从龙旬身上薅下来,完全不明白阿蒙中了什么邪,为什么一见到龙旬就黏住不放?那个冰山脸明明不喜欢它。

"膏药。"龙旬黑色的校服上沾满了猫毛,他伸出右手指着宋妍的脚踝。

"贴光了,忘买了。"不用看宋妍就知道龙旬在检查她有没有按时贴治扭伤的膏药。

"我会检查的。"龙旬眯着眼臭着脸,用警告的语气威胁宋妍。

如果知道自己头脑发热上场拔河会换来这样的结果,宋妍宁可被剃成光头都

第十章 她和她的猫

不会去见义勇为——这一个礼拜的身体恢复期,她要被龙旬逼疯、烦死了。

见宋妍站在原地发呆,一会儿皱眉一会儿撇嘴,快凑成了表情包,逗得众人一直憋笑,白夜赶紧救场,阻止学霸的自黑行为:"宋妍,我们开始活动吧。"

"我们现在分成两个小组活动,一个小时后在山顶集合。"宋妍终于回过了神,和杜良各站一边,开始选择自己的组员。

"白夜。"宋妍毫不犹豫地选择了第一个同伴。

"秦少宝。"这小子拔河时没少替被关在器材室里的自己出力,杜良投桃报李。

"王天一。"

……

"好了,就这样吧,山顶见。"

宋妍和杜良击了一下掌,准备带领各自的组员分道扬镳。

"我呢?"龙旬孤零零地站在最中间,像块卖不出去、已经不新鲜的蛋糕。

宋妍回头看了下自己挑选的三名队员,默契地与杜良交换了一个眼神。

"我不用挑了。"

"我也是。"

两位队长互道再见,带领各自的小队向山顶出发。龙旬站在萧瑟的秋风中,左看看越走越远的宋妍,右看看故意不回头的杜良,独自凌乱。

深秋的狮虎山层林尽染,蓝天白云下,或黄或红的树木连成一片,像一幅色彩斑斓的织锦,随便抬眼一望,都是能画成油画的好景致。

宋妍挑了一处视野开阔、可以俯瞰山脚美景的平地作为临时营地。男生们因为拔河比赛体力严重透支,累的累,伤的伤,为了一会儿向山顶进军,适当的休息是必需的。

大家躺在草地上打盹休憩的时候，白夜打开了背包。他取出画架，放好画板，削尖炭笔，有条不紊地做着画前准备。整个动作安静流畅，连一片落叶都没有惊扰到。笔尖触碰画纸，就像鱼儿回归了大海，只是寥寥数笔，一副人物速写便跃然于纸上：空旷的车厢内，最角落的车窗被摇到最低，一只纤细的手肘半探出车窗，小巧的下巴轻轻搭在手臂上，一阵秋风掠过，捎来了鲜红的枫叶，也拨散了少女耳边的短发。

　　"这画……"宋妍突然靠近，白夜一惊，手中的炭笔掉落到草地上，滚了好几圈。

　　宋妍弯腰拾起笔，重新放回白夜的手里，眼睛依然注视着画纸。

　　"这画很美。"宋妍由衷赞叹。白夜的笔触和他的眼神一样，温暖、润透，有着涤荡所有尘埃的纯净和美好，像照进黑夜里的阳光。

　　"也很怪。"宋妍又靠近了一些，下巴几乎要贴在白夜的肩膀上，"画中的人有着少女的身形和姿态，却长着孩子的面孔和眼睛。"

　　宋妍自顾自说着，越靠越近，鼻息扑向白夜的耳畔："你画的是……"宋妍卡住了，身为学霸作文满分的她，面对这幅画，居然词穷了。

　　"我画的是我童年的玩伴。"白夜呓语般回应，"因为一场意外，我们分开了，从此失去联络，整整十年没有再见面。"

　　"你可以去找她啊！你爸不是警察吗？你可以让他帮忙找她。"宋妍的眼睛依旧舍不得离开画板。画中人似乎有种魔力，把她所有的注意力都吸引了过去，越看，心跳就越紧，脑袋就越空，仿佛和画中的童颜少女融为了一体。

　　"我不知道她的名字，我们是在兴趣班认识的，我管她叫神奇女侠，她叫我蝙蝠侠。"白夜的声音空灵而又遥远，仿佛来自另一个时空。他说话的时候眼睛紧紧地盯着宋妍，不敢眨一下，生怕错过某个细微的表情，他最期待的表情。

　　"神奇女侠？"宋妍弯起了眼睛，满脸兴奋，"我也喜欢神奇女侠，她是所有超级英雄中最爱见义勇为的正义使者，如果你找到你的童年玩伴一定要介绍给我，我们绝对会成为好朋友。"

第十章 她和她的猫

"我已经找到了,就在眼前。"宋妍的反应让白夜的期待跌落回心底,摔得粉碎。他把这句回答揉在了叹息中,埋在了秋风里。

和上次舞会时一样,宋妍对白夜刻意强调的"神奇女侠""蝙蝠侠"没有任何回应。仿佛白夜说的和她毫无关联;仿佛她在十年前根本就没有搭救过白夜,完全不曾出现在他的人生中;仿佛白夜表错了情,认错了人。

"你一定会找到她的,你的神奇女侠。"白夜眼底的落寞比秋风还要萧索,宋妍赶紧安慰他,同时暗骂自己多嘴,踩到了白夜的地雷。

"会吗?"白夜动了动嘴唇,声音极轻。

宋妍点了下头,觉得不够,又重重地点了两下。眼前的静默太过沉重,她想不出合适的言辞回应,只好用动作来表达。

宋妍的坚定像一把燃烧的剑刺进白夜的心尖,疼,但却重新撩起了一团火,燃起了白夜的勇气,让他开口问出了转学第一天见到宋妍时就想问的问题:"你还记得彩虹儿童兴趣班吗?"

宋妍又点了下头,白夜的眼睛像放进了两颗星星,猛地亮了起来。

"记得,但是没去过,我刚要去那儿学钢琴时,兴趣班就停课了,都废弃十年了。"

星星暗了,火灭了,白夜长长地吸了一口气,缓慢而忧伤地叹了出来。

宋妍就站在面前,可是白夜却突然想回到过去。

人如果不是一天天长大,而是越活越小该多好啊!活着活着,就回到了十年前,穿着超人T恤一脸倔强的小男孩,见义勇为自称是神奇女侠的小女孩,还有顶着大花脸吃冰淇淋吵着要当蝙蝠侠的自己……

十年前的平安夜,南中的楼顶上,超人、神奇女侠和蝙蝠侠手拉着手,吓得目瞪口呆……

"着火了!"超人大叫了一声。

蝙蝠侠立即甩开神奇女侠的手,连滚带爬地逃离火场,跑出南中……

白夜没说话,任回忆啃噬着自己,他放下炭笔,指尖轻搭在画纸上,覆着画中少女的左手，久久没有放开。

龙旬一个人窝在木棉树下，冷着脸，和自己生气，也和那些莫名其妙、来无影去无踪、总是打得他措手不及却根本无法躲避的霉运生气。

世界上有70亿人口，霉运为什么偏偏选中他？从小到大都是这样，只要他刚渴望点什么，霉运就会翩然而至，毫无预警也毫不留情地把一切夺走，就像突如其来的龙卷风，把他的生活搅得天翻地覆，只留下一堆烂摊子。

这次又是如此。大家显然对上回的集体腹泻事件心有余悸，谁都不愿意带一个人形霉运制造机上山。堂堂的学生会会长、社团部长，竟成了孤家寡人。

呵，我命犯天煞孤星，无伴终老，孤独一生。

龙旬用漫画《中华英雄》中男主角的经典语录自我安慰，为了增加孤凉的氛围，他还特意拨了下琴弦，为这一幕配上背景音乐。

呵，音乐。

玩了十年吉他，音乐本来是灵药、福音，是能溶解一切糟糕、吸收所有晦气的魔法。没有音乐，龙旬根本无法应付隔三差岔五就前来捣乱的霉运。可是现在，音乐却成了他的魔咒，手指一触碰琴弦，大脑就空白一片。

这对一般人而言没什么，可是对于想要写完歌曲的龙旬来讲，简直就是世界末日。他不甘心地再次拿起吉他，试图完成那首才写了三分之一的歌。前十分钟，他弹出的音符沉闷无聊，又干又涩；第二个十分钟，音符开始相互冲突、打架，乱成一团。龙旬不信邪，继续弹，直到吉他发出的每一个音符都像在用刀子磨牙、用指甲刮黑板。

"Stop！"宋妍捂着耳朵大叫，"你这听起来就像用一把电锯在锯另一把电锯。"

"你行你上！"龙旬臭着脸拉起兜帽挑衅。

第十章 她和她的猫

"歌写得怎么样了？"

"快了，世界末日之前肯定能写完。"

"你再照这样写下去才是世界末日。"

宋妍摊开手，一颗红润饱满的苹果跃进龙旬的眼帘。

"那你说怎么办？"龙旬咬着甜得流汁的苹果，话语里满是苦涩。

"歌曲会自己选择时机，不能强求，你的时机不对。"话刚送出口，宋妍就怔了一下，忽然想起自己之前答应过要帮助龙旬写歌。

"钢琴配吉他，绝对能激发出火花。"龙旬一字不差地复述出宋妍许过但没兑现的承诺。

"这首歌的主题是什么？写什么的？"被戳中软肋，宋妍只好心虚地转移话题。

"回忆，童年，失联，落空的约定，无法弥补的过错……总之，都是令人糟心的事。"龙旬不耐烦地摆了摆手，越说心越乱。

童年？失联？你的歌里不会也有一个十年不见的小伙伴吧，就像白夜的画一样……如果不知道龙旬和白夜才认识三个月，宋妍真的会想问——你们过的是不是同一个童年？淘宝爆款？

"你永远无法弥补童年时做的那些错事，但正是那些错事，才成就了今天的你。"宋妍的这碗心灵鸡汤熬得小心翼翼，她可不想再次踩中地雷。

龙旬看着宋妍冷哼了一声，同时奉上一个"谁在乎"的眼神，"我只想快点写完这首歌，跟过去做个了断。"

一缕秋风滑过，撩起了草地上的落叶，也撩乱了宋妍额前的刘海。她的头发长了，遮住了眼睛，挡住了耳朵。宋妍没有抬手整理，龙旬也没有开口提醒。

如果是三个月前，他会任由杜良拿出南中的学生手册，翻到第二十五条找宋妍麻烦，告诉她南中不允许学生的头发过耳，她触犯校规了。就像宋妍刚转来第二天他做的那样。

现在，龙旬却不想这样做。他不想提醒宋妍她的头发长了，怕她再次剪短。

短发虽然很适合她,可是龙旬却更愿意看她留长发的样子,尽管,这总会让他想起那个抱着流浪猫的小女孩,记起他一直拼命想忘记却又总是涌出心底的回忆。

这一个星期,因为担心宋妍体力不支,更担心程田找她的麻烦,龙旬每天都要去宋家,早晚两次。这让他觉得如闯关般难熬。

第一道难关是宋妍家附近的白色二层小楼——彩虹儿童兴趣班。龙旬自己走时都会刻意绕过它,可是宋妍的腿脚不方便,不宜绕远,龙旬只好硬着头皮走过那所废弃了十年、他绕着走了十年的兴趣班。

第二道难关是宋妍家的猫——阿蒙。不知道那只小肉球抽什么风,自从万圣节舞会扑到他的脸上后,这几天只要一看到他,就立即黏上来,热情得连宋妍都拦不住,害得他不敢进门,每次都杵在门口,可还是躲不过阿蒙的"突袭"。

兴趣班和猫,对普通人来讲是再寻常不过的事物。可是在龙旬这里,却是竭力躲避,绝对不想面对、不愿重温的回忆。

他和那个小女孩是在彩虹儿童兴趣班认识的,他学吉他,她学钢琴,两人成了最好的朋友,小女孩还特意带当年只有六岁的龙旬去喂流浪猫,并约定圣诞节一起领养小猫。圣诞节那天,龙旬等了整整一天,却只等来了没有星星的黑夜。

小女孩和小猫悄无声息地从他的世界中消失了,整整十年。

龙旬已经记不得小女孩的名字了,却记住了她的约定和那只小猫。这十年间,他从不走过那所兴趣班,甚至不能靠近。因为一看见那栋白色的二层小楼,小女孩的声音就会在他心底响起。

龙旬也不敢亲近猫,所有的猫都会让他联想到那只流浪猫,联想起那个他空等了十年的约定。尤其是宋妍和她的阿蒙。这一个星期下来,龙旬快疯了,眼前的少女、猫咪和回忆中的小女孩、流浪猫越靠越近,甚至重叠在了一起。

这让龙旬害怕,他怕自己的霉运体质再度爆发,就像十年前那样,把女孩和猫从身边带走,只留下他独自一个人。他想忘记那段回忆,他想好好守护现在……

或许,写完这首歌他就会忘记了。

龙旬的手指不自觉地拨动了琴弦。或许,再过一阵子就会彻底忘掉她,他等得起，不过又是一个十年而已，他又不是没等过。很难熬，可是，这不也熬过来了。

就在龙旬分神的时候，他的手机响了，狮虎山上所有社团成员、南中三年五班全体男生的手机都响了，是聊天室有新消息的提示。

宋妍拔河跌倒时满脸尘土、遍体鳞伤的照片被传到了聊天室里，整整三十张。

宋妍却没看到，她重新加入班级群的申请一直被拒绝，龙旬拒绝让宋妍接收到班级聊天室发出的任何消息。他还让白夜阻止照片的扩散，一旦发现立即删除，切断照片流传到其他班级的任何途径。然而龙旬和宋妍都不知道的是，即使聊天室还在，照片仍在上传，班级里却再也没有人浏览，甚至点开那些照片了。

傍晚六点钟，天色黑得像午夜一样凝重。寒凉的夜风吹开云层，露出了烛光般暖黄色的星星，让深秋夜晚的小巷，也跟着温暖了起来。

因为宋爸爸在电话里说要来接宋妍，还没到巷子口，宋妍就把龙旬撵走了。她真是受够了他路过巷口那栋白色二层小楼时的表情：低头臭脸，皱眉眯眼，仿佛那所废弃的兴趣班是地狱，会把他拖入万劫不复的深渊。

叮。微信的提示声拉回了宋妍的注意力。

白夜：今天的社团活动很愉快，谢谢。

宋妍看着手机屏幕弯起了眼睛，脑海中迅速铺满了一大片金色。

两个小时前，金色的余晖铺满了整个狮虎山，末日游戏社团的所有团员聚集在山顶，摘掉耳机，放下手机，一起围聚在篝火旁，烤着棉花糖，唱着歌。

龙旬终于不再执着于那首把他折磨成疯子的歌曲，而是随手在琴弦上滑出一串音符，让音乐自然地在指尖流淌。

一段又一段旋律从他的怀里洒出来，像潺潺溪水敲击鹅卵石，像阵阵秋风吹拂枫树林，它们披着阳光，映着火光，煨暖、焐热每一个人。

白夜也放下手中的素描本，和着节奏打着拍子。最开始他只是低声轻哼，等太阳完全落山、火光只能照亮脸庞时,他开始大声歌唱。

歌声温暖、柔软,就像浓密的天鹅绒。宋妍觉得自己像一只猫,被这熨帖人心的歌声从头一路抚摸到尾巴尖。

唱累了,大家就开始讲故事,像小孩子最常做的那样。每个人都双手抱腿,下巴枕在膝盖上,随着故事的跌宕起伏而惊奇、叹息、欢笑。

杜良看起来粗枝大叶,却是讲故事的好手,他讲的故事最多,也最受欢迎。惊悚、悬疑、爱情、传说全都信手拈来,每一个都是那么好玩。

宋妍印象最深的是他讲的最后一个故事,那是个童话,标准的迪士尼风格,里面有美丽的公主、英俊的王子、邪恶的巫婆。王子最后救出公主,和她结了婚,两人隐居在树林深处的小木屋里,养了一群猫狗,生了一堆孩子。

故事很老套,也很可爱。宋妍觉得耳熟,这让她想起很久以前的时光,那时她才六岁,梳着长发,身边有更会讲故事的妈妈。

宋妍猛地抖了一下,慌忙甩掉脑海中的回忆。巷子前方拖拉机般嘈杂的引擎声帮了忙,及时转移了她的注意力。不用走近确认,宋妍就知道那是宋爸爸的野马老爷车。野马?老马都比这破车强壮。看来老爸就在前面等自己。宋妍捂着耳朵一路小跑。

"嘎吱",一声让人牙疼的噪音后,车门打开了,宋爸爸标志性的将军肚先弹了两下。

"爸……"

宋妍的声音被又一声噪音掩住,另一边车门打开,一双笔直的长腿移出来,走过去,绕过车头,停在了宋爸爸的身边。

李阿姨……

尽管天已经黑透,宋妍还是一眼就认出了长腿的主人。她是宋爸爸书店的忠实顾客,十年如一日,每周都要来看书、买书,逢节假日还会拉上三五个好友一起过来团购。宋妍曾不止一次地想,如果没有李阿姨的照顾,老爸的书店早就关门大吉了。

第十章 她和她的猫

"李阿……"宋妍没能喊出"姨",因为,她看见李阿姨推了爸爸一下,就掉头跑开了。引擎终于不叫了,这时,宋妍听到另一种声音——女人的哭声,还有,心碎声。

手机的屏幕亮起,宋妍几乎是下意识按下通话键,举到耳边。

"宋妍,我是……"

"陆校长,您好。"即使屏幕显示的是一串陌生号码,宋妍也听出了电话那边就是北中的校长。

"好,我很好。"没自报家门就被认出来,陆校长很惊讶,一时间有点语无伦次,"你在南中过得怎么样,还好吗?"

宋妍没有立即回答,这太困难了。回答"不好",就说明自己很失败,南中很糟糕,金会长成功地打压到了她;回答"好",则简单得多,也轻松得多,因为,这是实话,是现状,她现在确实过得不错,不过,提问的人是她以前母校的校长。

"我……"

"我知道你过得不顺心,那可是南中,全市吊车尾的咸鱼,差生回收站。要我说,这种学校根本就没有存在的意义,早就应该废校,我们北中也好趁早……"似乎意识到自己说得太多了,陆校长停顿了一下,重新找回校长应有的谦逊,"我打电话来是想告诉你一个好消息。"

宋妍还沉浸在陆校长对南中的"客观评价"中,不知怎的,一团愤怒开始在心中缓慢闷烧,然后她就发现电话那头不同寻常的沉默,陆校长在等待她的询问。于是,宋妍深吸了一口气,压下怒火:"什么好消息,陆校长?"

还没开口公布消息,陆校长的笑声就传了过来。"经过我坚持不懈的努力,"陆校长顿了一下,以让宋妍体会到他为此付出的辛劳,"金会长的态度终于有所转变,虽然他还没有松口,但是根据我的判断,你重回北中已经指日可待,不出意外的话,应该在圣诞节后。"

圣诞节?今年的圣诞节?12月25日?三十天之后?

"谢——谢谢校长,再见。"陆校长刚想再说些什么,宋妍就按了通话结束键,

172

按得太久,手机直接关了机。

宋妍的大脑也关了机,震惊、难以置信、不舍、纠结……十几种情绪在脑海中接连飞过,就是没有喜悦这一种。

宋妍打开家门时,宋爸爸正埋头吃巧克力蛋糕。他表情呆滞,动作机械,似乎想用甜点淹没令他头疼的问题。直到宋妍把一杯温水塞到他手里,宋爸爸才回过神来:"呀!丫头,回来了,我刚才有点事儿耽搁了,忘记接你了。"

宋妍抿起嘴角慢慢地摇了摇头,表示没关系,之后便是漫长的沉默。

阿蒙从猫爬架上跳下来,走到宋妍面前,歪着脑袋蹭她的脚踝。

宋妍低头搔着阿蒙的耳背,余光瞄向了宋爸爸:"爸,你和李阿姨怎么了?"她的心情很复杂,眼下的情形更尴尬,她不知道这场对话会解决问题,还是制造出更多问题。

"没,没怎么啊!"宋爸爸的声音猛然间提高,手里端着的温水洒出了一半。

宋妍叹了口气,无奈,却又不得不开口:"我刚刚提到李阿姨时你的肩膀僵了一下,这表示你很紧张;我问你俩怎么了时你抱起双臂,这在心理学中表示肢体抗拒,也就是你不想谈这个话题;你回答'没怎么'时摸了下鼻子,这是皮诺基奥效应,人类的鼻子在撒谎时会因为血压增强而膨胀,从而引发鼻腔神经末梢刺痒……"

"我没撒谎。"宋爸爸又摸了下鼻子。

"你的袖口上有麻辣小龙虾的酱汁,鉴于你向来怕辣而且从不吃辣的体质和习惯,是李阿姨选择的餐厅。"宋妍抽出一张纸巾递给宋爸爸,他正在企图让阿蒙舔干净被弄脏的衣袖,"你和李阿姨怎么了?"

这个问题再度被摆在眼前,宋爸爸又从里到外被宋妍看了个透,他搔了搔浓密的自来卷,扭过脸含糊地说:"一起吃顿饭而已。"

173

第十章 她和她的猫

"吃到她推开你哭着跑开?"宋妍的眼神和语气让宋爸爸想到了刑侦剧,她是步步紧逼的警察,他是节节败退的罪犯。

"在我回答这个问题之前,我们应该先烧壶热水泡两大杯热巧克力,然后边喝边聊。今天的社团活动怎么样?"

"爸,你又来了,明明是我在问你欸,别让我担心了好不好。"硬的不行就来软的,宋妍故意拖长了尾音,开始施展撒娇大法,宋爸爸立即缴械。

"她想那个我不想那个然后她就那个了。"

"她想谈情你不说爱然后她就黯然离开了?"

宋妍的翻译信、达、雅,与事实只字不差,宋爸爸除了点头承认外别无他法。

宋妍打开燃气灶,亲自给宋爸爸冲了杯热巧克力,上面还撒了一层彩虹棉花糖:"李阿姨人很好,知性、温柔、漂亮。"

宋爸爸把嘴埋在杯口,声音在陶瓷杯里含糊冲撞:"她算漂亮吗?现在的人觉得这就惊艳了?我不知道,我有过老婆,被惯坏了。"

他伸手拿起餐桌旁的相框,用指尖最柔软的部分,抚摸着照片里宋妈妈的脸。从发际到眉眼再到鼻尖,最后停在嘴唇上,久久没有动,生怕弄疼了这个已经离开了他十年的爱人。

宋妍忽然喘不过气来,心又凉又疼,像是谁把一大捧冰碴揉进她的胸口。

这是十年来爸爸第一次主动、正式地谈起妈妈,他那样说出来,没有叹息,没有眼泪,那么自然,仿佛妈妈一直在他身边根本不曾离开过。

宋妍不知道该怎么处理眼前的情况。她一直以为"妈妈"这个词只会存在于梦境里、记忆中,再也不会出现在这个家的餐桌上,被爸爸或是自己提及。

"头几年,我还能清楚地回忆起关于你妈妈的一切。但这几年,尤其是你长大后,我开始会忘记一些小事,比如她做菜时先放鸡精还是先放盐,比如她喜欢牛肉煎成五分熟还是七分熟……"宋爸爸的声音因为回忆而变得遥远,"我有时候能想起来,有时候就不行。她已经越走越远了,我也开始慢慢遗忘,这种感觉糟透了,就好像我再一次失去她一样。"

看见宋爸爸眼圈泛红，宋妍突然很想钻进橱柜里，假装她还没有回家，没有说起李阿姨，更没有回忆起妈妈。

但假设和逃避都解决不了问题，只会让痛苦来得更加缓慢、剧烈。宋妍了解这种感觉，因为她经历过、痛过，至今仍在煎熬——从和爸爸约定忘记妈妈葬礼的那刻起，直至现在，整整十年。

关于妈妈，宋妍曾以为不谈及就不会疼，假装没事就会真的没事，但直到刚刚那一刻，她才发现自己错了。相比于她压抑的痛苦，爸爸更加痛苦，因为他心头压着双倍重量的巨石：想念亡妻，照顾女儿。

宋妍不想再看见爸爸在她面前嘻嘻哈哈，背地里却独自承担一切；不想再听到他开口闭口说"媳妇儿"，维持着妈妈还会回来的错觉。她已经长大了，可以照顾自己，爸爸也应该开始新的生活，拥有自己的人生。所以，她决定说出心里话，虽然这很难、很疼，但她必须说。

"爸，别等了，妈妈回不来了，她已经离开了。你不能一直停在原地，你应该试着和李阿姨交往，而不是沉溺在回忆中折磨自己，这对妈妈来说也是折磨。妈妈不在了，但我们还活着，我们必须向前看，向前走。"

宋爸爸怔住了，他手拿着宋妈妈的照片，眼睛看着宋妍，说不出话，更想不起从什么时候开始，自己信任倚靠的人，从妻子变成了女儿。

"我不配。"这三个字像是毒药，宋爸爸吐出来时满脸痛苦，"我讨厌现在的自己，又懒又胖，我都不爱我自己，又怎么能拖别人下水。"

宋妍坐到了宋爸爸的身边，双手拉着他的手臂，头枕着他宽厚的肩膀，声音坚定而又温暖："大脑是人体最精密的器官，而由它掌管的感情却总是复杂混乱，像谜语，像质数，难以理解又不可控制，谁也演算不出最后的结局。既然这样，那就不要想太多，直接去行动，走出去，直面它，去爱，去被爱，顺从本能，听从心声。"宋妍一口气说完这一大段话，眼睛发亮，脸颊通红。

"听从心声……"宋爸爸喃喃重复这几个字，有些怀疑，有些期待。

"对，勇敢前进，我永远支持你！"宋妍给了宋爸爸一个大大的熊抱，提前

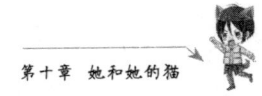

第十章 她和她的猫

送出了为他准备的生日礼物——健身俱乐部会员卡。

与温暖明亮的宋家截然相反，此刻的南中，又黑又冷。隔壁的北中，却有一间教室灯火通明，在黑夜中，像一只偷窥的眼睛。

"你今天看起来似乎很高兴。"男人摩挲着手腕上的佛珠，背对着陆校长。

"金会长终于松口了，圣诞节后宋妍就可以回到北中了。她可是北中的活招牌，明年的入学率，就靠她的中考成绩了。"

"明年整个南中都是你的了，"佛珠男停顿了一下，"前提是你要利用好宋妍这颗棋子，那些照片和宣传单力度不够，伤害不了她，更搞垮不了南中。"

"那两个小子太烦人，盯得太紧，我刚有动作，他们就有对策，事先预计的效果根本发挥不出来。"陆校长摘下眼镜，满脸嫌恶，"不过，我还有大招。"

佛珠男慢慢地转过身，双眼微微眯起，却没有发问。陆校长的故弄玄虚被这抹意味深长的笑容击个粉碎，连半分钟都没挨过，他就开口解释："网络，现在的学生不都爱上网吗，圣诞节那天，我会在网上送南中一份超级大礼。"

"别忘了我的礼物，"佛珠男拍了拍陆校长的肩膀，"教育局的副局长。"

躲在废弃教室下层的白夜通过窃听器听到了一切，每字每句都清清楚楚。

自从拔河比赛后，白夜和龙旬就分工合作，龙旬负责清理宣传单，白夜负责阻止照片扩散。除此之外，他还在执行一项秘密的任务——监视北中的陆校长。距离安装窃听器已经过去了一个半月，白夜终于等来了他亲口"认罪"。

那些恶意中伤宋妍的照片和宣传单果然是北中的陆校长在幕后操纵的！

但发现真相后白夜却愈发不安，陆校长提到的"大招"让他格外在意，这不仅关乎南中存亡，更关系到宋妍！

陆校长想对宋妍做什么？这个问题占据了白夜全部的思绪，以至于他忽略了另一件大事——宋妍要转回北中。

第十一章

超人与疯狗

第十一章 超人与疯狗

在周五的晚高峰，折腾了一个小时，宋爸爸才把宋妍护送到白夜家。

当白夜打开门时，宋爸爸一脸凝重。他牵起宋妍的指尖，放到白夜的掌心，紧紧攥住两人叠在一起的手，语重心长道："鹿眼男，我把闺女交给你了，好好照顾她。"

宋妍听了差点呕血："爸，我只是来给白夜过生日，两个小时后就回家了。"她不得不再次把事实告诉女儿奴一遍，省得他脑补过度，来的路上宋妍已经被念叨得头都大了。

"我知道，"宋爸爸一把搂住宋妍，"我知道这个世界上你最爱的男人是我，永远是我。"

"必需的。"宋妍连忙安抚情绪失控的宋爸爸。

白夜僵在门口，看着这幕"父女情深"的戏码，有点手足无措。

宋妍被宋爸爸死死箍在怀里，全身都动不了，只好勉强抬起半只胳膊，朝着太阳穴横起食指，绕圈，无声地告诉白夜"我爸忘记吃药了"。

白夜慢慢地点了下头，生硬地扯了一个微笑，表示不在意，宋妍立即回了一个笑容，因为被箍得难受看起来像在哭，让整个场面更加尴尬。手机铃声骤响，及时救了场，白夜和宋妍都松了一口气。

宋爸爸瞥了眼号码就直接挂掉了，含糊交代有朋友找他吃烧烤，匆忙跑上车打火开走，敏捷得根本不像一个胖子。

不是朋友，是女朋友。

宋妍无比确定。宋爸爸的心思太好读了，就像一本摊开的漫画，还是小孩子都能看懂的简笔画。

而且，人一旦动了心，手比脑快，嘴比心快，眼神比什么都快。

宋爸爸刚才的眼神，已经说明了一切。

宋妍笑着摇了下头，跟在白夜身后走进客厅，重新掂量起压在心底的三个烦恼，发现其中两个已经有了进展——爸爸主动去健身，被动和李阿姨交往，可是，宋妍的心还是沉甸甸的。

她在想着最后、也是最大的烦恼——要不要转回北中的事。

昨晚陆校长的那通电话让她彻夜难眠，明明是好消息，她却怎么也高兴不起来。一闭上眼睛，大脑就开始播放幻灯片，这两个多月来在南中的生活一格一格在她眼前回放：龙旬拉着她冲进校门，白夜闯进器材室救她，杜良请她吃包子，杨润叫她宋妍姐，大家一起冲刺期中考试，万圣节舞会，赛车，拔河……

宋妍着迷地回想着这些记忆，舍不得睁开眼。她忽然发现自己对南中的同学们，对这所学校有了依恋，她曾经以为，这种情绪只会出现在她的母校——北中。

离开北中才短短的七十天，宋妍却发生了巨大的变化：她的头发短了，身体强壮了，认识了新的朋友，学会了新的技能。

而在宋妍转到南中的这七十天里，男生们和南中也悄悄地变了：龙旬开始认真思考如何当一名合格的学生会会长，并为此付出努力、做出改变；白夜学会了展现自我；杜良尝试着独立解决问题；杨润终于用心交到了朋友……南中变得越来越友好、美好了。

发觉自己用这两个形容词来描绘现在的南中时，宋妍吓了一跳，一丝欣慰和惊喜偷偷爬上心尖，挂在嘴角，但紧接着愧疚和自责汹涌扑来。

北中是妈妈的母校，是她从小到大的梦想，自己怎么可以放弃梦想、背叛母校？

"又发呆？怪不得你光长心眼儿不长个儿！"龙旬双手插兜撞了下宋妍的肩

第十一章 超人与疯狗

膀，猫一般灵巧地从她身边溜走了。

"你还光长个儿不长脑呢！"回过神来的宋妍立即反击，却还是慢了半拍，只捕捉到了龙旬钻进饭厅的背影。

客厅里都是人，像挤满了沙丁鱼的罐头，吵得人头晕，还是饭厅清静。

龙旬拉出一把椅子倒坐在上面，下巴搁在椅背上看漫画书。

拜霉运体质所赐，龙旬从小就交不到什么朋友，没有人愿意和倒霉蛋儿为伍，除了杜良那个傻小子。而他又不想把霉运传染给杜良，所以，更多时候龙旬习惯当独行侠，和自己为伴。

他本不想来今晚的生日派对凑热闹，但是白夜亲自邀请，杜良也在一旁卖力帮腔，龙旬实在不好意思拒绝。而且，宋妍也会来。

客厅的欢闹声飘进了饭厅，龙旬正准备翻页的手停住了，他忽然发觉身边有点空，好像少了点什么。

宋妍不在。

意识到这一点后，龙旬拉起兜帽，遮住眼底的落寞。

不知道从什么时候起，他不再驱逐宋妍，而是想留她在身边，即使两人什么都不说。和宋妍在一起的龙旬，虽然总是冷着脸，但其实他心里很暖，很放松。在宋妍身边，龙旬总是很容易忘记，忘记糟糕的霉运体质，忘记总是让他操心的任性老妈，忘记他曾犯下的不可弥补的过错……

这种时不时从"自我"中抽离、解放的感觉太好了，舒服又自在，就像从波涛汹涌的大海驶入了安全港，龙旬几乎要上瘾了。

耳边的欢笑声愈发热闹，龙旬收起了漫画书。他想回到客厅，回到宋妍身边。

啪。

漫画书滑出口袋掉在了地上，压住了一只钱夹。

钱夹左下角有个"BY"的字母缩写，龙旬一眼就认了出来：白夜的钱夹。

这小子过生日嗨得晕头了，钱夹掉了都不知道。

龙旬暗暗吐槽，俯身拾起钱夹，动作太快太急，钱夹拿到手里时已经完全展开，像一本摊开的书。

龙旬刚准备合上钱夹还给白夜，眼睛就定住了，一张被精心塑封过的旧照片放在钱夹的左侧——最显眼的位置上。照片上三个小孩子并排站在一起，头挤着头，肩挨着肩，亲密得就像连体婴儿。他们身后是一栋雪白的二层小楼，崭新的牌匾上写着一行字——彩虹儿童兴趣班。

龙旬突然觉得很渴，仿佛体内的水分被瞬间榨干。他冲到洗手池直接把嘴对准水龙头，拧开，哗哗哗，大口大口地灌着生水，浓眉纠成一团，好像咽下去的，是一嘴又一嘴的碎玻璃。

"白夜？"杜良的脑袋探了进来，看见龙旬后立即粘了过去，"白夜在哪儿？老大，你看见他没？"

龙旬没吭声，捋了一下湿淋淋的头发低头走出饭厅。

"你在哭吗？"瞥见龙旬满脸是水，杜良小声地询问，却只得到了重重的一拳，"好吧，我活该。"他捂着肚子去追龙旬。

饭厅里空荡荡的，龙旬和杜良都走了，只有白夜的钱夹安静地躺在餐桌上，跟五分钟前一样。除了，里面的照片不见了。

正午的阳光越过玻璃，雨水似的倾倒在白夜的头发上。他安静地坐在教室里，手捧着一只相框，摩挲了一遍又一遍，贪婪而又珍惜地吸着楠木散发的淡淡清香。

这是他昨天收到的生日礼物，宋妍送的。她亲自挑选的木料和样式，亲手制作、打磨，相框背面还贴心地刻上了白夜的名字。

白夜的指尖从楠木花边移到正中间的玻璃上，滞住了。

玻璃清晰地映出他青黑的眼圈、失神的双眼，除此之外，再无其他。就和他口袋里的钱夹左侧一样，空荡荡的。

没有照片的相框和没有照片的钱夹，现在的白夜已经分辨不出哪样东西更可

第十一章 超人与疯狗

怜了。

昨晚的生日派对，他本来很高兴，因为末日游戏社团的团员全部到场，给他庆祝生日。每个人都送了礼物和祝福，真心实意，他看得出来。

直到派对结束后，他才发现自己落在饭厅的钱夹，孤零零地躺在那儿，像是被遗弃了。

一种不好的预感在心底悄悄攀升，白夜屏住呼吸，缓缓展开钱夹，第一秒就戳中那块刺眼的空白——照片不见了。

白夜把手指伸进钱夹左侧的夹层里，用来固定照片的不干胶还黏黏的，这显然不是他不小心弄丢了照片，而是被人刻意取走了。

钱和卡倒是一张没少，不过，他根本不在乎，他宁愿对方拿走所有钱，或者是干脆拿走整只钱夹，只要，把照片留下。

可是现实却恰恰相反。

白夜盯着空掉的夹层，脑袋因为睡眠不足有些昏沉，脑海里一直重复着同一个问题：为什么会有人去偷一张十年前的旧照片？那只是三个小孩儿的合影，没有任何特别之处，根本不值得偷。

照片这种东西就是如此，外人看来毫无价值，本人却觉得意义非凡，甚至视若珍宝，比如白夜。那张旧照片封存着他的童年，记录着他最快乐最美好的时光，是蝙蝠侠和神奇女侠。等等，照片上不只他一个人，该不会……

白夜摇了摇头，这个想法太疯狂了，他竟然怀疑照片是被合影中的另一个人拿走了——神奇女侠。

不可能。

如果宋妍捡到钱夹，看见照片，回想起了一切，按照她的性格，她会直接来找他，当面询问，而不是偷偷拿走，装作什么都不知道。

白夜望着窗外的操场，宋妍正在跑道上跑步。二十分钟前，她还问自己要不要一起去食堂吃饭，同往常一样，没有丝毫异常。

白夜本想在圣诞节当天把这张照片送给宋妍，亲口告诉她十年前那场大火的真相，向她忏悔、道歉，可是没想到……

看着没有照片的钱夹，白夜心里五味杂陈。

如果不曾见过太阳，他本可以忍受黑暗。可是见到了，错过了，又遇见，他根本不可能再回到黑暗之中。

照片的意外丢失让他惶恐不安，他怕这是一个预兆，很坏很坏的那种。他怕这是上帝在暗示这段友情根本不属于他，他不配，所以，上帝才再一次把它收回。

他想到了《白夜行》，想到了书中沉默内向的少年和从容冷静的少女。他们为了保护彼此，整整十五年避而不见，一个编织着无光的黑夜，一个追逐着虚构的太阳，直至最后。

他和她就像一枚硬币的两面，明明靠得那么近，却永远也不能触碰到彼此。

白夜的心猛地一缩，重重跌了下去，一直跌，一直跌。

夜色拉起了帷幔，一弯月牙钩在夜空中，细得几乎看不见，乌云铺天盖地，大肆啃噬着这唯一的光亮。

宋妍独自一人走出校门。她刚才被洛老师留在办公室，以女生晚餐之名讨论平安夜举办社团会演的事。平安夜……宋妍一听到这三个字就没了食欲，嘴里的盐酥鸡顿时又干又苦，难以下咽。

宋妈妈在平安夜去世，圣诞节出殡，所以，宋妍从来不过圣诞节。这个全世界人类欢笑团圆的节日，却偏偏连着亲人的忌日，每一年的圣诞节对宋妍而言都是"圣诞劫"。

而今年……

宋妍抬头看着黑压压的天空，叹了口气。今年的圣诞节又碰上文艺会演，不但每个社团都要出节目上台表演，洛老师还请到了在电视台当记者的大学同学全程跟拍，平安夜当晚在网络上现场直播。

第十一章 超人与疯狗

　　洛老师激动地宣称这是改变南中形象的大好机会，必须好好表现，展示出南中学生的活力和风貌。原本兴致不高的宋妍也逐渐被洛老师的兴奋感染，变得热血沸腾。可是一想到圣诞节后自己可能会离开南中，回到北中，满腔的热血就瞬间冷了下来。

　　轰隆，远处的天际传来的一声闷雷打断了思绪，宋妍紧了紧校服外套，加快了脚步。

　　天气预报说今晚有暴雨，她被社团汇演的事分了神，把雨伞落在了洛老师的办公桌上。

　　雷声又响了两声，越来越近。

　　只犹豫了一秒，宋妍就离开大道钻进小巷。她可不想被雨淋湿再感冒，马上就要汇演了，她没时间生病，必须抄近道在下雨前赶回家。

　　小巷里路灯昏暗，人烟稀少，只有偶尔的狗叫声和饭菜香证明这里还有人居住。

　　手机震动了一下，宋爸爸发来微信，说正在和朋友看电影，晚点回家，让宋妍锁好门，不用等他。和女朋友看电影，让女儿守空房。宋妍边回复"知道"，边吐槽，刚按下发送键，手机就黑屏关机了。

　　"站住！"一声比闷雷还响的嚎叫在她身后炸起。

　　宋妍吓了一跳，差点把手机扔到地上，她定了定神，缓缓转过身。

　　程田！！！

　　看着面前凶神恶煞的"疯狗"，宋妍暗叫糟糕，瞧他这副要咬人的架势，准是把被重点高中拒绝的事赖在了她的头上，来找她算帐。

　　宋妍紧攥着没电的手机，大脑快速思考着对策。

　　逃跑？经过龙旬的特训后她虽然跑快了很多，但肯定快不过体育生；打跑他？呵，自己这副小鸡崽身板，被打跑还差不多。

　　"你找错人了。"眼看着程田步步逼近，宋妍赶紧调出最冷静的语气和表情，试图撇清关系，这个黑锅，她不背，"你进不了重点高中是严副校长的决定，与我无关。"

"就是你的错,就和你有关。"程田的嘴角用力向后咧,牙齿全部露出,眼神疯狂,仿佛随时准备咬人。

完了,疯狗听不懂人话,不吃这一套,他认准了是自己破坏了他的计划,害他没赢得拔河比赛,没直升重点高中。

宋妍立即放弃和程田讲道理,她退后一步,决定直接亮筹码。

"你让我安全到家,我就当作什么事都没发生过,还会求我爸给重点高中的严副校长打电话,他们是多年的战友,严副校长一定会买我爸的面子,让你去重点高中。"宋妍的声音十分冷静,完全正常,就像玻璃一样无色透明。

但她的胃部正在泛酸,因为这句话三分之二都是假话。爸爸确实和严副校长是战友,但他根本不会打电话,严副校长也绝对不会妥协。这段话完全是缓兵之计,为了糊弄程田,好让自己脱身。

宋妍盯着程田,眼睛一眨不眨,寻找着他意识松动的蛛丝马迹。

"没用!"程田突然咆哮了一声,又一个闷雷在宋妍头顶炸响,"金会长还是他的妹夫呢,都没说动他,你爸算什么东西,呸!"

最后一句话彻底惹恼了宋妍,怒火顺着血管烧遍全身,她整个人都沸腾了,像是暴怒的红巨人。

什么理智,什么冷静,什么缓兵之计……统统见鬼去吧!侮辱老爸,不能忍!

宋妍双眼通红,咬紧下颚埋头向前冲,如同一头愤怒的公牛。

咔嚓!

一道闪电在小巷上空划过,瞬间爆发出耀眼的白光,雷声轰隆作响,近得像用拳头在捶打胸膛。

宋妍突然趔趄了一下,一脚踏空。在她意识到自己要摔倒并来不及做任何保护措施时,一只手抓住了她。事后,宋妍不停地回想着这个细节,究竟需要多快的速度、多敏锐的观察力,才能做到这一点。

龙旬一把捞住宋妍,想都没想就把护她在身后,仿佛自己是一块人肉盾牌。

第十一章 超人与疯狗

"你可真有胆子啊！"程田的声音割得宋妍耳朵疼。

"我有。"龙旬双臂展开，站定，用余光瞄向宋妍，做了一个退后的手势。

宋妍看起来似乎被眼前的情景吓住了，但她点点头，迅速转身，朝一家二十四小时营业的便利店跑去——不能成为龙旬的负担，她要帮助他，她要打公用电话报警。

看宋妍进了便利店，龙旬才向前迈了一步，歪着头，极轻声地说了一句："程田。"然后举起手机，亮出一段视频和一串电话号码。

捕捉到程田因为震惊而骤然缩小的瞳孔，龙旬笑了一下，笑容又轻又浅，却充满了危险、威胁和自信。

"我知道你爸的电话号码、公司地址还有你家的门牌号码。"他轻声说，"我可以毁了你，毁了你们全家。"

"你……"仿佛被龙旬的话刺中，程田脸色惨白。即使是他那颗空荡荡的脑袋，也能想到爸爸看到这段拔河视频的后果。程信达一直想让儿子凭借自己的才能进入重点高中，是值得父亲骄傲的体育才能，而不是让他抬不起头、颜面尽失的无赖才能。

一个 CEO 如果连自己的儿子都教育不好，又凭什么能让员工追随、让合作伙伴信任？事情虽小，但它所能引发的蝴蝶效应却巨大得骇人。

程田的脑子已经被爸爸发现视频、了解真相的可怕情景占满，完全呆掉，说不出话来。

龙旬又近了半步，在程田耳边打了个响指："你是疯狗没错，可是，我比你更疯、更坏，你惹错人了。"

程田坚持了整整十秒钟，然后像蛋壳一般破裂开来，他的肩膀垮了下去。

龙旬暗自松了口气，他赌对了。他料到程田被重点高中拒收后一定不甘心，会再来找麻烦，便事先做足了功课，找准程田的软肋。

今天放学后，他故意没等宋妍，没送她回家，就是想引出程田，铲除后患，护宋妍周全。

如果说以前保护宋妍只是出于朋友间的关心，从捡起白夜钱夹的那一刻，一切都变了。宋妍，这个名字对龙旬而言再也不是同学、朋友，而是羁绊，是命运。

"啊！"

程田突然大叫了一声，疯子般地冲向前，抓住龙旬的肩膀，猛地用额头砸向他的脸。

警铃声在巷子口响起时，龙旬已经倒在了地上。宋妍用最快的速度奔向他。

又一阵闪电掠过，她终于赶到了龙旬的身边——龙旬双眼紧闭，满脸是血，在闪电短暂而又耀眼的光芒中，他的皮肤青白，鲜血淋漓。宋妍忽然觉得自己空了，仿佛五脏六腑被拽出了胸腔，被践踏、撕碎。

"去医院！"白夜和白爸爸也赶了过来，宋妍本想恳求，出口的却是一句怒吼。

龙旬眉头微皱，悄悄伸出手，狠狠地捏了下宋妍的虎口，又抓住她的手腕使劲向下压。

"我太紧张了，都忘记已经叫了救护车，你们先送程田去医院吧，他可比龙旬难搞得多。"宋妍指着不远处同样躺在地上的程田。

白爸爸犹豫了片刻，转头看向白夜，白夜看着宋妍，宋妍眨了下眼睛，白夜立即开口："爸，先送程田，要不然他家事后会闹翻警察局，他爸是程信达。"

"好。"白爸爸转身跑向程田，白夜轻轻地向宋妍点了下头，也跑去帮忙。

警车呼啸着离开，小巷再度恢复了平静。

龙旬一个鲤鱼打挺，利落地站起身，拍去身上的尘土。除却满脸是血，丝毫看不出是个即将被送去医院的伤员。

"这到底是怎么回事？"宋妍再也忍不住，把心中的疑惑、担心、恐惧、愤怒统统抛向龙旬。刚才他那一捏一压，分明是告诉她先搞走程田，再搞走警车，宋妍才临时撒谎，要不是白夜在旁及时掩护，她早就露馅了。

第十一章 超人与疯狗

"没事。"龙旬撩起校服下摆擦脸,"我不想去医院,更不想去警察局。"

"可是,我刚才明明看见……"宋妍看着眼前行动自如的龙旬,难以置信。

刚才,她明明看见程田用前额砸向龙旬的脸,她本以为龙旬会被砸得向后跌倒,鼻梁歪掉,但程田却抢先向后倒去,等警车赶来时,龙旬才慢悠悠地摔倒。现在回想起来,那根本算不上摔,而是向后躺,像要躺下去睡上一觉。

"这血不是我的。"怕宋妍看不清,龙旬把头凑到她面前,他的脸上白净光滑,没有一丝伤口,"程田想用额头撞碎我的鼻梁,但在他起了这个念头的瞬间,我已经低头撞了过去,速度更快,力量更大。所以,是我的额头先撞到了他的鼻梁,这些血都是他的。不过以他的智商,应该想不明白这一切到底是怎么回事,毕竟,你都糊涂了。"

"我不是糊涂,我是……"

"是什么?"

"没什么。"宋妍摆了摆手,扭过头不去看龙旬,更不打算把"我是在担心你"这句话完整地说出口。回想起刚才发现他晕倒时自己的疯狂和失态,她觉得难为情极了:向来理智谨慎的她竟然会上当,以为他真的出事了;而她居然会为此崩溃,心疼得好像要死掉了……

这个冰山脸大反派什么时候逆袭成男一号,变得对自己这么重要了?

宋妍用脚尖蹭着地上龙旬的影子,费解又茫然。

"走吧,我送你回家。"龙旬不容分说伸出右手,拉起正在发呆的宋妍向巷口走,他的左手插在口袋里,掌心紧贴着一张旧照片。

雷声已经消退,闪电也不见踪迹,宋妍最最担心的暴雨根本没有来,月牙重新露出了笑脸,映着她此时的笑眼。

白夜和白爸爸把程田送到医院后,通知了程信达。程田醒来后立即想起了龙旬的威胁，看见老爸站在身旁，他马上长出了一个大脑，说自己在巷子口遇到了小混混，他们要抢钱包，自己奋力抵抗，但对方人多势众，幸好遇到正穿过小巷的白夜父子俩，被他们送到了医院。

见程田完全不提他去找宋妍麻烦被龙旬威胁的真相，白夜冲白爸爸点了下头，白爸爸立刻心领神会：把这起打架斗殴事件粉饰成意外抢劫要简单得多，也容易处理得多，不但龙旬和警局会逃过一劫，白夜也不会因此受到牵连。

这绝对是最佳解决方案。

白爸爸也开了口，证明事实就像程田描述得那样。

程信达向医生确认程田的伤势并无大碍后，赶忙向白爸爸和白夜道谢，不容分说地要请他们吃饭。白家父子根本不想跟这个理川市手眼通天的头号企业家扯上丝毫关联，便默契地以家中有悍妻、虎妈为由，谢绝邀请。

程信达深有感触地"哦"了一声，同时送上一个"我懂"的眼神，亲自护送白家父子走出医院，上车离开。

"那小子挺有两下子的，揍了程信达的儿子还能全身而退，他手里肯定有程田的把柄，程田才吓得不敢和他爸说实话。"白爸爸熟练地单手打着方向盘，"他是你朋友？"

"对。"白夜不假思索地点头承认，尽管白爸爸根本没提龙旬的名字。但是拔河比赛后，白夜就把龙旬看成了朋友，因为他看得出龙旬对宋妍的态度变化——龙旬不再绞尽脑汁地逼宋妍退学，而是真心实意地关心她。

程田的事圆满地解决了，龙旬和宋妍都没受牵连，而且从宋妍故意支开自己和爸爸的表现来看，龙旬应该只是在装晕。白夜长舒了一口气，紧绷的神经直到此时才放松了下来，他把头仰向颈枕，闭眼休息。

就像平日放松时那样，他的思绪又绕到宋妍的身上。一想到宋妍遇到危险时第一个找的人是自己，白夜就禁不住翘起了嘴角，心中又软又甜。

宋妍只给他打电话请求援助，这证明她信任他，并且，依赖他。

白夜一遍遍地在脑海中回放着宋妍看见他时如释重负、几乎飞奔过来的动作

第十一章 超人与疯狗

和神情，忽然想知道她现在到家了吗，吃没吃晚饭。还有点想知道，她是否也会带着甜意想起他……

嘴边的笑意开得正盛，另一幅画面突然挤进了白夜的大脑：龙旬躺在地上紧闭双眼，谁都没有看，但却轻易地夺走了所有人的注意力，尤其是宋妍。

宋妍看着龙旬，眼睛好像钉在了他的脸上，充满了被夺走一切的惶恐和绝望。那样的眼神，从来没有出现在自己身上过。

白夜睁开眼，不愿再想了，一厢情愿的臆想最让人落寞和尴尬，尤其里面还掺杂着几许嫉妒，他不想承认自己在嫉妒龙旬。

叮铃铃……

龙旬的头像出现在手机屏幕上，闪个不停，在昏暗的车厢里，刺得白夜睁不开眼。

"宋妍到家了，我送她回的家。"

听着龙旬在向自己报平安，白夜一时间竟不知道如何回应，他总觉得龙旬的语气不善，有炫耀和警告的意味。

"喔。"十秒钟后，白夜才回了一声。

"明天是周末，出来一下吧，我有事问你。"

"我明天有事。"白夜立即拒绝了龙旬，说完才发现自己撒了谎，他明天根本没事。

"你丢了东西，"龙旬的声音愈发冰冷，"被我捡到了。"

照片！白夜立即抓紧手机，是龙旬拿走了照片！

"你为什么……"问题刚开了个头，龙旬就挂断了电话。白夜握着手机，瘫倒在后座上，他全都想明白了。

那张十年前的旧照片，不仅仅封存着他的童年，记录着他和宋妍初识的美好回忆，照片上还有第三个人，他一直忽略的正义联盟的另一个伙伴——超人。

龙旬就是当年的超人。

第十二章

幻想中的朋友

第十二章 幻想中的朋友

十一月底的理川,已经有了初冬的寒意。走出小区门口,龙旬打了个冷战。

和白夜约好一点钟见面,龙旬提前半个小时就赶到了南中附近的咖啡店。走进旋转门,他就瞧见了坐在落地窗边正在看书的白夜。

"你变化挺大的。"龙旬走了过去,拉出椅子坐在白夜的对面,眼睛在旧照片和白夜之间不停徘徊。

"你也是,我根本没认出来你。"白夜把双手攥成拳头放在桌下,竭力抑制着想从龙旬手里抢回照片的冲动。相较于看到宋妍的第一眼就认出她是当年的神奇女侠,白夜对龙旬毫无印象,即使龙旬穿上超人的制服站在他面前,白夜也无法把照片上那个长着苹果脸、满眼稚气的小男孩和眼前棱角分明、清瘦冷峻的少年联系在一起。

超人制服……白夜苦笑。万圣节舞会上,龙旬就打扮成了超人,而自己当时只顾着让宋妍回忆起当年的蝙蝠侠,竟忽略了这么重要的细节。其实早在那时,正义联盟就已重聚,神奇女侠、蝙蝠侠、超人时隔十年再次相聚,却互不相识。

"我们都没认出对方。"龙旬点了一杯黑咖啡,他喝了一口,压下满腹的心事,眉头微皱。十年前的白夜,只是个爱哭鼻子喜欢黏在他和宋妍身后的小尾巴;十年后,他居然成了宋妍的守护者,而自己,却躲在幕后算计宋妍,逼她退学……龙旬把剩下的黑咖啡都倒进喉咙,试图冲淡心底泛出的苦涩。

"你是认出了宋妍后才改变态度,不再欺负她,驱逐她的吧?"看着龙旬黯淡的眸色，白夜读出了其中的悔恨和愧疚，也想通了他为什么不再针对宋妍，而是开始关心她、保护她。

龙旬摇了摇头，他没认出宋妍，他对宋妍态度的转变也不是因为十年前的友情。实际上，直到捡起白夜的钱夹、看到那张旧照片，龙旬的回忆才开始破土解冻。那一刻，被他藏在心底最深处的小女孩才慢慢地向他走来，边走边长大，等她停下脚步站在他面前喊他"超人"时，回忆中的小女孩和宋妍重合在了一起，他才发现自己等了十年的人，正是宋妍。

"她……"见龙旬凝视着空掉的杯子久久不说话，白夜挣扎了一分钟才开口问出已经憋了一夜的问题，"她认出你了吗？"

龙旬没回答，头垂得更低了些。他知道宋妍没认出白夜，他最开始怀疑白夜接近宋妍的动机时就再三试探、确认过；他也知道白夜为什么不直接向宋妍挑明身份，而是选择默默在一旁保护她。当年，白夜对宋妍做出那样的事，怎么可能有脸主动提及。想到十年前在南中楼顶发生的那一幕：熊熊燃烧的大火，白夜仓皇逃跑的背影。龙旬冷哼了一声，摇头："她也没认出我。"

昨晚送宋妍回家的路上，龙旬曾试探着问起十年前的往事。

"你记得十年前的平安夜吗？那一年南中教学楼失火了，烧了整整一夜，全理川市都在报道那场大火。"

"你刚才假摔摔坏脑子了吧？南中的教学楼不是好好的？在我的印象中，南中一直用的是那栋教学楼。"

不！那是新的，大火后重新盖的，大概时间太久，她忘记了，应该问她更有标志性的问题。

"你家附近有个废弃的白色二层小楼，你知道吗？"

"彩虹儿童兴趣班？"

"对！"龙旬激动地抓起宋妍的肩膀，他知道她一定会记得它。

"我六岁那年它突然间关闭了，真遗憾，我原本还打算去那里学钢琴的。"

龙旬刚刚绽放的笑容僵在了脸上，像是头被压在水底无法呼吸一样，绝望瞬

第十二章 幻想中的朋友

间灌满全身。她不记得了，完全，不记得。

直到来见白夜前，龙旬还在想是不是自己认错了人。当年的神奇女侠根本不是宋妍，又或者，抱流浪猫的小女孩根本不存在，只是孤独的他幻想出来的朋友。

"这事不太对。"白夜严肃的语气唤回了龙旬的思绪，"从目前的情况来看，宋妍不仅不记得我们，也不记得兴趣班。"

"更不记得那场大火，和你做过的蠢事。"龙旬说这句话时直直地看着白夜，眼中充满了轻蔑和谴责。

"我会认罪，也会向她道歉，在弄清宋妍为什么会变成现在这样之后。"白夜回视龙旬，目光坦诚。他躲了十年，够了，是时候站出来承认罪过，直面真相了。

龙旬别过脸看向窗外，觉得白夜的话过于夸张。他确实做错了，但并没有犯罪更不至于去认罪。与白夜相比，自己才是罪魁祸首，是潜逃了十年的"罪犯"。

"你想怎么办？"认出白夜后，龙旬脑海中涌出的第一个念头就是揍他一顿，从看到照片的那一刻起，这个想法一直持续到现在，但眼下，宋妍的事更要紧。

白夜点开手机相册，翻出一张照片："这个人是我爸他们局里特聘的心理医生，特级心理咨询师，我觉得她应该能帮我们了解宋妍的问题所在。"

"走，去找她。"

"等等……"白夜叫住了已经走到门口的龙旬。

"见心理医生是要预约的，而且，我还没和我爸打招呼呢，我们先去北中。"

"北中？"龙旬看着白夜背起双肩包，完全不知道他要干什么。

"我找到发照片和贴传单的幕后真凶了。"白夜拍了拍背后的双肩包，"我带你去看证据，顺便，把装备升下级迎接圣诞节。"

龙旬和白夜翻墙跳进北中的同时，宋妍正被小艾强行绑去电影院。

"我今天真的不想看电影。"宋妍抓着电影院门口的柱子奋力抵抗，宁死不从，却还是在三分钟后被小艾拦腰抱起，直接搬到了放映厅。

"别想那些破事儿了，好好看电影，放松一下。"为了防止宋妍临场逃跑，小艾吃爆米花的同时，把整条腿压在了宋妍身上，充当安全带绑住宋妍。

宋妍无奈，只好放弃挣扎，任凭宰割。

全场灯光熄灭，环形巨幕亮起，电影正式开演。

坐在宋妍身边的小艾一口爆米花，一口饮料，配合着电影里的笑点咀嚼吞咽；前排的小情侣就比较没有素质，女的一直在玩微信，用语音聊天，声音大得盖过了演员的台词，男的不甘心被晾在一旁，紧贴在女的耳边剧透；宋妍后座的熊孩子更是闹腾，电影里一有动作戏，他就跟着比画，在座椅上拳打脚踢。

纵观整个放映厅，所有观众都很忙，忙着看电影，忙着玩手机，忙着谈恋爱，忙着睡觉……只有宋妍一个人无所事事。

虽然小艾特意选了刺激热闹又搞笑的动作喜剧片，但宋妍却提不起一点兴趣，她满脑袋都是社团文艺会演的事——调查团员特长、量身定制节目、寻找排练场地、准备服装道具。好不容易理顺了思绪给大脑腾出了一点地方，陆校长的脸又挤了进来，早上他又打电话送来"好消息"：金会长正式同意宋妍转回北中，并亲口定下了日期——12月26号，圣诞节过后的第一天。

我还在考虑呢！宋妍本想在电话里这么回复陆校长。相比于金会长的"特赦"，自己的意见才是最重要最关键的吧，毕竟，这是她的学业和人生。可陆校长不等宋妍开口就挂断电话，仿佛他和金会长已经做出了决定，只是通知宋妍结果而已，就像三个月前他们通知她退学一样。

"我的人生应该我自己做主啊！"

宋妍情不自禁地喊出了这句话，顿时觉得眼前一片光明，半分钟后她才发现，原来是电影结束重新亮灯了。

"啊！我刚才去卫生间把手机落在洗手台了。"小艾摸着空空的衣袋惊呼，"可是片尾还有彩蛋啊！我就是为了这个彩蛋才来看电影的。"她指着大屏幕急得直跳脚。

第十二章 幻想中的朋友

"别急,我去帮你拿。"宋妍赶忙起身小跑着冲出放映厅,穿梭在人群中的身影灵巧得像一尾小金鱼。

从洗手间回来时,整个放映厅只剩下小艾,宋妍空着手,撇嘴:"没找到。"

"喔,我找到了。"小艾如释重负地举起手机,"被压在棒球帽下面了。"

"那就好,我们去吃饭吧,"宋妍亲密地勾起小艾的胳膊,帮她戴好帽子,"我快饿死了,我想吃部队火锅和辣炒年糕,你想当伴娘吗?"

"我觉得我更适合当伴郎吧,就是不知道你爸会不会同意。"

"我爸果然在电影结束时向李阿姨求婚了?"

"是李阿姨向他求的婚,不是!我什么都不知道!"小艾慌忙摆手否认。

宋妍低着头,刘海遮住了眼睛,看不出是什么表情,过了好一会儿,她才开口:"以理性自居的人类随时可能陷入非理性、无意识的深渊,不可察、不可知、不可控才是内心世界的原貌。人在无意识的情况下说的话,通常都是真话。"

小艾一把薅下棒球帽扔在了地下,又急又气——这一次宋妍不仅看破了她的谎话,还设局套出了她的实话。

"三分钟前电影院门口就传来了拖拉机发动时的噪音,鉴于《交通安全法》禁止拖拉机在市区通行的规定,我肯定那是我爸的那辆老野马。"宋妍弯腰捡起地上的一朵玫瑰花瓣,"放映厅里满地都是花瓣和彩纸屑,棚顶上还有心形的粉红色气球,印着S&L——宋和李的首字母,这些都是求婚时的必备元素。"

"好吧好吧,你又赢了,随你处置。"小艾大剌剌地把头伸到宋妍的手边,等着被收拾。她确实骗了宋妍,电影散场观众起立时,她以为自己比近视的宋妍先看到宋爸爸和李阿姨,就以手机落在洗手间为由支走宋妍,让她错过这场电影院里的尴尬相遇。但她又一次忘记了宋妍敏锐的观察力以及学霸级别的高智商,就算再借给她一个大脑,她也不会想到宋妍会利用"无意识"这招让她和盘托出。

"十年了,是时候前进了。"出乎小艾的意料,宋妍语气平淡如常,根本没有她想象中的怒气、怨气和杀气,仿佛要再婚给她娶个后妈的,是别人的爸爸。

"他幸福就好,这样我就放心了。"宋妍捡起帽子,重新替小艾戴好,牵着她的手走出了放映厅。

我妈也该放心了。这句话她没有说出声,但她相信妈妈一定听得到。

时间真是个奇怪的东西,越是忙碌越觉得它不够用。现在的白夜就面临这样的处境,他忙着准备文艺会演的节目,每天都在挤时间、赶进度。而越临近圣诞节,他就越不安,陆校长那句"圣诞节那天,我会在网上送南中一份超级大礼"像一把尖刀悬在他的头顶上,每过去一天,就下降一寸。现在,他几乎感觉到刀尖已经穿过头发、紧贴着头皮,眨一下眼,刀就会刺下去。

白夜倒不怕自己受伤,他在为宋妍担心。

这半个月,他和龙旬将那几段在北中偷录下的对话反复听了好多遍,一致认为陆校长要以宋妍为切入点,对南中下手。虽然他们还没有查出陆校长要如何下手,可无论他做什么,宋妍都会是牺牲品。这个事实像冰锥扎进了白夜的心底,让他又疼又冷,一阵寒风吹过,他不由得缩起脖子,加快了脚步。

离圣诞节还有一个星期,大街小巷却早早地挂上了彩灯和雪花,到处都是高得吓人的圣诞树和戴着假胡子的圣诞老人。

有心事的人,看到的景色也是黯的、灰的。白夜紧了紧灰蓝色的围巾,走进在这个多事的初冬中唯一能给他带来安宁的地方——教堂。

开心的事可以和朋友说,伤心的事可以向树洞讲,但做错的事……只能向上帝和神父告解。

白夜坐在告解室里,沉默地低着头,手指不停地绞着围巾下摆的流苏。

身旁的小窗发出被拉开的微弱声响,白夜怔了一下,手指突然僵住。

"我要告解。"白夜抢在神父说话之前开口,他怕再多等一秒,自己就会转身逃跑,像前十三次那样。

"十年前的那场大火之后,我就再也没有见到过她,我一直在找她,却一直

第十二章 幻想中的朋友

找不到她。我不知道她的名字，不知道她住在哪，只知道她叫神奇女侠，但那是漫画中的人，是假的。而她，看得见、摸得着，是拉过钩要守护一辈子的朋友。"

白夜猛地吸了一口气，才攒足力气继续说下去。

"直到三个月前，我听说北中的学生会会长因为见义勇为被开除，被迫转到全是男生的南中上学，南中的贴吧还有人爆出了照片。虽然照得很模糊，但我觉得就是她，她还是和十年前一样，喜欢帮助弱小、打抱不平，就像个女侠，真实世界中的神奇女侠。所以，我也和她同一天转到了南中。"

一阵漫长的沉默，神父几次想开口打破平静，但瞥见白夜眼底的坚定后，他止住了。

"见面的第一眼我就认出了她，但她根本不记得我，即使一天有八个小时我们都在一起，中间只隔着一个走道的距离……也许这就是上帝对我懦弱自私的惩罚，我活该。只是，一切由我来承担就好，不应该再让她受到伤害。不能因为十年前我犯下的错误，害得十年后的她成为权力的牺牲品！绝对不可以！"白夜攥紧了拳头，一连串裹挟着怒火的话语喷涌而出，就像伤口里喷出的血。

"我的孩子，上帝保佑你，你是不是看见了什么……"神父谨慎地挑选着措辞，"有悖道德伦理的事？"

白夜僵了一下，抱起身体蜷缩在椅子里，双手捂住眼睛，像个无助的小孩。

一分钟，两分钟……十分钟后他才嗫嚅道，似乎怕说得太大声就会再次失去她一样："这一次，我不会再抛下她。"他的声音带着怒吼过的嘶哑，"绝对不会！"

白夜的手机无人接听，宋妍的手机关机，龙旬看着手中刚刚完成的歌曲，忽然觉得前所未有的孤寂。这首用了一百五十天才写好的歌是写给童年的，可是童年中最重要的两个人却都不在身边，不能分享。

龙旬有点难受，有点累，他倚着墙慢慢下滑，滑坐在地板上。手里还紧紧捏着那张曲谱不放,就像绝望之人攥着仅存的希望。

曲谱很乱,被涂抹修改过无数遍。数字覆盖着数字,符号推搡着符号,就像一篇写满了暗语的秘信,只有同类才能读懂。尽管这首歌只有旋律没有歌词,但龙旬相信,他们如果听到了一定会懂,至少,宋妍会懂。

大片大片的阳光透过落地窗淌进来,为卧室涂上了一层金黄色的蜂蜜。阳光漫过地板,覆在墙角的吉他上,让原本是日落色的琴箱,散发出朝阳初升的蓬勃。

似乎被这股生命力所感染,龙旬伸手抱起吉他,轻轻拨动,一连串音符缓缓流淌,安逸而柔美,像抱着蜜罐打盹儿的猫咪。阳光包裹着音乐洒落在房间各个角落,让疾驰的时间都缓慢了下来,空气里充盈着甜蜜的惬意。

这是歌曲的第一段,是整首歌中最甜美的段落,它描绘了龙旬童年中最快乐的时光——和宋妍初识。

阳光忽然被成团聚集的乌云遮住原本明亮的卧室瞬间阴暗了下来。龙旬的右手开始迅速扫弦,如同突如其来的暴风雨,他的左手在琴颈间上下滑动,翻飞,不停地寻找、逃避。大雨如注,每一滴都砸落在他的脑海中,罪恶感铺天盖地,越积越高,逐渐淹没了所有美好。

歌曲的第二段风格陡变,狂躁而又压抑,就像十年前龙旬没等到宋妍,以为彻底失去她时的绝望;就像十年后重遇宋妍,她却完全认不出他的失落;就像明知道有人要利用她、伤害她,他却只能隐忍着按兵不动的煎熬……

歌曲的最后一个音符响起,悲伤得像雨滴吻别树叶,落樱埋进泥土。龙旬放下吉他,长出了一口气,琴弦和后背都湿透了。

他用了半个小时的时间擦琴洗澡换衣服,直到觉得自己宛如新生,才坐到书桌前,小心翼翼地抽出信纸、握紧钢笔,神情肃穆得仿佛要上战场。他要给在海上工作不能回家过圣诞节的龙爸爸写信。每年圣诞节,龙旬都用一封手写信作为礼物邮给爸爸。今年的这一封,格外重要。

老爸:

展信安。

第十二章 幻想中的朋友

我最近花了一些时间看关于大海和水手的书，宋妍推荐的，她还教我打各种水手结。其实我最想学的是正确地吐口水和骂脏话，可惜，她不肯教，我怀疑她根本不会，肯定没有你会，对吧？

和去年一样，学校的同学们都很听我的话，小部分原因是因为我是学生会会长，他们不得不听；大部分原因是因为我脾气很坏，他们不敢不听。

他们中的大多数人都觉得我冷酷、凶狠、简单粗暴。我有点生气，因为他们说得八九不离十，但是我不在乎，他们不懂我，我也不是为了取悦他们而活。

想管住所有人的嘴，有代价；想取得所有人的信任，有代价；想让所有人都喜欢自己，还是有代价。世间万物都有代价，而龙甸只有一个，所以，在行动之前必须要想好，我最想得到的东西是什么？我不惜代价也要达到的目的是什么？

比如最开始，我只想赶走宋妍，让南中回到从前的样子，代价是撒谎。我隐藏身份，在幕后操纵一切，用谎言去掩盖真相，用谎言去织补谎言，撒不完的谎⋯⋯事实证明谎言总是会被拆穿。

后来，我想保护她不受伤害，代价是变坏。我从树立威信到威胁，从咒骂到拳脚，几乎不择手段。我知道这不是一个好人应该做的事，但是，这就是保护她的代价，也是我之前付出的那些代价所引发的代价。

好吧，这纯属自作自受，我接受，也能忍受。但是宋妍却因此卷了进来，被我的谎言连累，替我的自私买单⋯⋯这真是该死！我该死！

爸，你是三中毕业的优等生，可能不会懂，我们南中，南中的每一个男生，必须要强硬，必须得互相帮助，哪怕是那些不太光彩的事。因为，没有人会帮我们，大家都觉得南中是垃圾场，而我们是垃圾，没有人会把"垃圾"当作宝贝。

但是宋妍会，她真的像我们一样爱着南中。

我想，我最初发疯似的想赶她走，或许，和学生会会长的使命无关，和南中二十年来都是男生的传统也无关。我只是害怕大家最终发现，同样身为学生会会长，她要比我好太多太多。她是草莓冰淇淋，而我只是根用色素和糖精调成的冰棍儿。

她就像太阳，我越靠近她，越觉得温暖，就发现脚下的阴影也越多。如果不是她，我绝对不会反省，不会思考身为学生会会长要扛起的重担和履行的职责，更不会下定决心去改过、改变，让南中变得更好，也让自己变得更好。

只有变成更好、更出色的人，才配站在她的身边，成为她的朋友吧。

龙旬写到这儿停了一下，脑海中出现了白夜的身影，他站在宋妍身边时，全身都在发光，完美得像个王子，而自己……他叹了口气，继续写信。

从白夜那儿看到旧照片后，我总是梦见十年前第一次见到她的那个中午。我第一天上兴趣班，小朋友都手拉手去食堂吃午饭，但没有人拉我，也没有人叫我。我很饿，但又不敢一个人去食堂，所以只能躲在墙角缩成一团。

门开了，又关上，她走了过来，没说话，像是早就知道我藏在那里。她也蹲了下来，学着我的样子把下巴搁在膝盖上，头顶着我的头，看着我在地上用粉笔画小星星。

看了一会儿，她忽然站起身拉上窗帘，教室变得黑漆漆的，什么都看不清。但是，我却不害怕了。我抬起头，眼睛一眨不眨地盯着她，就好像晚上抬头看星星一样。

她摸出一支黄色的荧光棒，甩了几下，等它全身都亮了后用剪子剪断，一点一点地在涂在地上。不一会儿，一颗星星就在黑暗里发出光，越来越亮，紧贴着我画的那一颗，亮得把原本灰暗的我，都照得光芒万丈。

"给你。"她小心地把手伸到我面前，她的小手握着一颗她所能拿住的最大的苹果，又红又圆。

"吃。"她昂着头，弯起的眼睛比星星还亮。

但紧接下来，美梦就变成了噩梦，她站在火海中被吓得手足无措，我拉着她的手不停地跑，跑着跑着，就把她丢了……

龙旬突然扔下笔，跑到厨房的水池边拧开水龙头，使劲灌了几大口，又往脸上不停地泼水。龙妈妈在主卧睡觉，没有看到龙旬眼底连冷水也掩饰不住的热泪。

爸，我要告诉你一个秘密。

龙旬在写最后一行字时，笔尖一直在抖，他越是控制，抖得就越厉害。

同一时间，白夜在教堂的告解也接近尾声，他拼命地压抑着颤抖不停的嘴唇，

第十二章 幻想中的朋友

说出最后一句话:"神父,我还有一个秘密要告解。"

"十年前南中旧校舍的那场大火,是我放的。"

十年前南中旧校舍的那场大火,是我放的。

龙旬的信和白夜的告解以同一句话,同时结束。

宋妍到家时,宋爸爸没在家,她想发短信问他回不回来吃晚饭,拿出手机后才发现手机是静音状态,有十几条来自龙旬的未接来电,她赶紧回拨,却发现龙旬关机了。宋妍又累又困,给宋爸爸和龙旬发完短信,连衣服都没换,头刚沾到枕头就睡了过去。

只睡了十分钟她就醒了,被吓醒的。那个噩梦又来了,她置身于火海中,巨兽穷追不舍,她没命地逃跑,前方却只有无尽的黑暗……

宋妍虚弱地瘫靠在床头,太阳穴一跳一跳地抽痛,火烧火燎,似乎巨兽也在脑袋里喷了火,想将她所有的回忆一把烧光。

宋妍忽然觉得头脑一片空白,空荡荡的,什么都想不起来。

不行,头脑是她最引以为傲的资本,就像长剑之于骑士,她无条件地信任它、依赖它。顾不得擦汗,宋妍双手抱着头深吸了一口气,集中全部注意力,眉间出现了一道深深的皱痕。

一样东西开始从大脑边缘冒出头,越来越近,越来越清晰。

是那头巨兽……不,不是之前的那头……是那一头!可是,这一次它看起来不太一样,它……

宋妍费力地寻找着差别。

它戴着一串佛珠,十二颗,小叶紫檀。

宋妍看得清清楚楚,那串佛珠,和爸爸手上的,一模一样。

第十三章

圣诞劫

第十三章 圣诞劫

圣诞节愈发逼近了，宋妍沮丧地发现，圣诞老人根本不是驾着雪橇慢悠悠地晃过来，而是开着云霄飞车风驰电掣地冲过来的。她甚至听到了时间疾驰的呼啸声，这让她白天萎靡不振，晚上噩梦连连。

上学，再度成为世界上最煎熬的事。

所有的社团活动都被取消了，南中上至门卫李大爷，下至一年级小学弟，全都是一副灌饱鸡汤、打满鸡血的振奋模样，每个毛孔都散发着要"大干一场"的正能量。

有演出任务的埋头苦练，起得比鸡早，睡得比狗晚，使出了老牛犁地的劲儿，拼了命地练习再练习；有指挥任务的埋头操心：节目效果、舞台效果、观众效果……绞尽脑汁想出三十六计，使尽解数让汇演七十二变；有后勤任务的埋头苦干，肌肉男忙着搬砖，速度男急着送饭，冷风越狠，干劲越足。

这一刻，南中的全体男生都成了处女座的，他们挖掘全部潜力，爆发全部小宇宙；他们的眼里只有平安夜的文艺会演，不完美，不罢休！

这种团结一心、奋战到底的热血氛围在学校各个角落里熊熊燃烧着，每一秒都比前一秒更炽热，身处其中的宋妍，却度秒如年，备感煎熬。

她既为男生们如此热忱主动、亲力亲为感到惊喜和欣慰，也为他们迸发出的强烈集体荣誉感和使命感点赞，同时也更加鄙视、嫌弃自己。

看看她，就像是得了圣诞节恐惧症，所有的情绪都是截然相反的：消极、忧虑、沮丧、纠结。妈妈忌日的临近，转回北中日期的逼近，像两团阴霾笼罩在头顶，让她无法冷静，更无力思考。宋妍每天只是靠着意志支撑着去学校，机器人般执行着自己被分派到的任务。

她甚至无比希望圣诞节不是即将到来，而是早就过去，自己也已经熬过了这一切，并做出了选择。

宋妍的状态持续走低，直到最后一次彩排结束，她被龙旬和白夜强行押到舞台下，观看他们刚刚制作完成的南中社团文艺汇演宣传片。

大屏幕显示出《末日游戏》的片名时，龙旬过分严肃的声音传进宋妍的耳畔："好好看，这就是我们的选择。"

坐在宋妍身边的白夜闻声转过脸，看着龙旬眼中的隐忍和坚定，他紧紧握住拳头，重重地点了点头。

宣传片的第一部分，由龙旬主演的故事缓缓在屏幕上、在宋妍眼前铺展开。

一片古老又危险的森林里，枯死的老树一棵挨着一棵，张牙舞爪，无边无垠，就像一群从坟墓里爬出来，又被黑魔法冻结住的僵尸。

龙旬蜷缩在森林最中心的墓地上，像一个无助的诱饵。

"龙旬，你有五分钟的时间，有两种选择：一寻找金币。如果你在五分钟内成功找到金币，你最在意的人将会获得生机，但你将会被困在此地；二寻找出口。如果你在五分钟内找到出口，你将得救。现在，游戏开始。"

这段冰冷的、没有任何语气和感情的合成声在森林最上空回荡，它唤醒了最暗黑的欲望，也唤醒了昏睡中的龙旬。

只用了一个心跳的时间，龙旬就完全清醒了过来，他双脚扎地，双手握拳，黯黑的双眸中燃着赤红的求生欲——他要冲出森林，找到出口，赢得游戏！

龙旬拉上兜帽，拾起脚边的斧头，满眼的杀气。

无数根藤条和枝丫绊着他的脚，死死缠住，劝他停下来，把他向后拽。龙旬眼都不抬，疾风暴雨般地劈砍，浑身散发着要掀翻地狱、挞伐天堂的决绝和狠辣。

砍，砍，砍！

第十三章 圣诞劫

他披荆斩棘,勇往直前。

短暂的五分钟,不够诉别离;漫长的五分钟,足够定生死。

终于,龙旬走出了森林,阳光铺天盖地。

他高举被鲜血染红的拳头,凶手般凶狠,英雄般豪迈。

一枚鲜亮的金币稳稳地立在指缝中,光芒万丈,像一个微缩的太阳。

龙旬做出了自己的选择,游戏不曾提供的第三种选择——五分钟之内,他先找到了金币,又找到了出口。

这才是游戏真正的玩法。

龙旬将这枚刻着"SY"字母的金币,紧紧地攥在掌心,贴在左胸口:"别怕,我在!"

龙旬自信的声音穿透大屏幕直接扑到坐在台下、观看宣传片的宋妍面前,她打了个寒战,一把抓住龙旬的胳膊,张开嘴。

"别说话,继续看。"龙旬轻抚了下宋妍紧绷的脊背。

宋妍下意识地转过头再次看向大屏幕,白夜的脸渐渐浮现在雪地中,宣传片第二部分的故事拉开序幕。

"白夜,你有五分钟的时间,你有两种选择:一寻找金币。如果你在五分钟内成功找到金币,你最在意的人将会获得生机,但你将会被困在此地;二寻找出口。如果你在五分钟内找到出口,你将得救。现在,游戏开始。"

轰隆!

让雪地和灵魂都颤抖的爆炸声响彻云霄,一朵巨大的蘑菇云腾空而起,像是白雪上绽放的一朵黑莲花。

灰色的天空下起了雨,火红色,正在燃烧的,雨。

白夜陷在及膝的大雪中,身体被冻僵,不能动弹,像一座冰雕,脸却被火焰映得通红,烤得焦黑。

冰火两重天的酷刑同时施加在身上,游戏才刚开始,白夜就支撑不住了,跪在雪地中。

但是时间在飞速流逝，他必须做出选择。

白夜咬紧牙，开始在雪海和火雨中爬行，他用布满烫伤、冻到麻痹、几乎无法动弹的手指摸索着。

晕倒了，爬起，再晕，再爬……

重复了多少次，没有人能算得清，终于，他摸到了游戏出口的开关，只要动动手指，按下去，一切就结束了。

但他却像没看见般继续向前爬，义无反顾，无怨无悔。

找到了！

白夜趴在雪地中，用已经发紫的嘴唇衔着金币，脸僵硬得挂不上笑容。

"别怕，我在！"

刻着字母SY的金币，在雪与火的洗礼中，愈发耀眼。

屏幕转黑，白夜主演的故事结束了，这部名为《末日游戏》的宣传片也画上了句号。

台下的宋妍却呆坐在原地，她说不了话，全身冰凉，仿佛片中那两场游戏、两个选择在她的胸口凿出了洞、放了把火、灌满了水……她抱着双臂，紧紧搂着颤抖的身体，想抓住末日唯一的生机，紧握着满溢的惊讶和感动。

这明明只是一部宣传片，只是两个演员演出的两个故事，但是，它却深深地震撼到了宋妍。观看的过程中她紧张得不能自已，似乎自己也身处在游戏之中。

而当看到片尾闪出工作人员的名单时，宋妍彻底蒙了：这两个故事居然分别是龙旬和白夜自编自导的。两个人编写出两个不同的故事，却给出了同一个结局——两人都在紧要关头选择放下自己，拯救她。

故事中金币上印着的字母"SY"，正是"宋妍"的缩写，她第一眼看到时就懂了，也痛了。

这意味着，意味着如果残酷的末日游戏真的存在，他们三个人真的身陷其中必须做出选择，龙旬和白夜会毫不犹豫地牺牲自我，把生存的机会留给她……

宋妍被这个念头惊得久久无法呼吸，脑海中反复播放着一句话，龙旬逼迫她

207

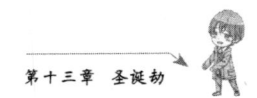

第十三章 圣诞劫

看宣传片之前说的那句话——好好看,这就是我们的选择。

这,不可能!这怎么可能?自己和他们才认识不到四个月,她怎么可能会在他们心中如此重要,让他们做出这样的选择……

"如果换你选择呢?"片中的合成声在宋妍心底响起,愈发清晰,"如果换你选择,一寻找出口,你自己得救;二寻找金币,龙旬和白夜得救,但你会被困住。现在,游戏开始,宋妍,做出你的选择吧!"

"二,我,二!选择二!"宋妍想都没想就脱口而出,迫不及待,语无伦次。

"你是挺二的。"龙旬低头撞了下宋妍的额头,"明晚就要正式登台演出了,今晚居然还在发呆!"

"女生心思比较细,会想得更多嘛,"白夜看着傻傻揉着额头的宋妍,捋顺她被揉乱的刘海,柔声安慰,"别怕,有我们呢,我们一直都在。"最后一句话,白夜说得格外用力,每个字沉甸甸的,庄重得像凿刻在夜色中的誓言。

是啊!龙旬和白夜都在,全班的男生们都在,有这么多人和我一起努力,支持我,为我撑腰,我还有什么可害怕、担心的!

不惧过去,不畏将来,活在当下,珍惜现在——这才是人生的奥义,这才是宋妍的 Style!

"圣诞节!放马过来吧!"宋妍冲着夜空大喊。

12 月 24 号终于到来了,在万人欢庆平安夜的这一天,万众期待的南中圣诞节文艺会演也即将拉开帷幕。

在后台准备登台的宋妍心脏怦怦直跳,快得就要蹦出来了。仅仅过了一晚,她就像完全变了个人,所有的顾虑和烦忧、阴郁和不安都被她打包夯实,抛到了九霄云外!

这可是南中建校二十年以来举办的第一届社团文艺会演,洛老师和同学们为此倾注了全部心血和精力。身为五班一员、南中一员的她当然不能拖后腿，因为自己的小烦恼、小情绪影响整个大局，充当腥了一锅绝世好汤的烂咸鱼。这样做不仅对不起一直陪伴她、守护她、为她加油打气、肝胆相照的龙旬和白夜，更对不起拼了小命才坚持到现在、没有被退学的自己。

昨晚看完宣传片《末日游戏》后，宋妍就决定了：摒除杂念，全力以赴——之前会演的准备阶段自己没出上力、帮上忙，一会儿的正式演出，她绝对要超水平发挥，将功补过，为南中争光！

加油宋妍！加油五班！加油南中！

上台前的最后一秒，宋妍在心底用最大的声音呐喊。

"圣诞节文艺会演，正式开始！"

随着主持人洛老师走下舞台，全场的灯熄灭了，连月亮都隐去了光辉，仿佛全世界都停了电。

咔、咔、咔。

三盏聚光射灯打亮，三个天使从天而降，白色的灯光映着他们黑色的翅膀，像是阳光照进黑夜。

龙旬最先落在了舞台上，他一身曜黑色的修身军装，笔挺、颀长，仿佛撷了一片夜幕剪裁而成，衣和人浑然一体，霸气地篡夺了所有人的视线。

寒风瑟瑟，掀起了长及脚踝的风衣，火红色的内衬高高扬起，托着龙旬身后的黑色翅膀，远远看去，就像燃烧的炽天使。

龙旬站定的那一刻，全场都静了下来，只剩下呼吸和心跳声。

他闭上眼睛，指尖触碰琴弦，奏响了平安夜的第一个音符。

砰！

大地颤抖了一下，地球和月球的接连崩塌，电吉他弹出的旋律引发了宇宙大爆炸。

一段华丽的 solo（独奏）后，龙旬躬身抬手，一个标准的鞠躬礼，然后他起身转向宋妍，伸出手做邀请状。身着蓝黑色洛可可长裙的宋妍款款旋转、下落。

第十三章 圣诞劫

夜色中，羽毛和薄纱织成的裙摆层层舒展，宛如昙花初绽，妖娆而又华美。宋妍应邀落到了舞台上，钢琴前。

她的双眼绘着蝴蝶翅膀般的图案，火红色和深紫色的螺旋从眼角卷向眉骨，淡金的花纹细腻妩媚，与眼线融为一体斜插入鬓。随着黑白琴键的敲响，宋妍的眼睑轻轻颤动，就像一双展翅欲飞的蝴蝶。

龙旬用电吉他为钢琴合音，转身面向宋妍的那一刻，他仿佛第一次看见她。在上台前，他还被她独特的妆容和打扮吸引，但当她弹起琴时，所有的一切都从龙旬的视野里消失了，留下的只有音乐，只剩宋妍。

在月光般清亮的钢琴旋律中，白夜压轴登场，他通身玄黑，没掺杂任何多余的色彩和装饰，却比月光还要澄澈、纯净。

白夜没有演奏乐器，只是静静地站在舞台正中央，电吉他和钢琴默契地暂停，三束聚光交汇在一起，打在白夜的身上。

他嘴唇轻启，开始歌唱。

一瞬间，低醇的嗓音充满了每一寸空气，从舞台中心，蔓延到了台下、操场、校门外，整个世界都被吸引。白夜的歌声像扬起的雪花一样剔透，像拂过的羽毛一样轻柔，让人只想闭上眼睛，用心聆听。

那一个夏天

你用吉他温柔了谁的眼

然后拨乱了流年

孤身埋葬怀念

那一个夏天

你用画笔告别了谁的脸

然后模糊了誓言

固守黑暗无边

那一个夏天
我又路过了那家便利店
他们哭过的眼笑过的脸
我以为这就是永远

我祈求梦想不要有句点
现实却把人拉回到原点
我用尽余生拒绝说再见
时间还是偷走了你的脸
我耗尽回忆让思念延绵
空白却填满唯一的夏天

演唱结束,龙旬、宋妍和白夜同时走向彼此,三个人站成一排,手拉手,无言地感谢着对方的支持和信任。

三个小时前,龙旬的歌曲还没有完成——只有曲,没有词。白夜不停地翻着《俳句集锦》《现代诗赏析》,帮龙旬找方向,找灵感。一直埋头编曲的宋妍忽然扔过来一张纸,是一首歌词,龙旬和白夜看完双双怔住,一起喊出"就是它"。

就这样,这首由龙旬作曲、宋妍填词、白夜演唱的原创音乐《夏天》,在三人的默契配合下,完美地拉开了南中首届社团会演的序幕。

台下开始有人喊"安可",先是一两个人,然后是一群人,大家集体要求再唱一遍。

三个人惊喜又感动,他们走到台前,深深地鞠躬,感谢观众的热情。

台下的观众不仅有南中的学生,还有附近小区居民、商店老板,甚至连隔壁幼儿园的小朋友都拉着爸爸妈妈来观看。

第十三章 圣诞劫

这种接地气、暖心窝的氛围是盛气凌人的三中及高冷孤傲的北中所没有的，全理川市独此一家，这是南中的特点，男校的特色——实打实的努力付出，百分百的真诚演出，与温馨团圆的平安夜，特别配。

"下面请欣赏第二个节目……"

洛老师不得不上台，在如潮水般汹涌的掌声中将三人强行拉下，再多谢几次幕，会演要到明天早上才能结束了。

"看来杜良是你的吉祥物。"宋妍下台时轻轻地点了一下龙旬的手，指尖冰凉，指腹柔软，像一只蝴蝶栖在他的手背上。

"嗯？"龙旬呆呆地盯着自己的手，仅仅用余光看见后台的杜良正把食指和中指交叉，双眼紧闭，口中念念有词，"他在作法？"

"他在祈祷。"宋妍拿出手机输入网址，"祈祷你的霉运今晚不要光临。"

龙旬一把捂住宋妍的嘴："求放过！"

"网络直播！"被晾在一旁的白夜低声惊呼，他难以置信地看着手机，圆睁的双眼看不出是惊吓还是惊喜。

宋妍也进入了南中会演的网络直播平台，点击率和在线观看人数高得吓人，让她极度怀疑是不是系统被黑，计算出现错误。随即，小艾发来的截屏则彻底打消了她的疑虑——最热的学生社交软件已经被两个话题刷爆：宣传片《末日游戏》，开场歌曲《夏天》。

网络热闹非凡，现场的观众也不甘寂寞，纷纷开启了点赞和花痴模式。

"我的天呐，这还是南中吗？我是不是走错门走进明星演唱会现场了？"

"真想不到南中的开场秀这么高大上，又有颜值又走心！"

"妈妈，就是他，我长大要嫁给那个穿军装的大哥哥。"

原本人人看衰、像垃圾一样令人避之唯恐不及的南中，因为这个噱头和爆点同在、新意和诚意齐飞的开场表演，竟然一夜之间成了最璀璨夺目的逆袭之星。

宋妍收起手机走到台下，从演员变成观众，认真地观看其他社团的表演。

跆拳道社帅气霸道的功夫街舞，围棋社可爱逗趣的宠物小品，时装设计社新潮抢眼的环保 T 台秀……精彩的节目一个接着一个，现场的高潮一浪盖过一浪，掌声和好评更是让人应接不暇。

宋妍在台下看得入迷，感动和自豪占满了整颗心脏：原来南中有这么多人才，原来自己在这么棒的学校里上学。

有幸成为南中的一分子，有幸和同学们一起为展现南中的新形象而努力，她打心底觉得无比幸运。

当、当、当。

零点的钟声终于敲响，南中的上空一瞬间万紫千红，一朵又一朵烟花在夜空中绽放，化成无数颗美丽耀眼的星星。

"圣诞快乐！"

操场上所有人都幸福地拥抱着身边最亲密的人，希望能在第一时间把心中的喜悦和祝福送给对方。

瘦小的宋妍被人群推到了最中间，龙旬怕她被挤伤立即把她拽到身前，护在怀里，像保护小鸡的老母鸡。有着同样心思的白夜慢了一步，举起的双手落了个空，被后面推了一下，绊了几步撞到龙旬的身上，踉跄的他立即伸手抱住龙旬。

宋妍、龙旬和白夜胡乱抱成一团，听着钟声，看着烟花，许着愿。

这一刻，宋妍觉得自己是全世界最幸福的人，这是她记忆中最完美、最快乐的圣诞节。

"宋妍，对不起！"白夜说出了迟到十年的歉意。

"什么？"宋妍被龙旬紧紧箍在怀里，耳边塞满了欢笑声，没有听清头顶上白夜的话。

"大屏幕！"龙旬下意识地喊出声，他反应过来时立即用手遮住宋妍的眼睛，可还是晚了半秒钟。

透过龙旬的指缝，宋妍看见舞台上的大屏幕重新亮起，一张张照片像一颗颗烟花在黑暗中炸响。只不过，它们引发的不再是赞叹，而是震惊、议论以及倒吸不停地冷气。

第十三章 圣诞劫

南中操场中心的大屏幕上正在播放宋妍的照片——从转学第一天到上台表演前。照片的日期整整横跨三个半月，照片中的宋妍或惊慌、无助、狼狈、痛苦，或流泪、流血、受困、受伤……简直就是悲惨大集合。

伴着愈发沉重刺耳的倒计时钟声，照片如雪花般在屏幕上散落，雪花会消融，可是照片不会。

一百二十四张。

龙旬无声地默数。和班级聊天室里发布的一张不差。

就在大家被这些如圣诞礼物般降临、却一点也不美好的照片夺去注意力时，洛老师及时切断了大屏幕的电源，拽着杜良、抱着为庆功宴准备的烟花，一路狂奔到了教学楼的天台。

平安夜的最后一声钟声敲响时，南中的天空下了一场流星雨。无数颗烟花从天而降，闪闪发光，就像由星星和火花组成的瀑布，它们擦亮了黑夜，擦去了阴霾。

人群中再次爆发出欢呼声，大家举起手机，争相拍摄这美得让人流泪的画面，再度拥抱身边最爱的朋友、亲人、恋人。

烟花易逝，美丽难留，珍惜眼前人，活在这一秒，这就是圣诞节送上的最美好的礼物。

由于洛老师机敏的临场反应和她的记者同学过硬的专业技能，那些照片并没有被上传到网络上。这也多亏了宋妍的先见之明，演出之前，在列举了大量惨不忍睹的实时直播"车祸现场"后，宋妍建议南中会演采取延时直播的策略——让现场表演和网路直播中间有三分钟的时间差。这样，就足够应付舞台上各种突发的意外状况。

没想到，这三分钟用到了宋妍自己身上，她成了整场会演中最大的意外。

回家的路上，宋妍走得很慢，她的眼睛睁得极大，却根本没在看路，中间还跌倒了一次，但她似乎没有发现，只是觉得这样躺在黑暗中，安全得多，也轻松得多。疲惫就像一张厚重的毛毯裹在她的身上，这一刻，她只想沉沉睡去，什么都不看，什么都不想。

龙旬脱下外套裹在宋妍的身上，背起她，默默地向前走。

他不能删除那段糟糕的回忆，也不能代替宋妍去承受痛苦，他所能做的，只是陪在她身边，载着她走。有他在，她可以尽管放心闭眼，甚至假装睡着，只要，她能好受一点，哪怕只是一点。

夜空开始下雪，冰凉的雪花从黑色的天空中掉落，一片接着一片，无声，却格外沉重，仿佛整座城市都在黯然啜泣，这是入冬以来的第一场雪。

龙旬的颈窝被打湿了，先是滚烫，随即寒凉，他伸手拉起外套上的兜帽，遮住宋妍被泪水淋湿的脸。"只是雪而已。"他轻声说，"只是雪。"

白夜跟在龙旬和宋妍身后，寸步不离，却又保持着距离，就像忠诚又克制的卫兵。他回想着屏幕上那些如雪花般散落的照片，宋妍的脸一张张在他眼前划过，一百二十四张脸，每一张都让他心疼，不是那种饱含怜悯的同情，而仅仅是疼，疼过后是恨，恨后又生悔。

如果能早一点发现事实，早一点揭开真相，宋妍就可以度过一个完美的平安夜。为什么会变成这样？为什么总是这样？明明到了最紧要的关头，他却还没有准备好，只差一点，就那么一点！

然而，就是这小小的一点，复制粘贴成了一片，填满了他十年的时光。

没有宋妍的十年间，他的生活褪成了黑白，白夜不想这样下去，不想让自己的一生都被空白和遗憾占据。他要赌一次，为了自己，更为了宋妍。

雪，越下越大，涂白了整座城市。

路灯下，两串脚印清晰可见，两个少年低着头，想着同一件事。

在送宋妍回家的路上，龙旬和白夜都没有说话。有时候，沉默是朋友间唯一能分享的东西。

第十三章 圣诞劫

清晨，白夜最先到达教室，除了他身后的两个空座，所有座位上都坐了人，所有人都在关注着同一件事。

虽然平安夜当天关于宋妍的照片都被及时删除处理，并没有在直播平台上播出，但是一夜之后，这些照片还是在网络上流传开来，网友的转发热情比看直播的热情还要高，并且每转一条都附带评论。

评论大体分为两类：第一类是为宋妍抱屈鸣不平的。这些照片拍摄的日期地点各不相同，但统一指向了一件事——宋妍在南中受到了不公平的待遇，南中存在霸凌现象。

第二类评论则要简单得多，也恶毒得多：南中是垃圾场，南中学生都是垃圾。就这么十四个字，轻轻松松地将南中会演的所有亮点一举扑灭，再度把学校从逆袭之星的天堂，打落回垃圾场的地狱。

平安夜保平安果然只是愿望，圣诞节交好运也只是哄小孩的童话。

白夜的脑袋轻飘飘的，半个字都无法思考，他的心像石头一样，沉甸甸地坠在胸腔里。直到上课铃敲响，他身后的座位依然空着。

宋妍没去上学，这是她这个学期内第二次请病假。

她头痛，肌肉酸痛，全身的每一个细胞都在嘶叫，眼泪和鼻涕止不住地流，手脚冰凉，额头滚烫。

体温计、宋爸爸，还有医院里的医生，都无比确定地告诉宋妍，她病了，必须请假休息。

宋妍同意了，她出奇得听话，按时吃药，安静卧床，做一切医生嘱咐和宋爸爸念叨的事，不吐槽，不反驳。

这样的宋妍看起来不仅仅是身体病了，她的脑袋和心，似乎也病了。

枕边的手机"嘀嘀"响个不停，"南中惊现霸凌事件，昔日北中女学霸身陷'惨照门'!"的新闻再一次被推送到了手机主页上。

宋妍拿起手机,麻木地滑动着屏幕。类似的新闻在刚才的一个小时内,已经推送了五十几条,标题一个比一个耸动,内容则大致相同:堆砌一些自己无比凄惨的照片,再贴上几条网友或谴责或同情的评论。

刚开始看到时,宋妍还很震惊、气愤,可现在只剩下自责和愧疚了。宋妍的脑海里一直闪现着关于社团文艺会演的点点滴滴:秦少宝、王天一虽然没上台表演,但为了搭建舞台、搬运器材,以他们为首的二、三年级的肌肉担当们常常弄得灰头土脸,饭都没时间吃;负责演员服装的杨润,带领着一年级的学弟们不辞辛苦地在裁缝店和排练室之间往返,一点点抠细节、定模板;就连一直对宋妍有意见的教导主任,都自掏腰包从杜爸爸那里买包子、订盒饭,和杜良一起做后勤支援;杜爸爸更是延长了出摊时间,走遍南中附近的大街小巷,派发文艺会演的宣传单。

从前期筹备节目开始,到会演结束宋校长登台致闭幕词,这三十天的时间里,有这么多人为了这台演出辛苦付出,为南中拼搏奋斗。结果,全都被照片毁了,被自己毁了。

虽然洛老师、南中的同学们、小艾和宋爸爸都安慰宋妍,说这不是她的错。可是,这些新闻和评论却总在提醒她——是她毁掉了会演,连累了南中。

言语就像风,来去匆匆,伤不了人。换作以前,宋妍用这句话鼓励自己,用坚强的心脏淡定地面对是非,忽视所有流言蜚语。

这一次,她做不到了。她的心里忽然涌出了许多的委屈、不安和恐惧,它们洋洋洒洒,像一场永远不会停息的雪。宋妍的心底仿佛伸出了一只小手,慢慢推、轻轻挖,一点点摧毁那些苦心经营、自以为是的坚强。

不能再看下去了,这些新闻有毒,会逼疯自己的。宋妍长按关机键,就在她要选择"关机"选项时,屏幕上突然弹出了一连串新闻:

南中被爆拖欠外债无力偿还!

据教育局有关人士爆料,南中已经提交废校申请。

第十三章 圣诞劫

北中陆校长公开声明,愿意接管南中。

宋妍的手指僵住了,她猛地从床上坐起,没等眼前的眩晕散去,就疯了似的不停点击屏幕,点开每一条出现"南中"关键词的新闻。

所有新闻都有两个关键词——欠债、废校。

怎么会是这样?不应该是这样的!这明明只是针对我一个人的恶作剧,怎么会突然牵扯到南中?

宋妍头疼得要炸开了,所有信息和线索搅成一团,越理越乱。

卧室门突然被撞开,宋爸爸跌了进来,怀里还抱着龙旬。

"臭小子,敢到老子的地盘撒野,看我不削蒙你!"宋爸爸的手臂像锁链一样,紧紧地捆住龙旬。

"宋妍,跟我走!"

"背我走!"

奈何宋妍竟主动配合,宋爸爸只能眼睁睁地看着龙旬用毛毯把宋妍裹成了粽子,像扛行李般一把将她背在背上,大步流星地冲出家门。

女儿重感冒浑身无力,没力气走路,更没元气受风寒,猫眼男万一起了歪心拐跑……宋爸爸不敢多想,立即冲出门:"放开那个女孩,让我来,不对不对,等等,我开车送你们!"

还有两个小时圣诞节就要过去了,理川市灯火通明,人们还沉浸在绿色圣诞树和红色圣诞老人带来的喜悦和希望中,不愿离去,企图用音乐和狂欢抓住圣诞节最后的尾巴。

北中顶楼那间废弃的教室里再度亮起灯光,这一次,它不再谨慎隐秘,而是大肆张扬。

讲台上,两杯黑皮诺葡萄酒被白炽灯映成了血红色,正如它的名字——红魔鬼。

然而，真正的魔鬼并不是酒精，而是人类。

陆校长晃着酒杯，眼底带着欲望达成后的满足，鼻尖凑近杯沿，享受地深吸着葡萄酒和成功的香甜。

"敬您得偿所愿，甩掉南中登上副局长的宝座。"陆校长举起酒杯。

"敬你梦想成真，兼并南中一统理川市中学。"佛珠男轻抿了一口酒，满面春风。

"言重言重，我们北中毕竟是女校，和全市第一的三中没法比。"

"接管南中清理掉那些垃圾后，北中将会取代三中成为新的全市第一，别忘记了，我现在可是教育局副局长。"佛珠男意味深长地笑了一下，"只要你推倒南中和北中中间的那道墙，一切就唾手可得。"

"终于拿下南中了，宋妍明天就转回北中了。"陆校长如释重负地长出了一口气，真是一个完美的圣诞节，他同时收到了两份大礼。

"网上都是那些照片，南中要废校了，别的学校也不会接收这样一个话题学生，她不得不回北中，毕竟，这里是她的母校。"佛珠男眼底闪过一丝阴影，"不过，也多亏了那些照片，南中才能这么顺利地按计划垮掉，你果然放出了大招，我们这几个月的努力总算没有白费。"

"你十年前的努力也没有白费。"教室的广播突然发声。

啪，玻璃碎裂的声音遮住了电流的细微声响，鲜红的液体洒了一地，是酒，更似血。

"还记得十年前南中旧校舍的那场大火吗？"广播声愈发清晰。

"那场意外火灾？"陆校长小心翼翼地询问，却没有得到回答。

"那不是意外，对吧？校长，喔，我说错了，是副局长。"广播里传来一阵哂笑。

"广播室在哪儿？"佛珠男几乎是吼出了这句话。陆校长吓得连续后退了两步，被佛珠男一把拽住领带，直接拎出了教室。

他们气喘吁吁地赶到北中的广播室时，广播室房门大开，屋内空无一人，只

第十三章 圣诞劫

有运转的机器在播放着音频。

与此同时,南中三年五班的教室里,龙旬、宋妍和白夜正坐在电脑前,通过屏幕看着广播室发生的一切。

用墨镜、帽子遮住脸的佛珠男气急败坏地关掉了机器,宋妍紧盯着他手腕上的佛珠,她感觉自己就像靶子。每一粒紫檀雕成的珠子都是发射出来的子弹,一颗又一颗地射进她的大脑,射中她的心脏,直至千疮百孔。

"宋妍,他是……"白夜刚张开嘴,就接到了龙旬掷来的眼神,寒凉如冰,把他口中没说出的话,冻结在舌尖。

宋妍也没有说话,困惑、震惊和记忆让她一团混乱。她一动不动,只是紧紧地盯着那串佛珠。

那是宋家祖传的佛珠,十二颗,小叶紫檀,每一颗佛珠上都刻着特殊的纹路,是"宋"的象形字,以保佑宋家世代安康幸福。

宋妍的爷爷弥留之际将这世上唯一的两串佛珠传了下来,一串交给了宋爸爸,另一串,交给了宋妍的大伯。

第十四章
超人与蝙蝠侠的正义之战

第十四章 超人与蝙蝠侠的正义之战

宋妍盯着电脑屏幕看了许久,不眨眼、不说话、不呼吸,一瞬间丧失了所有活着的痕迹和证据,就像一具躯壳,一个假人。

然后,她感到太阳穴被什么拉扯了一下,大脑被划开一道细缝。一团血红色的东西蠢蠢欲动,一下,又一下,和着心跳的节奏敲击着那道细缝,力量越来越大,如同亟待发芽生长的种子。

它想出来,从自己的脑袋里钻出来。

意识到这一点后,宋妍立即捂住头,迅速地站起身向门外走去。没走几步,她就开始跑,双脚胡乱地移动,上气不接下气,像凶手离开犯罪现场般仓皇、急迫。

她在逃。

那道缝隙已经越来越宽,那团东西马上就要出来了,它要站在她面前,与她对视、对峙。然而她还没有准备好,她根本不想面对它,只想逃跑。

她想逃回家,逃回温暖的被窝里去。她逃啊,逃啊,逃啊。

一堵墙挡住了她的去路——她跑到了走廊尽头,再也无路可逃。

宋妍停住了,慢慢地蹲了下来,她一手抱着头,一手撑着墙,无声却剧烈地吐了一场,恐惧随着胃液一股脑地涌了出来。

砰!

一声微弱的巨响,那团东西终于破土而出。

十年前,宋妍六岁,她迷上了音乐,宋妈妈告诉她这个世界上只有吉他和钢琴能独自演奏出最美妙、最动听的音乐，宋妍噘着小嘴想了一分钟，紧张而又兴奋地说出了自己的选择——钢琴。

于是，她送到了当时理川市最大最专业的兴趣班——彩虹儿童兴趣班，学习弹钢琴。

第一个周末，她就遇到了龙旬，她用一个苹果征服了他。

在兴趣班里，宋妍学钢琴，龙旬学吉他，他们只有在下课时才能见到面。在这短得像一声叹息的时间里，两个小家伙讲了足够塞满一整个夏天的悄悄话，分享了六岁的世界中发生的所有心事和秘密。

龙旬悄悄告诉宋妍他最崇拜的偶像是超人，他得意地腆着肚子，展示T恤上鲜红色的S标志，高举右臂摆出一飞冲天的姿势，还命令宋妍管自己叫"超人"，因为，他会像超人一样勇敢无敌，打败所有搞破坏的坏蛋。宋妍不服气地"喊"了一声，低头玩毛毛虫。龙旬又生气又惊讶，气的是自己的吸引力还不如一条软趴趴的虫子，惊得是居然有女生在面对虫子时不叫不哭也不跑。他怀着敬畏的心情，封宋妍为"神奇女侠"，正式接收她加入正义联盟，成为身为超人的他的伙伴和战友。

作为回报，宋妍领他到小树林里去看流浪猫。那是一只被人遗弃的美短，只有三个月大，顶着一身银白相间的条纹，像只小老虎，肚皮上还有一块心形的胎记。见到宋妍后，小猫立即黏了过去，顺着她的腿爬到胸前，毛茸茸的小肚皮一翻，就开始撒娇，喵喵的叫声像在喊"妈妈"。

等小猫睡着开始打呼噜后，宋妍才抿起嘴，用眼神示意龙旬过来，郑重其事地把小猫移交到他的怀里，认真的神情像极了真正的妈妈。

一个苹果，一只小猫，一段友情就这样展开了。即使只有周末时才能在兴趣班见面，即使连彼此的名字都不知道，可这并不妨碍他们把对方当成自己最好的朋友。他是超人，她是神奇女侠；他喜欢吉他，她爱弹钢琴，这些，就足够了。

第四个周末，只有龙旬和宋妍两个人组成的正义联盟遇到了被抢走钱的白夜。

第十四章 超人与蝙蝠侠的正义之战

最开始，龙旬并不想和白夜做朋友，他嫌白夜被欺负了不还手，只会哇哇大哭，还没完没了。可是看见宋妍走过去和白夜说话，他也就只好跟着走了过去。宋妍做的事，一定没错。

抓住了抢钱的小坏蛋后，龙旬刚想炫耀，却看见宋妍正给白夜递冰淇淋。他有点生气，小脑袋里不停地比较着苹果和冰淇淋哪个更好吃。等到宋妍让他惩罚"抢劫犯"时，他又高兴了起来，为她只带他去看小猫，只给他苹果吃而高兴。

龙旬一高兴，什么事都好办了，他不但请白夜吃了冰淇淋，还同意带白夜一起玩，让他加入正义联盟。

在宋妍无意的牵引下，三个人的命运开始如丝线般缠绕在一起。

他们每个周末都在兴趣班相聚，从白天玩到黑夜，从夏天玩到冬天，比真正的正义联盟还要亲密无间。

平安夜那天，兴趣班只上半天课。傍晚时，三个人以不同的借口溜出家门，到南中门口集合。他们早在一个星期前就计划好了，要在平安夜的晚上去南中寻宝。

龙旬两三下就翻上了墙头，扒开棉袄露出红蓝相间的超人内衣，右臂高举，满脸骄傲。墙角下的白夜都看呆了，努力地蹦了几下，他也想像龙旬那样帅气地爬墙翻进南中，却被宋妍牵着手，从根本就没有锁的大门直接走了进去。

教学楼里黑洞洞的，只有三支手电筒发出的淡黄色光芒。三个人像考古学家一样谨慎小心，仔细搜查每一个角落，寻找被藏起来的宝贝。

龙旬冲在最前面，找得最卖力。他要好好表现，捡起刚才丢掉的脸面，让宋妍刮目相看。

在失望了十二次后，他终于在楼梯后的仓库里发现了宝贝——那是被老师没收的烟花，整整一大箱。

宋妍高兴得跳了起来，拍着手说要看烟花。龙旬想都不想就拉着她向楼顶跑去，兴奋得连烟花都忘记拿。被落在最后面的白夜，一边大喊"等我一下"，一边费力地抱起箱子，手臂太短围不过来，就用肚子和下巴一起固定。

终于到了天台，白夜累得一屁股坐在地上，把箱子扔在一边，大口大口地喘着气，什么事都不想做。但是烟花的吸引力实在太大了，不到一分钟他就改了主意，伸长手臂捡起一支掉到箱子外的仙女棒，却被龙旬一把抢了过去，还被狠狠地瞪了一眼。

白夜立即扁起了嘴，又害怕又委屈，刚想张开嘴大哭，又想到龙旬最讨厌男生哭，只好把已经流到眼眶的小金豆生生憋了回去。

龙旬讨好般地把抢来的仙女棒放到宋妍手里，请她第一个放。

当绚烂的花朵在黑夜里绽放时，三个人都呆住了，原来烟花这么美。这么漂亮的东西爸爸妈妈却说危险从来不让他们碰，大人们都是骗子。

第一根被燃放的仙女棒就像第一块被推倒的多米诺骨牌，其他牌倒下只是时间问题，根本无法阻止。

三个人像过年般兴奋，从箱子里拿出了一支又一支烟花，点燃，奔跑，点燃，奔跑……根本停不下来。

而三人之中一向冷静理智的宋妍，正双手拿着烟花，前后抡着胳膊，边抡边跑，假装自己是踩着风火轮的哪吒。

夜色越来越深，天台上忽然刮起了北风。

三个人正在放最后三支烟花，肩并肩手牵手，一人一支。

这种烟花实在太大太亮了，三个人都被迷住了，他们一起仰着头，张大嘴巴看着天空，眼睛一眨不眨。

北风把夜空中刚刚绽放的花朵吹散，它们一片片飘落，飘向天台，飘到身旁。

当火星被吹到用来装烟花的纸箱里时，三个人正玩得开心，谁也没有发现。等到他们被浓烟呛得开始咳嗽时，火星已经变成了火苗，整只纸箱都烧了起来。

北风愈发猛烈，毫不留情地将火苗吹向天台南侧——那里堆放着攒了一整年的旧报纸和废纸箱，瞬间被点燃，火舌肆虐，筑成了一道熊熊燃烧的火墙。

"着火了！"龙旬大叫了一声。

白夜立即甩开手，转身连滚带爬地跑向安全门。

宋妍怔在原地，空掉的左手还保持着被握紧的姿势，她呆呆地盯着面前越烧越旺的火苗，吓得一步都动不了。

龙旬紧紧攥着宋妍的右手，眼睁睁看着白夜越跑越远，把自己和宋妍丢弃在了天台上、大火旁。

他的心里腾地蹿起一股怒火，比眼前的火焰还大还猛。顾不上对火的恐惧，龙旬一把拽住宋妍，豁出去般向外冲。北风更加凶狠，它拼命煽动着火焰追赶着两人，龙旬咬紧牙，使出全身的力气带着宋妍向前跑。"不怕，超人在这里，神奇女侠不害怕……"他先是在心中默念，接着说出声，然后开始大叫，一遍又一遍，鼓励宋妍，也鼓励自己。

终于，宋妍被惊醒了，发现风正吹着大火扑向后背，她拽着龙旬借着风势猛地向前一跃。

"当"，安全门被吹上了，他们趴在门里，大火被挡在了门外。

"那场火是我放的……"

宋妍双手抱头，喃喃自语，不敢相信这竟然是自己的回忆。

胃突然开始绞缩，她张着嘴，再也呕不出一滴液体。大脑中那个血红色的东西却不断伸展，像是吸足了养分，开始飞速地生长。

宋妍的太阳穴火烧火燎的疼，脑袋又紧又胀，马上要被撑破。

她跪在地上，把身体缩成一团，试图减少疼痛。但是根本不管用，那个东西不允许她分神，它和理智争夺着宋妍，拼尽全力，几乎要将她扯成两半。

啪。

宋妍上身一歪，栽倒在冰凉的大理石地面上。

它赢了，抢走了宋妍，迫不及待地把她锁死在怀中，拉回到十年前那个平安夜。

呼啸的北风像狼嚎般凄厉，疯狂地撕扯着她瘦小的身体。宋妍跑出了南中，跑回了家，电视里在报道火灾，大火正猖狂地啃咬整座教学楼，它几乎吞掉了所有教室，却还不满足，熊熊烈火似乎要冲破屏幕，烧到宋妍面前，把她再次拖回去。

宋妍吓得大叫，哭着跑出了家门，刚跑到小区门口就撞进了宋爸爸的怀里，他什么也没说，抱起宋妍转身跑向医院，速度更快，眼泪更多。

等父女俩赶到病房时，宋妈妈已经去世了，隔天，举行葬礼，兴趣班停课，回忆就此中断。

不管宋妍再怎么用力，一段空白依然占据着脑海，就像钢笔突然间断墨，写不出东西。她越是努力回想，头就越疼，空白就越鲜明刺眼，仿佛牙齿磕掉后留下的血淋淋的缺口。

不对，还有什么，肯定还有什么。

宋妍强忍着恶心和疼痛，逼迫自己再次回到寻宝游戏中，回到南中教学楼的天台上。

放烟花，刮大风，着火，白夜松开自己的手，龙旬拉着她跑，火追着他们，逃进安全门，她拉着龙旬跑下楼梯，听到脚步声，看见佛珠，大伯……

宋妍慢慢坐了起来，胃不再绞缩，头也停止了疼痛。

回忆还在源源不断地涌出，比她需要和想要的还要多，多太多，像被突然拔掉塞子的水管，报复般地喷涌，一秒也不肯停歇。

为什么大伯会出现在火灾现场？

宋妍麻木地想着，想在头脑中拼出答案。可是这一切已经超出了她的承受范围，这些记忆，这些画面，这些事……她想张嘴询问，却发不出声。

教室里，龙旬拼命地抵抗着冲出去拉回宋妍的冲动，他的双手死死扣在膝盖上，全身因为肌肉紧绷而微微颤抖。

第十四章 超人与蝙蝠侠的正义之战

"有时候我们认为生活背叛了自己,但是很久以后才发现,其实,是我们背叛了自己。"

宋妍站在教室门口,脸色惨白,眼圈血红,像是被榨干了汁水的果渣。

白夜站起身想去搀扶,宋妍慢慢地举起了左手,握紧,又松开,然后抽走力气任它垂落,软绵绵的,像被丢弃的抹布。

这一串动作很短很轻,没发出任何声音,可是白夜却感觉到了疼痛。宋妍垂下的左手,连同他当年松开的那只左手,狠狠地甩在自己的心尖上,给了他一个响亮的耳光。

宋妍抬头看向龙旬,露出最温柔、最悲伤的微笑:"我想起来了。"

她回到座位,双手平摊,放在腿上。悲痛和愤怒在宋妍体内像烟花般被点燃,龙旬隐忍的眼神更像北风一样鼓吹着火焰。宋妍深吸了一口气,强迫自己回忆起关于那场大火的所有细节,让心中的火焰烧得更猛更烈,让火光和炽热充满身体的每一寸。

她攥紧拳头,为接下来要说出口的话做好准备。

"我失约了。"宋妍的肩膀紧挨着龙旬的肩膀,"我们说好圣诞节去领养小猫的,我却没有去。"她闭上眼睛,泪水从眼角流到下巴,坠到手背上,冰得瘆人。

十年了,龙旬终于等来了当年留着长发的小女孩,她正坐在自己身边,哭着和他道歉。

龙旬可以生气,可以讲出六岁的他等了宋妍整整一天,在一个人影都没有的小树林里,在刮着北风又冷又孤独的圣诞节里。但是他没有。

龙旬拉起宋妍的右手,小心地掰开她冰凉僵硬的手指,一根,再一根,然后,把一颗又红又大的苹果放到她已经被抠出血印的掌心里。

"给你,"龙旬的声音比他的手还要温暖,"吃。"他微笑地看着宋妍,就像十年前宋妍对他做的那样。

宋妍双手捧着苹果缓慢而绵长地呼吸,让身体完全放松,她慢慢地数着吐气的次数,试着说出刚刚拼好的回忆。

"那天我们逃出南中,我刚跑回家,就被爸爸带去了医院,但我赶到病房时,妈妈已经去世了,急性脑梗塞。病房的电视在播放那场大火,它已经烧毁了南中的整个旧校舍,全市的消防员和警察都赶到了现场救火,南中校门外黑压压一片,都是人。"宋妍深吸了一口气,"是我放的那支烟花引起了火灾,那次寻宝游戏也是我最先提出来的,而最后我却逃跑了,妈妈代替我受到了惩罚。"

"我怕得要命,又担心又内疚,担心爸爸发现我是纵火犯,把我交给警察关进小黑屋……我想和妈妈说,我想说出一切求她帮我,告诉我怎么做,可是妈妈她……她再也不能说话了,不管我怎么哭,怎么叫。爸爸忙着处理妈妈的后事,准备葬礼,根本没有多余的时间和精力安抚我,他以为我只是在想妈妈,所以才会一直哭,一直哭。"

"这件事,我对爸爸根本说不出口,妈妈又听不到,我只好把它压在心底,埋起来,不停地告诉自己要忘记,一遍,十遍,千遍……"宋妍紧紧地抓着手中的苹果,仿佛那是她的救命稻草,"也许是上帝看我太悲惨,于是大发慈悲地放了我一次。我哭累了,睡了过去,醒来之后,就再也没有想起那场大火……我忘记了,忘记了我们的约定,忘记了兴趣班,忘记了你。"

"然后……"这一整段话耗尽了宋妍仅剩的那点力气,她张着嘴,再也说不出一个字。

"然后兴趣班就停课了,我不知道你住在哪儿,也不知道你叫什么名字,我找了你整整十年,直到三个半月前,你因为得罪金会长被北中开除转到南中,我才找到你。"白夜抢在龙旬说话之前开口,声音急切,带着几丝哽咽。

"宋妍,对不起,我当时不应该抛下你和龙旬,自己先逃跑。"白夜终于把这份迟到了十年的歉意当着宋妍的面讲了出来,但他的内心却没有一丝轻松。

龙旬抬起拳头冲着白夜的脸砸了过去,心头的火苗噼啪作响,没有人能对宋妍做出这种事,没有人!他的指节已经擦到白夜的鼻尖,一只手突然伸了过来,包住了他的拳头和怒火。

"白夜不是故意的,逃生是所有动物的本能。"宋妍疲惫地说。

第十四章 超人与蝙蝠侠的正义之战

龙旬恶狠狠地盯着白夜,眼神凶似孤狼,他根本不想放过白夜,压了一个月的怒气正在体内横冲直撞,寻找着出口。但听到宋妍的叹息后,龙旬还是放了手。他知道,要打一场架,没有比现在更糟的时间和地点了。

"我们现在有更要紧的事。"宋妍指着电脑屏幕中大伯的脸,声音又低又冷,"十年前南中旧校舍的那场大火,是他放的,我看见了。"

她拽着龙旬跑下楼的时候,看见大伯正在上楼,右手提着汽油桶,手腕上戴着佛珠。

宋妍想起了《白夜行》中的语句——世上有两样东西不可直视,一是太阳,二是人心。

接下来发生的事,白夜替她说出了口。

逃出着火的南中天台后,白夜承受着更多更重的罪恶感。和宋妍一样,他也以为是自己放的那支烟花引发了大火,还有,是他最先松开手,抛下了宋妍。

兴趣班停课了,门口的告示写着下周重新开学。白夜怀着满腹的愧疚和歉意痴痴等着,一周又一周,一年又一年,他没有等到兴趣班的复课,也没有再见到宋妍。

蝙蝠侠是正义使者,他不会临阵脱逃,更不会抛下自己的队友。

这样的自责每晚都在睡前的祷告中出现,持续了整整十年。白夜原本就内向害羞,在那场大火之后,他变得更加沉默低调。

三个半月前转到南中的当天,第一眼,白夜就认出了宋妍,根本不用加上她见义勇为被开除的脚注。

她的模样变了,个子也长高了,但是那双弯弯的笑眼,眼底坚定无畏的目光,却和十年前一模一样。

他激动得差点冲上去抱住宋妍,告诉她他就是蝙蝠侠,告诉她这十年来他的思念，他的歉意。

但事情有些不对劲。

宋妍没认出白夜，这点他有所准备。毕竟已经过去了十年，他又处在生长期，容貌、声音和身高都有了很大的变化，一时认不出来也是可以理解的。

但后来种种迹象表明，宋妍不是认不出白夜，而是根本不认识他。

这让他难以接受，白夜正犹豫着要不要提前和宋妍表明身份，龙旬就拿着那张旧照片找到了他。

简短的交谈之后，白夜和龙旬喜忧参半。喜的是他们已经可以确定，宋妍就是当年的神奇女侠，忧的是宋妍的种种表现已经不能用正常的遗忘来解释了。

在白爸爸的帮助下，他们咨询了心理医生。医生怀疑，宋妍当时可能受到了巨大的精神创伤，大脑出于自我保护的本能，刻意遗忘了这段记忆，出现了选择性失忆。

而这种选择性失忆大多是心理因素的影响，并没有器质性损伤，只要解开心结，完全可以彻底康复。

为了赎罪，更为了帮助宋妍恢复记忆，白夜主动提出重新调查当年的火灾事件，并请龙旬为自己保密。他把那个平安夜发生的一切还有宋妍的现状都向白爸爸和盘托出，并拜托爸爸找有关南中旧校舍火灾的档案。

进一步调查后，白爸爸竟然发现当年的火灾并不是意外，而是有人故意纵火。

原来，当时南中的天台上只有一堆废弃的报纸和纸箱，三个人放的烟花确实引燃了这些东西，但是它们烧光后，由于没有其他的可燃物，火就自动熄灭了。只是三人年纪太小，一看见火又惊又怕，光顾着逃跑，根本没注意到这一点。

南中旧校舍火灾的真正原因是：宋妍的大伯——当时南中的教导主任，故意纵火。他想借这场大火以管理疏忽为名，拉原校长下马，自己上位。而因为火灾收到的保险理赔，也正好为他登上校长宝座铺路敲门。

他以为在平安夜下手神不知鬼不觉，为了保佑事情顺利，还特意戴上了那串宋家祖传的佛珠。谁知人算不如天算，拉着龙旬跑下楼梯的宋妍，正好看见了

第十四章 超人与蝙蝠侠的正义之战

他在另一侧的楼梯上，正是那串佛珠暴露了他的身份。

但是和那场大火一样，这个细节也被宋妍刻意遗忘，一忘就是十年。

直到佛珠再次登场，并成为另一件事的重要线索。

三个半月前，为了替宋妍清理传单而深夜潜入北中的白夜，无意中听到了北中的陆校长和佛珠男的密谈。出于警察家属的天生敏感，他在那间废弃的教室里安装了监听设备，这才发现了一个惊天秘密——北中为了扩建校舍，竟然打起了隔壁南中的主意，想要一举兼并南中。而佛珠男，想倚靠北中陆校长的人脉获得教育局副局长的职位。

最开始白夜并不知道佛珠男的身份，因为怕自己暴露，每次他都选择在废弃教室的下一层窃听，避免与他们碰面。况且他调查的侧重点一直在陆校长身上。

事情出现转机是在一个月前，白夜带龙旬去北中升级窃听器，并给龙旬放了所有录音。

龙旬听到佛珠男的声音后觉得耳熟，但一直没想起来是谁。平安夜南中文艺会演结束，宋校长上台致闭幕词时，龙旬才恍然大悟，他立即把这个爆炸性的线索告诉了白夜。

发现真相后两个人都默契地保持着沉默，谁也没有告诉宋妍。他们不相信也不愿相信，宋校长会对宋妍下手，毕竟，他是她的亲大伯。

然而事实却远比他们想象得残酷。

宋妍的大伯不满足于南中校长的职位，主动找到陆校长进行交易，正好赶上宋妍得罪了北中校董会的金会长，两人便利用这个契机，联手上演了一出好戏。先是陆校长出马劝宋妍退学，再火上浇油诱导金会长把宋妍加入黑名单，让理川的所有中学拒收。宋校长再适时伸出橄榄枝，邀宋妍到只招收男生的南中上学。

二十年来只招收男生的男校，突然来了位女转校生，这足以引发南中学生的骚动和不满。宋校长又雇了专业狗仔偷拍照片，之后由陆校长发布到班级聊天室和北中的宣传栏，进一步引发宋妍和南中学生的矛盾，扩大骚乱，借机在舆论上营造南中霸凌的负面形象。而平安夜事件是整个阴谋的高潮，陆校长利用网络的影响力，公布宋妍被"欺凌"的所有照片，再雇水军刷屏引导评论走向。宋校长暗中转移资金，主动爆出南中欠债无法继续运营，届时，北中的陆校长再向已经是教育局副局长的宋校长提出北中兼并南中的申请……砰！南中垮台，北中成为全市最大的中学，宋副局长有了政绩，一箭三雕。

平安夜当天，白夜和龙旬送宋妍回家后，就潜入了北中。根据两个校长每个月二十五号晚上在北中的废弃教室密会的规律，白夜和龙旬合作，提前在广播室做了手脚。他们有智商、有胆色、有决心，还有专业设备的支持，万事俱备，只差最后的东风——犯人在无辜的受害者面前亲口承认罪证。

现在，他们成功了，两个校长勾结的所有证词都被监听器如实地记录了下来，宋妍也恢复了记忆，指证大伯就是当年南中旧校舍纵火案的真凶。

然后呢……

漫长的沉默，白炽灯的镇流器嗡嗡作响，斑驳的树影映在黑漆漆的窗户上，三个人都盯着已经进入屏保状态的电脑屏幕，不说话。

为什么有人会想方设法不惜践踏法律和良知去得到一所学校，然后，再亲手把它毁掉？

宋妍转过头，看着窗外如鬼魅般张牙舞爪的树干，尽量不去想大伯是怎样像在棋盘上移动棋子那样，轻轻一动手指就把她置于这里，让她在梦魇和泥淖中挣扎了十年，差点成疯子。

谁说地狱才有恶魔，陷入权力和欲望中不能自拔的人，就是恶魔！他会为了达到自己的目的不择手段，利用朋友，牺牲亲人，玩转权力的游戏，任凭那些敬他爱他的人，成为他手中的棋子、脚下的垫脚石。

宋妍忽地想起十年来一直驱散不去的梦魇：面容模糊的巨兽、喷射的火焰、一刻不停地逃跑、巨兽颈上的佛珠……

第十四章 超人与蝙蝠侠的正义之战

这哪里是噩梦,分明是被自己压抑掩埋的记忆。从小到大,大伯都是宋妍最敬重的长辈、崇拜的英雄。但是当英雄起了邪念,与恶魔原来只有一个转身的距离。

当年,接连遭受巨大打击的宋妍实在没有能力独自消化这件事,她也不愿相信和接受英雄般的大伯和那场大火有关。所以,一头恐怖邪恶的巨兽应运而生,它喷火、恐吓,无恶不作,代替大伯承担了罪恶。

宋妍又想起了自己作词的那首《夏天》——我用尽余生拒绝说再见,时间还是偷走了你的脸。我耗尽回忆让思念延绵,空白却填满唯一的夏天。

她明明忘记了,忘记了龙旬、白夜,忘记了他们的正义联盟,忘记了那个夏天,可是她竟然鬼使神差地写下了这样应景的词。

人的记忆真是不可思议,学到的知识越多,得到的东西越多,但同时,也会失去一些东西,大部分是无用的垃圾,小部分是绝世的珍宝。

还好,宋妍找到了自己丢掉的珍宝,虽然找了太久,找得太苦。

看来,她最信赖的大脑也并不是那样可靠。有些事大脑会忘记,心脏还记得,事事用脑,不如处处用心。

但有心的代价就是,会痛。

现在,真相就在那里,它悬在宋妍的面前闪闪发光,近得宋妍伸手就可以摸到,近得她已经被刺痛。

宋妍低下头,什么也说不出来,她无比期望自己可以回到小时候玩捉迷藏的日子,只要闭着眼睛静止不动,疼痛就不会找到她。

这没有用。她比谁都清楚,逃避不能解决任何问题,她逃了十年,累了,够了。

"我们都是普通人。"宋妍终于开口打破了沉默。

她的语气平淡而又无奈,白夜听得心都要碎了。他试着安慰她,却没想话刚扑到舌尖,泪水就先从眼角溢了出来,他赶紧转过脸。

"我觉得那场大火就像一场瘟疫,爆发的同时,也杀光了和它有关的所有牵连、记忆。我一直以为自己是正常人,靠头脑和理智支配生活,没想到,我是个病人，记忆缺失，灵魂破碎，一病，就是十年。"宋妍说得云淡风轻，好像在讲一个书上看来的故事，一幕与她无关的悲剧。她竭力地控制着情绪，希望自己的声音听起来没那么绝望。

宋妍裹紧身上的毛毯，却总是拉不好边角，她的手在抖，却并不是因为冷。

龙旬看着眼前的宋妍，想象这十年来她的遭遇。上帝让她忘记这一切根本不是慈悲，只是缓刑，现在，痛苦和惩罚加倍到来了。

一声轻叹从身旁传来，龙旬郁积的愤懑突然爆发，他一拳砸在了书桌上。

告诉她真相，让她亲眼看到这一切，发现她最信任的亲人欺骗她、利用她，这就是所谓的正义，最好的选择？对她真的好吗？龙旬锁紧眉头，他忽然觉得自己像一个冷酷残忍的屠夫，把宋妍原本完美的人生、没有瑕疵的记忆，剖开了一道口子，鲜血淋漓，还逼着她亲眼见证。他甚至有一种错觉，如果一切能回到一个小时前，回到宋妍什么都没想起来的那个时刻，也许，她会好过得多。

他宁可继续背负着潜逃十年的"纵火犯"的罪责；他宁可终生携带着霉运体质，背负着永远不会得到友情和幸福的诅咒，也不想让宋妍像现在这样，用尽全身力气掩饰痛苦。

"十年前，我们犯了错，也因此错过了彼此，失去了对方。我们自责，我们懊悔，我们伤心、逃避……这样的惩罚，足够了。"龙旬把笔记本搬到宋妍面前，回放视频，宋妍大伯的脸出现在正中央，龙旬盯着他，目光和蛇一样冰冷愤怒，"真正的罪人是他，不管是十年前，还是现在。不要因为他的罪恶而惩罚自己！"龙旬的声音几乎变得凶狠，"我不会再傻等下去了，像十年前那样，像十年间这样，什么都不做，期待会有奇迹发生，你会主动回来……我不会再这样了。这一次，我要主动出击讨回所有的账，连本带利，一笔一笔算！"

尾声

夜市的路灯在六点钟的一瞬间,全部亮起。本来已经黑透的天像有人划了一根火柴,慢慢地、缓缓地再次明亮起来。

于家臭豆腐红白相间的遮阳伞下,热气腾腾。一大把炸串在油锅里滋滋作响,金灿灿、油汪汪,它们欢快地跳动着,使出浑身解数散发着香味,勾引着馋猫。

宋妍大口大口地吃着臭豆腐,眼睛满足地眯起一条缝。今晚的臭豆腐太好吃了,外酥里嫩,又香又辣,她终于知道好吃到哭出来并不是夸张的形容,而是事实。

刚吃完一串,龙旬就立马递来另一串,他歪着头,目不转睛地看着宋妍,看着她吃光最后一串,享受地嘬着手指,满眼的意犹未尽。龙旬拉起兜帽,把脸藏在夜色中,笑了,笑容里尽是失而复得的珍惜。

"慢点儿吃,都是你的。"他变魔术般又从背后拿出了十串,塞到宋妍的手里。捕捉到宋妍眼底迸发的光芒,龙旬忽然觉得很满足,回忆中的小女孩终于回到了他的身边,站在他面前,对着他笑。为了这抹微笑,即使再让他等上十年,他也愿意。

宋妍顾不得说话,回了龙旬一个响亮的饱嗝。胃满了暖了,心里那个忽忽冒冷风的黑洞,也小了整整一大圈。

圣诞节第二天,龙旬就把那些音频和视频一并交给了警察。北中的陆校长被停职查办,宋妍的大伯被公安局羁押,等待处理。

在白夜爸爸的陪伴下,宋妍走进了看守所。大伯不再西装革履,他穿着橙色的马甲，亮得刺眼，原本梳得一丝不苟的背头也凌乱不堪，一绺绺白发钻了出来，耷拉在额前。宋妍一时间有些恍惚，她没想到真的会有人在一夜之间突然老去，不敢相信面前这个憔悴沧桑的人居然是大伯。

她别过脸，不忍心再看，那句"您还好吗"更是哽在喉咙里，说不出口。这四个字配这样的情形，不像关心，更似讽刺。

"您一如既往地解决了麻烦，只不过这一次，我就是您出卖的那张牌。"她没想说话，可还是自动开了口。

"我出卖了你的过去，却拯救了你的未来。"大伯的声音依旧洪亮有力，在狭窄的房间里回响着。他直视着宋妍，眼里没有一丝的愧疚和歉意。

拯救了我的未来？那其他人的未来呢？南中的未来呢？

宋妍低垂着眼，很想把这句话问出声，问他和陆校长交易的那一刻，有没有想到过南中，想到过这所他工作了十五年、有六百二十名学生的学校。每个学生都肩负着父母的期盼，都有自己的理想和未来。只是为了满足个人的欲望，就牺牲六百二十个希望。细想之下，让人心惊。"这个社会就是这样，你无力改变它，就要去适应它。"大伯习惯性地理了下头发，试图找回校长的尊严。

宋妍深吸了一口气，双手攥成拳头，努力地压制胃里涌起的恶心："这话语句不通，逻辑错误。更正确的说法是，这个社会就是这样，即使你无力改变它，也不要被它改变。"

大伯的肩膀晃动了一下，但下一秒他就稳住了。"我今年虽然才十五岁，但我了解这个世界。"宋妍站起身，挺直脊背，目视前方，不再躲避大伯的目光，"它不好对付，但我不会放弃。"说完宋妍转身离开，没有再回头。门刚一关上，大伯的眼泪就流了出来，是羞愧、恐惧还是欣慰？他自己也不清楚。

发现宋妍拿着竹签在发呆，龙旬知道她还在介怀宋校长的事，白夜发微信和

尾声

他说了宋妍独自一人去看守所,探望她大伯的事。怕宋妍心里难受,龙旬才硬拉着她跑来夜市吃臭豆腐,转移她的注意力。

他不想安慰宋妍,因为身为外人的他无法原谅宋校长做的事,他觉得这样的人就应该被关进监狱,接受法律的制裁,坐穿牢底。但宋妍不一样,宋校长是她的大伯,亲人间的感情是不能用是非对错来衡量、处理的。这也是身为人类的一大痛苦,不管是圣人还是凡人都无法拥有非黑即白、说一不二的感情,敌人身上总有让我们喜欢的地方,爱人身上也总有让我们讨厌之处。

"我听说北中新任的校长撤销了你的退学处分。"龙旬转过身推自行车,直到看不到宋妍的眼睛,这句话才有勇气说出口。

"嗯。"

"我还听说他邀请你重新回北中上学。"

"对。"

"我又听说他准备恢复你学生会会长的职位。"

宋妍没再回应,而是小跑着追到龙旬身边,仰头看着他:"你还想说什么,一口气说完、说全,像个爷们儿那样。"

这句话从宋妍口中说出就像个命令,它触发了某个隐秘的开关,让龙旬立即开口:"对不起。"

"没关系,"宋妍从衣袋里摸出一个糖果开始剥糖纸,"男校突然转来了女生,就像动物园里闯进了人类,难免会鸡飞狗跳。"虽然龙旬没说明因为什么而道歉,但宋妍听懂了,并且,她早就放下了,原谅了。

"谢……谢。"龙旬的脸有些烧,这句感谢说得磕磕绊绊,因为里面饱含太多的内容、太复杂的心情。他要谢谢宋妍原谅她刚转入南中时,他隐瞒身份逼她退学;他要谢谢宋妍在他遭到杨润的陷害和污蔑时,义无反顾地站在他这边支持他;他要谢谢她帮他补习功课,参加拔河比赛,为他的歌作词;他要谢谢她没有放弃他,没放弃南中,让他和南中都变得更好……

龙旬转过了脸,他觉得自己欠宋妍太多句谢谢,可能这一辈子都说不完。

"谢谢，"宋妍把剥好的糖放到龙旬湿漉漉的掌心中，"今晚请我吃臭豆腐。"

"我们回家吧，"龙旬一把拽下脖子上的围巾，丢给宋妍，目光跳到她身上又跳开，"我送你。"他拍了拍身旁的自行车。

宋妍围好围巾，没说话，轻轻一跃就跳上了后座，她学着龙旬的样子拍了拍车座："回家。"

两旁的路灯向前方延伸，没有边际。自行车的前轮劈开地上的雪浪，载着人向前划去，北风兜着身上的大衣向后拽，宋妍闭上眼睛，觉得自己好像飞了起来。

龙旬猫着腰奋力向前冲，后面传来宋妍的心跳声，"扑通扑通"，像是加油站的油泵。每响一下，龙旬就觉得自己多了一份力气，明明什么都没吃，身上却有使不完的劲，可以一直骑，一直向前冲，直到地球的另一端。

他呔着口中的糖，每次只用舌尖轻轻地舔一下，就立即缩回，一点点咂摸着那一丢丢甜味。这颗糖太小，他等了太久，舍不得像平时一样，一口吃完。

"慢点。"宋妍的声音从身后传来，像雪花一样轻盈。

"好。"龙旬铆足劲骑得更快了。宋妍觉得自己快要被大风拽下去了，只好抱紧龙旬的腰，手抓得再紧一点。

龙旬载着宋妍飞速向前，这一刻，他感觉全世界只有这辆自行车，只剩下他和宋妍两个人。

"看，兴趣班。"宋妍刚伸出手想指给龙旬看，就被龙旬一巴掌打了回去，"抱好！"他凶巴巴地说。

兴趣班，彩虹儿童兴趣班，自从停课后，龙旬就再也没来过。他没办法进门，甚至靠近都不行。这里仿佛被布下了一个结界，即使远远地看见这座白色二层小楼，龙旬都觉得疼。所以，他绕了十年的路，不是怕疼，而是怕那些会让他疼的回忆。

回忆里有梳着长发眯着笑眼的小女孩，有又红又甜的苹果，有黏着人喵喵叫的小猫咪，有他以为再也不会拥有的幸福。幸好，幸福又来敲门了……

"我们做一个游戏，快速问答。"不等龙旬同意宋妍就开口提问，"你最好

尾声

的朋友是谁?"

龙旬没说话,转过头看着宋妍,看进她的眼睛里。他觉得,自己已经给出了答案。

"该我提问了,"龙旬别过脸,深吸了一大口气小心呼出,"你会转回北中吗?"

北风冲着自行车吹来,它钻进龙旬和宋妍之间,锋利而又冰冷。

宋妍没回应,龙旬不知道她是没听见还是不想说。不管是哪种原因,他都已经找不到勇气再次开口,只好默默等待。

漫长的沉默伴着北风包裹着两人,龙旬已经从沉默中听到了答案。但他还是希望宋妍能亲口告诉他,告诉他听错了,他想太多了。

宋妍还是没说话,龙旬笑了起来,笑声刚一飘出口就被北风呛了回去,哽在嗓子眼里变成了啜泣。他抬起头,眼睛发亮地看着月亮,拼命地眨眼,想让北风把眼眶吹干。

马上就要到宋妍家了,龙旬突然放慢了速度。他抽去了所有的力气和思绪,尽量不去想这也许是最后一次送宋妍回家,他们将再次分开,两人之间的距离从七十五厘米高的课桌长成了三米高的围墙。

他的背忽然紧紧绷住,宋妍不舒服地动了一下,下意识地抱紧龙旬的腰,睡得更熟了。

宋妍大伯的事给了宋爸爸不小的触动,他突然关闭了书店,却一个字都不肯跟宋妍说。每次问及原因,都是微微一笑,神秘而又隐晦,仿佛藏着什么秘密。

尽管不舒服不习惯,宋妍却并没打算去撬开那个秘密,因为瘦下来的胖子是世界上最难对付的物种。你根本无法打败他,在他的身体里,有另一个已经被他打败的自己。

看着一大坨将军肚被六块巧克力板腹肌取代,双下巴被雕刻成棱角分明的下颌，宋妍忽然很佩服李阿姨。她有一双慧眼和一颗耐心，先是看出了爸爸是胖子界的潜力股，又用十年时间等待他翻盘逆袭。

如果再丢掉那台老野马，这个男人就完美了。

"想都别想，"宋爸爸单手做着俯卧撑，毫不费力，"老旧坏掉的东西要比全新能用的东西好太多了。"见宋妍要张嘴反驳，宋爸爸又露出了那种意味深长的笑容，"她也是这样想的。"

"李阿姨也被你洗脑了。"宋妍无奈地抱起阿蒙，搔着它的耳背。

"我是说你妈妈，"似乎觉得单手俯卧撑太过轻松，宋爸爸开始只用两根手指，"这车是你妈相中的，她说车和我一样，"

"又老又破？"

"又成熟又帅气。"

鉴于这个答案无法考证，宋妍在心里翻了一个白眼。

"用一生一世去爱最初以心相许的那个人，白头偕老，这才是幸福。"宋爸爸闭上眼睛，嗓音都变得柔软。

"一生一世？"宋妍突然间跳了起来，吓得阿蒙喵喵地抱怨，"一三一四，1314……这就是书店名字的由来？"

"你的优点是聪明，"宋爸爸刚刚酝酿好气氛的梗就这样被破坏了，满脸的不甘心，"缺点是太聪明。"

"你遗传得好。"宋妍知趣地退让了一步，想了解更多，就必须多听少说。

女儿的恭维让爸爸很享受，他长叹了一口气，皱纹里都散发着幸福："我当初和你妈是在夜市认识的，就是你常去的那个夜市，她那天吃多了，钱没带够，我替她付的账。我从没见过有哪个女孩吃臭豆腐吃得那么香、那么美。"

臭豆腐？美？

宋爸爸立即挥手打消宋妍的腹诽："你不行，吃相太差太丑，跟你妈当年可没法比。"

呵呵……

尾声

不理会女儿的白眼，宋爸爸越说越起劲："总之啊，那些能跟你一起逛夜市吃夜宵的人，一定要珍惜。你想想啊，原本要独自挨饿的深夜，有人陪你暖暖饱饱地度过，还有比这个更贴心浪漫的事吗？"

宋妍笑了。她第一次听爸爸说起和妈妈的邂逅，以这种轻松幸福的语气。是啊！有个人陪你一起吃，开心、过瘾地吃，是世界上最浪漫的事，它让那段看似平淡的爱情故事，变得有滋有味。臭豆腐引发的缘分，经过爸爸妈妈的悉心经营，成了独一无二的爱情史诗，成了他们自己的浪漫传奇。

"我懂。"

这次，翻白眼的人换成了宋爸爸。

"我真的懂，"宋妍语气坚定，"即使她不在了，你也可以……"她试着表达得更清楚，"你依然可以了解她，进一步了解别人口中和记忆里的她。她的人生可以不断地为你展开，只要你用心、留心。"

"好吧，你赢了。"宋爸爸拍了拍结实的腹肌，"这碗鸡汤，我干了。要知道我可是熬鸡汤的好手，当年，我就是用一碗鸡汤把阿蒙骗回了家。"

"阿蒙不是你买的吗？我六岁生日时，你跑遍全市的宠物店才买到它，因为它也是星期五出生的。"

"你六岁时还相信圣诞老人真的存在呢。"宋爸爸打定主意要赖，"阿蒙是我捡的，你生日那天晚上，我穿过小树林回家，看见了它，抱着我的腿不松手，喵喵叫，像叫妈妈一样。你知道我心软，根本没办法不理它，再说，我正好忘记给你买生日礼物了。"

"哪片小树林？"宋妍手忙脚乱地比画着。

"咱家附近只有那一片小树林。"

天啊，阿蒙是……

宋妍立即翻开阿蒙的肚皮，一眼就看到了那块心形的胎记。原来阿蒙就是十年前树林里那只小美短，怪不得它看见龙旬时那么亲，一直黏着他让他抱。

宋妍怔了一下，接着哈哈大笑，抱着阿蒙亲个没完。

242

"给。"五分钟后,她才放下阿蒙,把一块粉紫色的猫眼石放在宋爸爸的掌心,"它来自斯里兰卡西南部的特拉纳布拉,会带来好运气,还能使人勇于告别旧的恋情。"宋妍深吸了一口气,"把它镶到戒指上送给李阿姨吧,她会喜欢的。"

"丫头,你……你知道了。"宋爸爸的脸腾地红了,垂下头扭捏了起来。

"我知道我爸有权力获得幸福。"宋妍紧紧地攥住宋爸爸的手,给他力量,"而且,当幸福来敲门时,傻瓜才会装作听不到。"

再次站在北中门前,宋妍百感交集。她只不过离开了四个月,归来时,竟然恍如隔世。

白夜站在她身旁,小鹿般浑圆的眼睛塞满愁思,他的嘴唇微张,上下翕动着组织词句。他想说"祝贺你重回北中",但他怕还没说出这句祝贺时自己就先逃跑了;他想说"我们一定会再见的",但这句话听起来和说出口一样蠢。谁都知道南中和北中只有一墙之隔,他们当然会再见,只要,他和龙旬每天都爬墙。

于是,比起冒说错话表错情的险,白夜什么都没说。

在宋妍转过头的瞬间,白夜虚虚地笑了笑,笑容是硬挤出来的,他知道。

龙旬擦过白夜的肩膀走到宋妍面前。

宋妍仰头看着龙旬,尽管他一如既往地板着冰山脸,但面具之下依然漫出了一缕悲伤。那一瞬间,宋妍以为他会叫她别走,但他没有。他伸出手递给宋妍一个苹果,又掸起去了她肩膀上并不存在的灰尘。

"你们这帮猴子!"洛老师实在看不下去了,一个箭步冲到了三人中间,"宋妍只是来还北中的校服,你们俩跟着起什么腻凑什么热闹!以为自己是韩剧男主角啊!"

龙旬和白夜对视了一眼,发现对方比自己还要尴尬后,又同时把眼神移开,落在宋妍的身上——手捧着北中鹅黄色校服的她,身穿着南中黑色的校服,利落、

尾声

干练，像一只骄傲的黑百灵。那是五班男生们自发组织为宋妍特意定做的女式校服，全南中独此一件。

"时间到了，"龙旬突然大叫一声，"快跑。"他朝白夜使了个眼色，拉起宋妍的右手，见白夜握紧宋妍的左手后，把校服向后一抛，"洛老师，拜托了。"话音未落，就跑没影了。

5

"这，这是怎么回事？"宋妍站在彩虹儿童兴趣班前，一脸茫然。崭新的标牌，硕大的花篮，她几乎以为自己穿越了，回到了十年前兴趣班刚开张的时候。

"爸，你怎么在这儿？"看见爸爸和李阿姨拉开兴趣班的大门迎接他们后，宋妍更迷糊了。

"叫我宋校长。"

"哈？"

"我现在是彩虹儿童兴趣班的校长。"宋爸爸抱着阿蒙，一脸严肃。

"你爸拉到了赞助商，兴趣班重新开张了。"李阿姨微笑地挽着宋爸爸的手臂。

"赞助商？"

"程田他爸。"龙旬言简意赅，"他爸欠白夜一个人情，我手上又有程田的把柄，所以……"

"干得漂亮！"宋妍踮起脚尖伸出双手，把龙旬和白夜一把揽住。两人挺起身时，她几乎被吊在了中间。

喵呜，阿蒙也不甘寂寞，噌地一下跳到了龙旬的肩膀上，亲昵地蹭着他的脸。

"看镜头！"

宋爸爸按下快门，抓拍到这幅整整迟到了十年的画面。镜头中，宋妍、龙旬和白夜站在二层白色小楼前，肩并肩，紧紧靠在一起，笑得比十年前还要甜。

微胖女谐星×颜控男导演

你知我杀伐决断后的柔弱慌张，我懂你纨绔轻狂下的梦想宝藏。

喜剧女王

罗小荸◎著

The / Drama / Queen

中国致公出版社　知音动漫